中国大约太老了，社会上事无大小，都恶劣不堪，像一只黑色的染缸，无论加进什么新东西去，都变成漆黑。可是除了再想法子来改革之外，也再没有别的路。我看一切理想家，不是怀念「过去」，就是希望「将来」，而对于「现在」这一个题目，都缴了白卷，因为谁也开不出药方。所有最好的药方，即所谓「希望将来」的就是。

——鲁迅

中国文学大师经典文库

。故事新编。

鲁迅 ◎ 著

台海出版社

写在前面的话

一书一卷，如一蔬一饭，为生活之所必需。

或许是在某个大雪漫天，周遭恍若隔绝世事般静谧的寂寥冬夜；也或许是在某个一觉醒来，耳边蝉鸣聒噪而百无聊赖的夏日午后；又或许是在某个如同趴在玻璃窗上的蝇虫，只觉眼前一派阳光灿烂却死活觅不到出路的焦虑时刻……这个时候，你需要这么一本能令你怦然心动的书。

什么样的书能让人怦然心动？是"文学洛神"萧红于人生末端回溯童年，在北国雪城呼兰河边仰望满天星光，叹人生为何如此悲凉的感喟；是那个好玩的老头儿汪曾祺所钟爱的一食一味、人间草木，亦是他笔端的家人闲坐、灯火可亲；是国之耆宿美学泰斗朱光潜引领你与美不期而遇，与生活握手言和的美学启蒙与人生答疑；是平易可亲的老舍先生踱步于北平城瓦舍街巷的从容洞察与散漫幽默；是横眉冷对的鲁迅先生对童年韶光的鲜活回忆，对丑陋人性的袒露、鞭笞；是"斯人若彩虹，遇上方知有"的古典诗词美学星辰秩序发现者王国维的人生三境；是有清一代唯美词人纳兰性德"人生若只如初见"的纯任性灵和"山一程，水一程，身向榆关那畔行"的格高韵远；是心存山河的美人林徽因落诸笔端的至臻诗情与天真理性；是白话美文典范朱自清先生眼中，月光如流水般静静倾泻的荷塘；

是"星斗其文，赤子其人"的沈从文先生尘埃涤尽、清明朗澈的湘西牧歌……

浅喜似苍狗，深爱如长风。时下流行的多媒体碎片化阅读，带来的更多的是一种浮躁、浅显、低效的阅读，缺乏的是通过对经典作品的深度阅读，以构建自我的、稳固的知识逻辑构架与价值观体系。靠频繁点击所获取的那一点点阅读刺激很快就会过去，而经典作品却如同长风，有时看似停了，但未来还会在你的生命中重新刮起。

这是经典的魅力所在，亦是文学的价值所在。

编者

2019 年孟夏于夜航斋

目录

# 故事新编

此为鲁迅的一本历史小说集，共
八篇。

# 序言

　　这一本很小的集子，从开手写起到编成，经过的日子却可以算得很长久了：足足有十三年。

　　第一篇《补天》——原先题作《不周山》——还是一九二二年的冬天写成的。那时的意见，是想从古代和现代都采取题材，来做短篇小说，《不周山》便是取了"女娲炼石补天"的神话，动手试作的第一篇。首先，是很认真的，虽然也不过取了弗罗特❶说，来解释创造——人和文学的——的缘起。不记得怎么一来，中途停了笔，去看日报了，不幸正看见了谁——现在忘记了名字——的对于汪静之君的《蕙的风》的批评，他说要含泪哀求，请青年不要再写这样的文字。这可怜的阴险使我感到滑稽，当再写小说时，就无论如何，止不住有一个古衣冠的小丈夫，在女娲的两腿之间出现了。这就是从认真陷入了油滑的开端。油滑是创作的大敌，我对于自己很不满。

　　我决计不再写这样的小说，当编印《呐喊》时，便将它附在卷末，算是一个开始，也就是一个收场。

　　这时我们的批评家成仿吾先生正在创造社门口的"灵魂的冒险"

---

❶ 通译为"弗洛伊德"，奥地利精神病学家、心理学家，精神分析学派的创始人。

的旗子底下抡板斧。他以"庸俗"的罪名，几斧砍杀了《呐喊》，只推《不周山》为佳作，——自然也仍有不好的地方。坦白的说罢，这就是使我不但不能心服，而且还轻视了这位勇士的原因。我是不薄"庸俗"，也自甘"庸俗"的；对于历史小说，则以为博考文献，言必有据者，纵使有人讥为"教授小说"，其实是很难组织之作，至于只取一点因由，随意点染，铺成一篇，倒无需怎样的手腕；况且"如鱼饮水，冷暖自知"，用庸俗的话来说，就是"自家有病自家知"罢：《不周山》的后半是很草率的，决不能称为佳作。倘使读者相信了这冒险家的话，一定自误，而我也成了误人，于是当《呐喊》印行第二版时，即将这一篇删除；向这位"魂灵"回敬了当头一棒——我的集子里，只剩着"庸俗"在跋扈了。

直到一九二六年的秋天，一个人住在厦门的石屋里，对着大海，翻着古书，四近无生人气，心里空空洞洞。而北京的未名社，却不绝的来信，催促杂志的文章。这时我不愿意想到目前；于是回忆在心里出土了，写了十篇《朝华夕拾》；并且仍旧拾取古代的传说之类，预备足成八则《故事新编》。但刚写了《奔月》和《铸剑》——发表的那时题为《眉间尺》——，我便奔向广州，这事就又完全搁起了。后来虽然偶尔得到一点题材，作一段速写，却一向不加整理。

现在才总算编成了一本书。其中也还是速写居多，不足称为"文学概论"之所谓小说。叙事有时也有一点旧书上的根据，有时却不过信口开河。而且因为自己的对于古人，不及对于今人的诚敬，所以仍不免时有油滑之处。过了十三年，依然并无长进，看起来真也是"无非《不周山》

之流”；不过并没有将古人写得更死，却也许暂时还有存在的余地的罢。

一九三五年十二月二十六日，鲁迅。

# 补天

## 一

女娲忽然醒来了。

伊似乎是从梦中惊醒的，然而已经记不清做了什么梦；只是很懊恼，觉得有什么不足，又觉得有什么太多了。煽动的和风，暖曛的将伊的气力吹得弥漫在宇宙里。

伊揉一揉自己的眼睛。

粉红的天空中，曲曲折折的漂着许多条石绿色的浮云，星便在那后面忽明忽灭的睒眼。天边的血红的云彩里有一个光芒四射的太阳，如流动的金球包在荒古的熔岩中；那一边，却是一个生铁一般的冷而且白的月亮。然而伊并不理会谁是下去，和谁是上来。

地上都嫩绿了，便是不很换叶的松柏也显得格外的娇嫩。桃红和青白色的斗大的杂花，在眼前还分明，到远处可就成为斑斓的烟霭了。

"唉唉，我从来没有这样的无聊过！"伊想着，猛然间站立起来了，擎上那非常圆满而精力洋溢的臂膊，向天打一个欠伸，天空便突然失了色，化为神异的肉红，暂时再也辨不出伊所在的处所。

伊在这肉红色的天地间走到海边，全身的曲线都消融在淡玫瑰似的光海里，直到身中央才浓成一段纯白。波涛都惊异，起伏得很有秩序了，然而浪花溅在伊身上。这纯白的影子在海水里动摇，仿佛全体都正在四面八方的迸散。但伊自己并没有见，只是不由的跪下一足，伸手掬起带水的软泥来，同时又揉捏几回，便有一个和自己差不多的小东西在两手里。

"阿，阿！"伊固然以为是自己做的，但也疑心这东西就白薯似的原在泥土里，禁不住很诧异了。

然而这诧异使伊喜欢，以未曾有的勇往和愉快继续着伊的事业，呼吸吹嘘着，汗混和着……

"Nga！nga！"那些小东西可是叫起来了。

"阿，阿！"伊又吃了惊，觉得全身的毛孔中无不有什么东西飞散，于是地上便罩满了乳白色的烟云，伊才定了神，那些小东西也住了口。

"Akon，Agon！"有些东西向伊说。

"阿阿，可爱的宝贝。"伊看定他们，伸出带着泥土的手指去拨他肥白的脸。

"Uvu，Ahaha！"他们笑了。这是伊第一回在天地间看见的笑，于是自己也第一回笑得合不上嘴唇来。

伊一面抚弄他们，一面还是做，被做的都在伊的身边打圈，但他们渐渐的走得远，说得多了，伊也渐渐的懂不得，只觉得耳朵边满是嘈杂的嚷，嚷得颇有些头昏。

伊在长久的欢喜中，早已带着疲乏了。几乎吹完了呼吸，流完了汗，而况又头昏，两眼便蒙胧起来，两颊也渐渐的发了热，自己觉得无所谓了，而且不耐烦。然而伊还是照旧的不歇手，不自觉的只是做。

终于，腰腿的酸痛逼得伊站立起来，倚在一座较为光滑的高山上，仰面一看，满天是鱼鳞样的白云，下面则是黑压压的浓绿。伊自己也不知道怎样，总觉得左右不如意了，便焦躁的伸出手去，信手一拉，拔起一株从山上长到天边的紫藤，一房一房的刚开着大不可言的紫花，伊一挥，那藤便横搭在地面上，遍地散满了半紫半白的花瓣。

伊接着一摆手，紫藤便在泥和水里一翻身，同时也溅出拌着水的泥土来，待到落在地上，就成了许多伊先前做过了一般的小东西，只是大半呆头呆脑，獐头鼠目的有些讨厌。然而伊不暇理会这等事了，单是有趣而且烦躁，夹着恶作剧的将手只是抡，愈抡愈飞速了，那藤便拖泥带水的在地上滚，像一条给沸水烫伤了的赤练蛇。泥点也就暴雨似的从藤身上飞溅开来，还在空中便成了哇哇地啼哭的小东西，爬来爬去的撒得满地。

伊近于失神了，更其抡，但是不独腰腿痛，连两条臂膊也都乏了力，伊于是不由的蹲下身子去，将头靠着高山，头发漆黑的搭在山顶上，喘息一回之后，叹一口气，两眼就合上了。紫藤从伊的手里落了下来，也困顿不堪似的懒洋洋的躺在地面上。

## 二

轰！！！

在这天崩地塌价的声音中，女娲猛然醒来，同时也就向东南方直溜下去了。伊伸了脚想踏住，然而什么也踹不到，连忙一舒臂揪住了山峰，这才没有再向下滑的形势。

但伊又觉得水和沙石都从背后向伊头上和身边滚泼过去了，略一回头，便灌了一口和两耳朵的水，伊赶紧低了头，又只见地面不住的动摇。幸而这动摇也似乎平静下去了，伊向后一移，坐稳了身子，这才挪出手来拭去额角上和眼睛边的水，细看是怎样的情形。

情形很不清楚，遍地是瀑布般的流水；大概是海里罢❶，有几处更站起很尖的波浪来。伊只得呆呆的等着。

可是终于大平静了，大波不过高如从前的山，像是陆地的处所便露出棱棱的石骨。伊正向海上看，只见几座山奔流过来，一面又在波浪堆里打旋子。伊恐怕那些山碰了自己的脚，便伸手将他们撮住，望那山坳里，还伏着许多未曾见过的东西。

伊将手一缩，拉近山来仔细的看，只见那些东西旁边的地上吐得很狼藉，似乎是金玉的粉末，又夹杂些嚼碎的松柏叶和鱼肉。他们也慢慢的陆续抬起头来了，女娲圆睁了眼睛，好容易才省悟到这便是自己先前所做的小东西，只是怪模怪样的已经都用什么包了身子，有几个还在脸的下半截长着雪白的毛毛了，虽然被海水粘得像一片尖尖的白杨叶。

---

❶ 现在写作"吧"。本书有的用字与现在不同，除了"罢"，还有"的""阿""么""甚""豫""做""那""止""枝""坐""化""决""著""检""沈""惟"等。另外，本书的一些标点符号的用法也存在与现在不同的情况。遵照原文，均未加改动。

"阿，阿！"伊诧异而且害怕的叫，皮肤上都起粟，就像触着一支毛刺虫。

"上真救命……"一个脸的下半截长着白毛的昂了头，一面呕吐，一面断断续续的说，"救命……臣等……是学仙的。谁料坏劫到来，天地分崩了。……现在幸而……遇到上真，……请救蚁命，……并赐仙……仙药……"他于是将头一起一落的做出异样的举动。

伊都茫然，只得又说，"什么？"

他们中的许多也都开口了，一样的是一面呕吐，一面"上真上真"的只是嚷，接着又都做出异样的举动。伊被他们闹得心烦，颇后悔这一拉，竟至于惹了莫名其妙的祸。伊无法可想的向四处看，便看见有一队巨鳌正在海面上游玩，伊不由的喜出望外了，立刻将那些山都搁在他们的脊梁上，嘱咐道，"给我驮到平稳点的地方去罢！"巨鳌们似乎点一点头，成群结队的驮远了。可是先前拉得过于猛，以致从山上摔下一个脸有白毛的来，此时赶不上，又不会凫水，便伏在海边自己打嘴巴。这倒使女娲觉得可怜了，然而也不管，因为伊实在也没有工夫来管这些事。

伊嘘一口气，心地较为轻松了，再转过眼光来看自己的身边，流水已经退得不少，处处也露出广阔的土石，石缝里又嵌着许多东西，有的是直挺挺的了，有的却还在动。伊瞥见有一个正在白着眼睛呆看伊；那是遍身多用铁片包起来的，脸上的神情似乎很失望而且害怕。

"那是怎么一回事呢？"伊顺便的问。

"呜呼，天降丧。"那一个便凄凉可怜的说，"颛顼不道，抗我后，我后躬行天讨，战于郊，天不祐德，我师反走，……"

"什么？"伊向来没有听过这类话，非常诧异了。

"我师反走，我后爰以厥首触不周之山，折天柱，绝地维，我后亦殂落。呜呼，是实惟……"

"够了够了，我不懂你的意思。"伊转过脸去了，却又看见一个高兴而且骄傲的脸，也多用铁片包了全身的。

"那是怎么一回事呢？"伊到此时才知道这些小东西竟会变这么花样不同的脸，所以也想问出别样的可懂的答话来。

"人心不古，康回实有豕心，觑天位，我后躬行天讨，战于郊，天实祐德，我师攻战无敌，殛康回于不周之山。"

"什么？"伊大约仍然没有懂。

"人心不古，……"

"够了够了，又是这一套！"伊气得从两颊立刻红到耳根，火速背转头，另外去寻觅，好容易才看见一个不包铁片的东西，身子精光，带着伤痕还在流血，只是腰间却也围着一块破布片。他正从别一个直挺挺的东西的腰间解下那破布来，慌忙系上自己的腰，但神色倒也很平淡。

伊料想他和包铁片的那些是别一种，应该可以探出一些头绪了，便问道：

"那是怎么一回事呢？"

"那是怎么一回事呵。"他略一抬头，说。

"那刚才闹出来的是？……"

"那刚才闹出来的么？"

"是打仗罢？"伊没有法，只好自己来猜测了。

"打仗罢？"然而他也问。

女娲倒抽了一口冷气，同时也仰了脸去看天。天上一条大裂纹，非常深，也非常阔。伊站起来，用指甲去一弹，一点不清脆，竟和破碗的声音相差无几了。伊皱着眉心，向四面察看一番，又想了一会，便拧去头发里的水，分开了搭在左右肩膀上，打起精神来向各处拔芦柴：伊已经打定了"修补起来再说"的主意了。

伊从此日日夜夜堆芦柴，柴堆高多少，伊也就瘦多少，因为情形不比先前，——仰面是歪斜开裂的天，低头是龌龊破烂的地，毫没有一些可以赏心悦目的东西了。

芦柴堆到裂口，伊才去寻青石头。当初本想用和天一色的纯青石的，然而地上没有这么多，大山又舍不得用，有时到热闹处所去寻些零碎，看见的又冷笑，痛骂，或者抢回去，甚而至于还咬伊的手。伊于是只好挽些白石，再不够，便凑上些红黄的和灰黑的，后来总算将就的填满了裂口，止要一点火，一熔化，事情便完成，然而伊也累得眼花耳响，支持不住了。

"唉唉，我从来没有这样的无聊过。"伊坐在一座山顶上，两手捧着头，上气不接下气的说。

这时昆仑山上的古森林的大火还没有熄，西边的天际都通红。伊向西一瞟，决计从那里拿过一株带火的大树来点芦柴积，正要伸手，又觉得脚趾上有什么东西刺着了。

伊顺下眼去看，照例是先前所做的小东西，然而更异样了，累累坠坠的用什么布似的东西挂了一身，腰间又格外挂上十几条布，头上也罩着些不知什么，顶上是一块乌黑的小小的长方板，手里拿着一片物件，刺伊脚趾的便是这东西。

那顶着长方板的却偏站在女娲的两腿之间向上看，见伊一顺眼，便仓皇的将那小片递上来了。

伊接过来看时，是一条很光滑的青竹片，上面还有两行黑色的细点，比榔树叶上的黑斑小得多。伊倒也很佩服这手段的细巧。

"这是什么？"伊还不免于好奇，又忍不住要问了。

顶长方板的便指着竹片，背诵如流的说道，"裸裎淫佚，失德蔑礼败度，禽兽行。国有常刑，惟禁！"

女娲对那小方板瞪了一眼，倒暗笑自己问得太悖了，伊本已知道和这类东西扳谈，照例是说不通的，于是不再开口，随手将竹片搁在那头顶上面的方板上，回手便从火树林里抽出一株烧着的大树来，要向芦柴堆上去点火。

忽而听到呜呜咽咽的声音了，可也是闻所未闻的玩艺，伊姑且向下再一瞟，却见方板底下的小眼睛里含着两粒比芥子还小的眼泪。因为这和伊先前听惯的"nga nga"的哭声大不同了，所以竟不知道这也是一种哭。

伊就去点上火，而且不止一地方。

火势并不旺，那芦柴是没有干透的，但居然也烘烘的响，很久很久，终于伸出无数火焰的舌头来，一伸一缩的向上舔，又很久，便合成火焰的重台花，又成了火焰的柱，赫赫的压倒了昆仑山上的红光。大风忽地起来，火柱旋转着发吼，青的和杂色的石块都一色通红了，饴糖似的流布在裂缝中间，像一条不灭的闪电。

风和火势卷得伊的头发都四散而且旋转，汗水如瀑布一般奔流，大光焰烘托了伊的身躯，使宇宙间现出最后的肉红色。

火柱逐渐上升了，只留下一堆芦柴灰。伊待到天上一色青碧的时候，才伸手去一摸，指面上却觉得还很有些参差。

"养回了力气，再来罢。……"伊自己想。

伊于是弯腰去捧芦灰了，一捧一捧的填在地上的大水里，芦灰还未冷透，蒸得水渐渐的沸涌，灰水泼满了伊的周身。大风又不肯停，夹着灰扑来，使伊成了灰土的颜色。

"吁！……"伊吐出最后的呼吸来。

天边的血红的云彩里有一个光芒四射的太阳，如流动的金球包在荒古的熔岩中；那一边，却是一个生铁一般的冷而且白的月亮。但不知道谁是下去和谁是上来。这时候，伊的以自己用尽了自己一切的躯壳，便在这中间躺倒，而且不再呼吸了。

上下四方是死灭以上的寂静。


三


有一日，天气很寒冷，却听到一点喧嚣，那是禁军终于杀到了，因为他们等候着望不见火光和烟尘的时候，所以到得迟。他们左边一柄黄斧头，右边一柄黑斧头，后面一柄极大极古的大纛，躲躲闪闪的攻到女娲死尸的旁边，却并不见有什么动静。他们就在死尸的肚皮上扎了寨，因为这一处最膏腴，他们检选这些事是很伶俐的。然而他们却突然变了口风，说惟有他们是女娲的嫡派，同时也就改换了大纛旗上的科斗字，写道"女娲氏之肠"。

落在海岸上的老道士也传了无数代了。他临死的时候，才将仙山被巨鳌背到海上这一件要闻传授徒弟，徒弟又传给徒孙，后来一个方士想讨好，竟去奏闻了秦始皇，秦始皇便教方士去寻去。

方士寻不到仙山，秦始皇终于死掉了；汉武帝又教寻，也一样的没有影。

大约巨鳌们是并没有懂得女娲的话的，那时不过偶而凑巧的点了点头。模模胡胡的背了一程之后，大家便走散去睡觉，仙山也就跟着沉下了，所以直到现在，总没有人看见半座神仙山，至多也不外乎发见了若干野蛮岛。

一九二二年十一月作

# 奔月

## 一

聪明的牲口确乎知道人意，刚刚望见宅门，那马便立刻放缓脚步了，并且和它背上的主人同时垂了头，一步一顿，像捣米一样。

暮霭笼罩了大宅，邻屋上都腾起浓黑的炊烟，已经是晚饭时候。家将们听得马蹄声，早已迎了出来，都在宅门外垂着手直挺挺地站着。羿在垃圾堆边懒懒地下了马，家将们便接过缰绳和鞭子去。他刚要跨进大门，低头看看挂在腰间的满壶的簇新的箭和网里的三匹乌老鸦和一匹射碎了的小麻雀，心里就非常踌躇。但到底硬着头皮，大踏步走进去了；箭在壶里豁朗豁朗地响着。

刚到内院，他便见嫦娥在圆窗里探了一探头。他知道她眼睛快，一定早瞧见那几匹乌鸦的了，不觉一吓，脚步登时也一停，——但只得往里走。使女们都迎出来，给他卸了弓箭，解下网兜。他仿佛觉得她们都在苦笑。

"太太……。"他擦过手脸，走进内房去，一面叫。

嫦娥正在看着圆窗外的暮天，慢慢回过头来，似理不理的向他看了一眼，没有答应。

这种情形，羿倒久已习惯的了，至少已有一年多。他仍旧走近去，坐在对面的铺着脱毛的旧豹皮的木榻上，搔着头皮，支支梧梧地说——

"今天的运气仍旧不见佳，还是只有乌鸦……。"

"哼！"嫦娥将柳眉一扬，忽然站起来，风似的往外走，嘴里咕噜着，"又是乌鸦的炸酱面，又是乌鸦的炸酱面！你去问问去，谁家是一年到头只吃乌鸦肉的炸酱面的？我真不知道是走了什么运，竟嫁到这里来，整年的就吃乌鸦的炸酱面！"

"太太，"羿赶紧也站起，跟在后面，低声说，"不过今天倒还好，另外还射了一匹麻雀，可以给你做菜的。女辛！"他大声地叫使女，"你把那一匹麻雀拿过来请太太看！"

野味已经拿到厨房里去了，女辛便跑去挑出来，两手捧着，送在嫦娥的眼前。

"哼！"她瞥了一眼，慢慢地伸手一捏，不高兴地说，"一团糟！不是全都粉碎了么？肉在那里？"

"是的，"羿很惶恐，"射碎的。我的弓太强，箭头太大了。"

"你不能用小一点的箭头的么？"

"我没有小的。自从我射封豕长蛇……。"

"这是封豕长蛇么？"她说着，一面回转头去对着女辛道，"放一碗汤罢！"便又退回房里去了。

只有羿呆呆地留在堂屋里，靠壁坐下，听着厨房里柴草爆炸的声音。他回忆当年的封豕是多么大，远远望去就像一坐小土冈，如果那时不去射杀它，留到现在，足可以吃半年，又何用天天愁饭菜。还有长蛇，也可以做羹喝……。

女乙来点灯了，对面墙上挂着的彤弓，彤矢，卢弓，卢矢，弩机，长剑，短剑，便都在昏暗的灯光中出现。羿看了一眼，就低了头，叹一口气；只见女辛搬进夜饭来，放在中间的案上，左边是五大碗白面；右边两大碗，一碗汤；中央是一大碗乌鸦肉做的炸酱。

羿吃着炸酱面，自己觉得确也不好吃；偷眼去看嫦娥，她炸酱是看也不看，只用汤泡了面，吃了半碗，又放下了。他觉得她脸上仿佛比往常黄瘦些，生怕她生了病。

到二更时，她似乎和气一些了，默坐在床沿上喝水。羿就坐在旁边的木榻上，手摩着脱毛的旧豹皮。

"唉，"他和蔼地说，"这西山的文豹，还是我们结婚以前射得的，那时多么好看，全体黄金光。"他于是回想当年的食物，熊是只吃四个掌，驼留峰，其余的就都赏给使女和家将们。后来大动物射完了，就吃野猪兔山鸡；射法又高强，要多少有多少。"唉，"他不觉叹息，"我的箭法真太巧妙了，竟射得遍地精光。那时谁料到只剩下乌鸦做菜……。"

"哼。"嫦娥微微一笑。

"今天总还要算运气的，"羿也高兴起来，"居然猎到一只麻雀。这是远绕了三十里路才找到的。"

"你不能走得更远一点的么？！"

"对。太太。我也这样想。明天我想起得早些。倘若你醒得早，那就叫醒我。我准备再远走五十里，看看可有些獐子兔子。……但是，怕也难。当我射封豕长蛇的时候，野兽是那么多。你还该记得罢，丈母的门前就常有黑熊走过，叫我去射了好几回……。"

"是么？"嫦娥似乎不大记得。

"谁料到现在竟至于精光的呢。想起来，真不知道将来怎么过日子。我呢，倒不要紧，只要将那道士送给我的金丹吃下去，就会飞升。但是我第一先得替你打算，……所以我决计明天再走得远一点……。"

"哼。"嫦娥已经喝完水，慢慢躺下，合上眼睛了。

残膏的灯火照着残妆，粉有些褪了，眼圈显得微黄，眉毛的黛色也仿佛两边不一样。但嘴唇依然红得如火；虽然并不笑，颊上也还有浅浅的酒窝。

"唉唉，这样的人，我就整年地只给她吃乌鸦的炸酱面……。"羿想着，觉得惭愧，两颊连耳根都热起来。

# 二

过了一夜就是第二天。

羿忽然睁开眼睛，只见一道阳光斜射在西壁上，知道时候不早了；看看嫦娥，兀自摊开了四肢沉睡着。他悄悄地披上衣服，爬下豹皮榻，蹩出堂前，一面洗脸，一面叫女庚去吩咐王升备马。

他因为事情忙，是早就废止了朝食的；女乙将五个炊饼，五株葱和一包辣酱都放在网兜里，并弓箭一齐替他系在腰间。他将腰带紧了一紧，轻轻地跨出堂外面，一面告诉那正从对面进来的女庚道——

"我今天打算到远地方去寻食物去，回来也许晚一些。看太太醒后，用过早点心，有些高兴的时候，你便去禀告，说晚饭请她等一等，对不起得很。记得么？你说：对不起得很。"

他快步出门，跨上马，将站班的家将们扔在脑后，不一会便跑出村庄了。前面是天天走熟的高粱田，他毫不注意，早知道什么也没有的。加上两鞭，一径飞奔前去，一气就跑了六十里上下，望见前面有一簇很茂盛的树林，马也喘气不迭，浑身流汗，自然慢下去了。大约又走了十多里，这才接近树林，然而满眼是胡蜂，粉蝶，蚂蚁，蚱蜢，那里有一点禽兽的踪迹。他望见这一块新地方时，本以为至少总可以有一两匹狐儿兔儿的，现在才知道又是梦想。他只得绕出树林，看那后面却又是碧绿的高粱地，远处散点着几间小小的土屋。风和日暖，鸦雀无声。

"倒楣！"他尽量地大叫了一声，出出闷气。

但再前行了十多步，他即刻心花怒放了，远远地望见一间土屋外面的平地上，的确停着一匹飞禽，一步一啄，像是很大的鸽子。他慌忙拈弓搭箭，引满弦，将手一放，那箭便流星般出去了。

这是无须迟疑的，向来有发必中；他只要策马跟着箭路飞跑前去，便可以拾得猎物。谁知道他将要临近，却已有一个老婆子捧着带箭的大鸽子，大声嚷着，正对着他的马头抢过来。

"你是谁哪？怎么把我家的顶好的黑母鸡射死了？你的手怎的有这么闲哪？……"

羿的心不觉跳了一跳，赶紧勒住马。

"阿呀！鸡么？我只道是一只鹁鸪。"他惶恐地说。

"瞎了你的眼睛！看你也有四十多岁了罢。"

"是的。老太太。我去年就有四十五岁了。"

"你真是枉长白大！连母鸡也不认识，会当作鹁鸪！你究竟是谁哪？"

"我就是夷羿。"他说着，看看自己所射的箭，是正贯了母鸡的心，当然死了，末后的两个字便说得不大响亮；一面从马上跨下来。

"夷羿？……谁呢？我不知道。"她看着他的脸，说。

"有些人是一听就知道的。尧爷的时候，我曾经射死过几匹野猪，几条蛇……。"

"哈哈，骗子！那是逢蒙老爷和别人合伙射死的。也许有你在内罢；但你倒说是你自己了，好不识羞！"

"阿阿，老太太。逢蒙那人，不过近几年时常到我那里来走走，我并没有和他合伙，全不相干的。"

"说诳。近来常有人说，我一月就听到四五回。"

"那也好。我们且谈正经事罢。这鸡怎么办呢？"

"赔。这是我家最好的母鸡，天天生蛋。你得赔我两柄锄头，三个纺锤。"

"老太太，你瞧我这模样，是不耕不织的，那里来的锄头和纺锤。我身边又没有钱，只有五个炊饼，倒是白面做的，就拿来赔了你的鸡，还添上五株葱和一包甜辣酱。你以为怎样？……"他一只手去网兜里掏炊饼，伸出那一只手去取鸡。

老婆子看见白面的炊饼，倒有些愿意了，但是定要十五个。磋商的结果，好容易才定为十个，约好至迟明天正午送到，就用那射鸡的箭作抵押。羿这时才放了心，将死鸡塞进网兜里，跨上鞍鞒，回马就走，虽然肚饿，心里却很喜欢，他们不喝鸡汤实在已经有一年多了。

他绕出树林时，还是下午，于是赶紧加鞭向家里走；但是马力乏了，刚到走惯的高粱田近旁，已是黄昏时候。只见对面远处有人影子一闪，接着就有一枝箭忽地向他飞来。

羿并不勒住马，任它跑着，一面却也拈弓搭箭，只一发，只听得铮的一声，箭尖正触着箭尖，在空中发出几点火花，两枝箭便向上挤成一个"人"字，又翻身落在地上了。第一箭刚刚相触，两面立刻又来了第二箭，还是铮的一声，相触在半空中。那样地射了九箭，羿的箭都用尽了；但他这时已经看清逄蒙得意地站在对面，却还有一枝箭搭在弦上正在瞄准他的咽喉。

"哈哈，我以为他早到海边摸鱼去了，原来还在这些地方干这些勾当，怪不得那老婆子有那些话……。"羿想。

那时快，对面是弓如满月，箭似流星。飕的一声，径向羿的咽喉飞过来。也许是瞄准差了一点了，却正中了他的嘴；一个筋斗，他带箭掉下马去了，马也就站住。

逄蒙见羿已死，便慢慢地蹩过来，微笑着去看他的死脸，当作喝一杯胜利的白干。

刚在定睛看时，只见羿张开眼，忽然直坐起来。

"你真是白来了一百多回。"他吐出箭，笑着说，"难道连我的

'啮镞法'都没有知道么？这怎么行。你闹这些小玩艺儿是不行的，偷去的拳头打不死本人，要自己练练才好。"

"即以其人之道，反诸其人之身……。"胜者低声说。

"哈哈哈！"他一面大笑，一面站了起来，"又是引经据典。但这些话你只可以哄哄老婆子，本人面前捣什么鬼？俺向来就只是打猎，没有弄过你似的剪径的玩艺儿……。"他说着，又看看网兜里的母鸡，倒并没有压坏，便跨上马，径自走了。

"……你打了丧钟！……"远远地还送来叫骂。

"真不料有这样没出息。青青年纪，倒学会了诅咒，怪不得那老婆子会那么相信他。"羿想着，不觉在马上绝望地摇了摇头。


# 三


还没有走完高粱田，天色已经昏黑；蓝的空中现出明星来，长庚在西方格外灿烂。马只能认着白色的田塍走，而且早已筋疲力竭，自然走得更慢了。幸而月亮却在天际渐渐吐出银白的清辉。

"讨厌！"羿听到自己的肚子里骨碌骨碌地响了一阵，便在马上焦躁了起来。"偏是谋生忙，便偏是多碰到些无聊事，白费工夫！"他将两腿在马肚子上一磕，催它快走，但马却只将后半身一扭，照旧地慢腾腾。

"嫦娥一定生气了，你看今天多么晚。"他想。"说不定要装怎样的脸给我看哩。但幸而有这一只小母鸡，可以引她高兴。我只要说：太太，这是我来回跑了二百里路才找来的。不，不好，这话似乎太逞能。"

他望见人家的灯火已在前面，一高兴便不再想下去了。马也不待鞭策，自然飞奔。圆的雪白的月亮照着前途，凉风吹脸，真是比大猎回来时还有趣。

马自然而然地停在垃圾堆边；羿一看，仿佛觉得异样，不知怎地似乎家里乱氄氄。迎出来的也只有一个赵富。

"怎的？王升呢？"他奇怪地问。

"王升到姚家找太太去了。"

"什么？太太到姚家去了么？"羿还呆坐在马上，问。

"喳……。"他一面答应着，一面去接马缰和马鞭。

羿这才爬下马来，跨进门，想了一想，又回过头去问道——

"不是等不迭了，自己上饭馆去了么？"

"喳。三个饭馆，小的都去问过了，没有在。"

羿低了头，想着，往里面走，三个使女都惶惑地聚在堂前。他便很诧异，大声的问道——

"你们都在家么？姚家，太太一个人不是向来不去的么？"

她们不回答，只看看他的脸，便来给他解下弓袋和箭壶和装着小母鸡的网兜。羿忽然心惊肉跳起来，觉得嫦娥是因为气忿寻了短见了，便叫女庚去叫赵富来，要他到后园的池里树上去看一遍。但他一跨进房，便知道这推测是不确的了：房里也很乱，衣箱是开着，向床里一看，首先就看出失少了首饰箱。他这时正如头上淋了一盆冷水，金珠自然不算什么，然而那道士送给他的仙药，也就放在这首饰箱里的。

羿转了两个圆圈，才看见王升站在门外面。

"回老爷，"王升说，"太太没有到姚家去；他们今天也不打牌。"

羿看了他一眼，不开口。王升就退出去了。

"老爷叫？……"赵富上来，问。

羿将头一摇，又用手一挥，叫他也退出去。

羿又在房里转了几个圈子，走到堂前，坐下，仰头看着对面壁上的彤弓，彤矢，卢弓，卢矢，弩机，长剑，短剑，想了些时，才问那呆立在下面的使女们道——

"太太是什么时候不见的？"

"掌灯时候就不看见了，"女乙说，"可是谁也没见她走出去。"

"你们可见太太吃了那箱里的药没有？"

"那倒没有见。但她下午要我倒水喝是有的。"

羿急得站了起来，他似乎觉得，自己一个人被留在地上了。

"你们看见有什么向天上飞升的么？"他问。

"哦！"女辛想了一想，大悟似的说，"我点了灯出去的时候，的确看见一个黑影向这边飞去的，但我那时万想不到是太太……。"于是她的脸色苍白了。

"一定是了！"羿在膝上一拍，即刻站起，走出屋外去，回头问着女辛道，"那边？"

女辛用手一指，他跟着看去时，只见那边是一轮雪白的圆月，挂在空中，其中还隐约现出楼台，树木；当他还是孩子时候祖母讲给他听的月宫中的美景，他依稀记得起来了。他对着浮游在碧海里似的月亮，觉得自己的身子非常沉重。

他忽然愤怒了。从愤怒里又发了杀机，圆睁着眼睛，大声向使女们叱咤道——

"拿我的射日弓来！和三枝箭！"

女乙和女庚从堂屋中央取下那强大的弓，拂去尘埃，并三枝长箭都交在他手里。

他一手拈弓，一手捏着三枝箭，都搭上去，拉了一个满弓，正对着月亮。身子是岩石一般挺立着，眼光直射，闪闪如岩下电，须发开张飘动，像黑色火，这一瞬息，使人仿佛想见他当年射日的雄姿。

飕的一声，——只一声，已经连发了三枝箭，刚发便搭，一搭又发，眼睛不及看清那手法，耳朵也不及分别那声音。本来对面是虽然受了三枝箭，应该都聚在一处的，因为箭箭相衔，不差丝发。但他为必中起见，这时却将手微微一动，使箭到时分成三点，有三个伤。

使女们发一声喊，大家都看见月亮只一抖，以为要掉下来了，——但却还是安然地悬着，发出和悦的更大的光辉，似乎毫无伤损。

"呔！"羿仰天大喝一声，看了片刻；然而月亮不理他。他前进三步，月亮便退了三步；他退三步，月亮却又照数前进了。

他们都默着，各人看各人的脸。

羿懒懒地将射日弓靠在堂门上，走进屋里去。使女们也一齐跟着他。

"唉，"羿坐下，叹一口气，"那么，你们的太太就永远一个人快乐了。她竟忍心撇了我独自飞升？莫非看得我老起来了？但她上月还说：并不算老，若以老人自居，是思想的堕落。"

"这一定不是的。"女乙说，"有人说老爷还是一个战士。"

"有时看去简直好像艺术家。"女辛说。

"放屁！——不过乌老鸦的炸酱面确也不好吃，难怪她忍不住……。"

"那豹皮褥子脱毛的地方，我去剪一点靠墙的脚上的皮来补一补罢，怪不好看的。"女辛就往房里走。

"且慢，"羿说着，想了一想，"那倒不忙。我实在饿极了，还是赶快去做一盘辣子鸡，烙五斤饼来，给我吃了好睡觉。明天再去找那道士要一服仙药，吃了追上去罢。女庚，你去吩咐王升，叫他量四升白豆喂马！"

一九二六年十二月作

# 理水

## 一

这时候是"汤汤洪水方割，浩浩怀山襄陵"；舜爷的百姓，倒并不都挤在露出水面的山顶上，有的捆在树顶，有的坐着木排，有些木排上还搭有小小的板棚，从岸上看起来，很富于诗趣。

远地里的消息，是从木排上传过来的。大家终于知道鲧大人因为治了九整年的水，什么效验也没有，上头龙心震怒，把他充军到羽山去了，接任的好像就是他的儿子文命少爷，乳名叫作阿禹。

灾荒得久了，大学早已解散，连幼稚园也没有地方开，所以百姓们都有些混混沌沌。只在文化山上，还聚集着许多学者，他们的食粮，是都从奇肱国用飞车运来的，因此不怕缺乏，因此也能够研究学问。然而他们里面，大抵是反对禹的，或者简直不相信世界上真有这个禹。

每月一次，照例的半空中要籁籁的发响，愈响愈厉害，飞车看得清楚了，车上插一张旗，画着一个黄圆圈在发毫光。离地五尺，就挂下几只篮子来，别人可不知道里面装的是什么，只听得上下在讲话：

"古貌林！"

"好杜有图！"

"古鲁几哩……"

"OK！"

飞车向奇肱国疾飞而去，天空中不再留下微声，学者们也静悄悄，这是大家在吃饭。独有山周围的水波，撞着石头，不住的澎湃的在发响。午觉醒来，精神百倍，于是学说也就压倒了涛声了。

"禹来治水，一定不成功，如果他是鲧的儿子的话，"一个拿拄杖的学者说。"我曾经搜集了许多王公大臣和豪富人家的家谱，很下过一番研究工夫，得到一个结论：阔人的子孙都是阔人，坏人的子孙都是坏人——这就叫作'遗传'。所以，鲧不成功，他的儿子禹一定也不会成功，因为愚人是生不出聪明人来的！"

"OK！"一个不拿拄杖的学者说。

"不过您要想想咱们的太上皇，"别一个不拿拄杖的学者道。

"他先前虽然有些'顽'，现在可是改好了。倘是愚人，就永远不会改好……"

"OK！"

"这这些些都是费话，"又一个学者吃吃的说，立刻把鼻尖胀得通红。"你们是受了谣言的骗的。其实并没有所谓禹，'禹'是一条虫，虫虫会治水的吗？我看鲧也没有的，'鲧'是一条鱼，鱼鱼会治水水水的吗？"他说到这里，把两脚一蹬，显得非常用劲。

"不过鲧却的确是有的，七年以前，我还亲眼看见他到昆仑山脚下去赏梅花的。"

"那么，他的名字弄错了，他大概不叫'鲧'，他的名字应该叫'人'！至于禹，那可一定是一条虫，我有许多证据，可以证明他的乌有，叫大家来公评……"

于是他勇猛的站了起来，摸出削刀，刮去了五株大松树皮，用吃剩的面包末屑和水研成浆，调了炭粉，在树身上用很小的蝌蚪文写上抹杀阿禹的考据，足足化掉了三九廿七天工夫。但是凡有要看的人，得拿出十片嫩榆叶，如果住在木排上，就改给一贝壳鲜水苔。

横竖到处都是水，猎也不能打，地也不能种，只要还活着，所有的是闲工夫，来看的人倒也很不少。松树下挨挤了三天，到处都发出叹息的声音，有的是佩服，有的是疲劳。但到第四天的正午，一个乡下人终于说话了，这时那学者正在吃炒面。

"人里面，是有叫作阿禹的，"乡下人说。"况且'禹'也不是虫，这是我们乡下人的简笔字，老爷们都写作'禹'，是大猴子……"

"人有叫作大大猴子的吗？……"学者跳起来了，连忙咽下没有嚼烂的一口面，鼻子红到发紫，吆喝道。

"有的呀，连叫阿狗阿猫的也有。"

"鸟头先生，您不要和他去辩论了，"拿拄杖的学者放下面包，拦在中间，说。"乡下人都是愚人。拿你的家谱来，"他又转向乡下人，大声道，"我一定会发见你的上代都是愚人……"

"我就从来没有过家谱……"

"呸，使我的研究不能精密，就是你们这些东西可恶！"

"不过这这也用不着家谱，我的学说是不会错的。"鸟头先生更加愤愤的说。"先前，许多学者都写信来赞成我的学说，那些信我都带在这里……"

"不不，那可应该查家谱……"

"但是我竟没有家谱，"那"愚人"说。"现在又是这么的人荒马乱，交通不方便，要等您的朋友们来信赞成，当作证据，真也比螺蛳壳里做道场还难。证据就在眼前：您叫鸟头先生，莫非真的是一个鸟儿的头，并不是人吗？"

"哼！"鸟头先生气忿到连耳轮都发紫了。"你竟这样的侮辱我！说我不是人！我要和你到皋陶大人那里去法律解决！如果我真的不是人，我情愿大辟——就是杀头呀，你懂了没有？要不然，你是应该反坐的。你等着罢，不要动，等我吃完了炒面。"

"先生，"乡下人麻木而平静的回答道，"您是学者，总该知道现在已是午后，别人也要肚子饿的。可恨的是愚人的肚子却和聪明人的一样：也要饿。真是对不起得很，我要捞青苔去了，等您上了呈子之后，我再来投案罢。"于是他跳上木排，拿起网兜，捞着水草，泛泛的远开去了。看客也渐渐的走散，鸟头先生就红着耳轮和鼻尖从新吃炒面，拿拄杖的学者在摇头。

然而"禹"究竟是一条虫，还是一个人呢，却仍然是一个大疑问。

# 二

禹也真好像是一条虫。

大半年过去了，奇肱国的飞车已经来过八回，读过松树身上的文字的木排居民，十个里面有九个生了脚气病，治水的新官却还没有消息。直到第十回飞车来过之后，这才传来了新闻，说禹是确有这么一个人的，正是鲧的儿子，也确是简放了水利大臣，三年之前，已从冀州启节，不久就要到这里了。

大家略有一点兴奋，但又很淡漠，不大相信，因为这一类不甚可靠的传闻，是谁都听得耳朵起茧了的。

然而这一回却又像消息很可靠，十多天之后，几乎谁都说大臣的确要到了，因为有人出去捞浮草，亲眼看见过官船；他还指着头上一块乌青的疙瘩，说是为了回避得太慢一点了，吃了一下官兵的飞石：这就是大臣确已到来的证据。这人从此就很有名，也很忙碌，大家都争先恐后的来看他头上的疙瘩，几乎把木排踏沉；后来还经学者们召了他去，细心研究，决定了他的疙瘩确是真疙瘩，于是使鸟头先生也不能再执成见，只好把考据学让给别人，自己另去搜集民间的曲子了。

一大阵独木大舟的到来，是在头上打出疙瘩的大约二十多天之后，每只船上，有二十名官兵打桨，三十名官兵持矛，前后都是旗帜；刚靠山顶，绅士们和学者们已在岸上列队恭迎，过了大半天，这才从最大的船里，有两位中年的胖胖的大员出现，约略二十个穿虎皮的武士簇拥着，和迎接的人们一同到最高巅的石屋里去了。

大家在水陆两面，探头探脑的悉心打听，才明白原来那两位只是考察的专员，却并非禹自己。

大员坐在石屋的中央，吃过面包，就开始考察。

"灾情倒并不算重，粮食也还可敷衍，"一位学者们的代表，苗民言语学专家说。"面包是每月会从半空中掉下来的；鱼也不缺，虽然未免有些泥土气，可是很肥，大人。至于那些下民，他们有的是榆叶和海苔，他们'饱食终日，无所用心'，——就是并不劳心，原只要吃这些就够。我们也尝过了，味道倒并不坏，特别得很……"

"况且，"别一位研究《神农本草》的学者抢着说，"榆叶里面是含有维他命W的；海苔里有碘质，可医瘰疬病，两样都极合于卫生。"

"OK！"又一个学者说。大员们瞪了他一眼。

"饮料呢，"那《神农本草》学者接下去道，"他们要多少有多少，一万代也喝不完。可惜含一点黄土，饮用之前，应该蒸馏一下的。敝人指导过许多次了，然而他们冥顽不灵，绝对的不肯照办，于是弄出数不清的病人来……"

"就是洪水，也还不是他们弄出来的吗？"一位五绺长须，身穿酱色长袍的绅士又抢着说。"水还没来的时候，他们懒着不肯填，洪水来了的时候，他们又懒着不肯戽……"

"是之谓失其性灵，"坐在后一排，八字胡子的伏羲朝小品文学家笑道。"吾尝登帕米尔之原，天风浩然，梅花开矣，白云飞矣，金价涨矣，耗子眠矣，见一少年，口衔雪茄，面有蚩尤氏之雾……哈哈哈！没有法子……"

"OK！"

这样的谈了小半天。大员们都十分用心的听着，临末是叫他们合拟一个公呈，最好还有一种条陈，沥述着善后的方法。

于是大员们下船去了。第二天，说是因为路上劳顿，不办公，也不见客；第三天是学者们公请在最高峰上赏偃盖古松，下半天又同往山背后钓黄鳝，一直玩到黄昏。第四天，说是因为考察劳顿了，不办公，也不见客；第五天的午后，就传见下民的代表。

下民的代表，是四天以前就在开始推举的，然而谁也不肯去，说是一向没有见过官。于是大多数就推定了头有疙瘩的那一个，以为他曾有见过官的经验。已经平复下去的疙瘩，这时忽然针刺似的痛起来了，他就哭着一口咬定：做代表，毋宁死！大家把他围起来，连日连夜的责以大义，说他不顾公益，是利己的个人主义者，将为华夏所不容；激烈点的，还至于捏起拳头，伸在他的鼻子跟前，要他负这回的水灾的责任。他渴睡得要命，心想与其逼死在木排上，还不如冒险去做公益的牺牲，便下了绝大的决心，到第四天，答应了。

大家就都称赞他，但几个勇士，却又有些妒忌。

就是这第五天的早晨，大家一早就把他拖起来，站在岸上听呼唤。果然，大员们呼唤了。他两腿立刻发抖，然而又立刻下了绝大的决心，决心之后，就又打了两个大呵欠，肿着眼眶，自己觉得好像脚不点地，浮在空中似的走到官船上去了。

奇怪得很，持矛的官兵，虎皮的武士，都没有打骂他，一直放进了中舱。舱里铺着熊皮，豹皮，还挂着几副弩箭，摆着许多瓶罐，弄得他眼花缭乱。定神一看，才看见在上面，就是自己的对面，坐着两位胖大的官员。什么相貌，他不敢看清楚。

"你是百姓的代表吗？"大员中的一个问道。

"他们叫我上来的。"他眼睛看着铺在舱底上的豹皮的艾叶一般的花纹，回答说。

"你们怎么样？"

"……"他不懂意思，没有答。

"你们过得还好么？"

"托大人的鸿福，还好……"他又想了一想，低低的说道，"敷敷衍衍……混混……"

"吃的呢？"

"有，叶子呀，水苔呀……"

"都还吃得来吗？"

"吃得来的。我们是什么都弄惯了的，吃得来的。只有些小畜生还要嚷，人心在坏下去哩，妈的，我们就揍他。"

大人们笑起来了，有一个对别一个说道："这家伙倒老实。"

这家伙一听到称赞，非常高兴，胆子也大了，滔滔的讲述道：

"我们总有法子想。比如水苔，顶好是做滑溜翡翠汤，榆叶就做一品当朝羹。剥树皮不可剥光，要留下一道，那么，明年春天树枝梢还是长叶子，有收成。如果托大人的福，钓到了黄鳝……"

然而大人好像不大爱听了，有一位也接连打了两个大呵欠，打断他的讲演道："你们还是合具一个公呈来罢，最好是还带一个贡献善后方法的条陈。"

"我们可是谁也不会写……"他惴惴的说。

"你们不识字吗？这真叫作不求上进！没有法子，把你们吃的东西拣一份来就是！"

他又恐惧又高兴的退了出来，摸一摸疙瘩疤，立刻把大人的吩咐传给岸上，树上和排上的居民，并且大声叮嘱道："这是送到上头去的呵！要做得干净，细致，体面呀！……"

所有居民就同时忙碌起来，洗叶子，切树皮，捞青苔，乱作一团。他自己是锯木版，来做进呈的盒子。有两片磨得特别光，连夜跑到山顶上请学者去写字，一片是做盒子盖的，求写"寿山福海"，一片是给自己的木排上做匾额，以志荣幸的，求写"老实堂"。但学者却只肯写了"寿山福海"的一块。

三

当两位大员回到京都的时候，别的考察员也大抵陆续回来了，只有禹还在外。他们在家里休息了几天，水利局的同事们就在局里大排筵宴，替他们接风，份子分福禄寿三种，最少也得出五十枚大贝壳。这一天真是车水马龙，不到黄昏时候，主客就全都到齐了，院子里却已经点起庭燎来，鼎中的牛肉香，一直透到门外虎贲的鼻子跟前，大家就一齐咽口水。酒过三巡，大员们就讲了一些水乡沿途的风景，芦花似雪，泥水如金，黄鳝膏腴，青苔滑溜……等等。微醺之后，才取出大家采集了来的民食来，都装着细巧的木匣子，盖上写着文字，有的是伏羲八卦体，有的是仓颉鬼哭体，大家就先来赏鉴这些字，争论得几乎打架之后，才决定以写着"国泰民安"的一块为第一，因为不但文字质朴难识，有上古淳厚之风，而且立言也很得体，可以宣付史馆的。

评定了中国特有的艺术之后，文化问题总算告一段落，于是来考察盒子的内容了：大家一致称赞着饼样的精巧。然而大约酒也喝得太多了，便议论纷纷：有的咬一口松皮饼，极口叹赏它的清香，说自己明天就要挂冠归隐，去享这样的清福；咬了柏叶糕的，却道质粗味苦，伤了他的舌头，要这样与下民共患难，可见为君难，为臣亦不易。有几个又扑上去，想抢下他们咬过的糕饼来，说不久就要开展览会募捐，这些都得去陈列，咬得太多是很不雅观的。

局外面也起了一阵喧嚷。一群乞丐似的大汉，面目黧黑，衣服破旧，竟冲破了断绝交通的界线，闯到局里来了。卫兵们大喝一声，连忙左右交叉了明晃晃的戈，挡住他们的去路。

"什么？——看明白！"当头是一条瘦长的莽汉，粗手粗脚的，怔了一下，大声说。

卫兵们在昏黄中定睛一看，就恭恭敬敬的立正，举戈，放他们进去了，只拦住了气喘吁吁的从后面追来的一个身穿深蓝土布袍子，手抱孩子的妇女。

"怎么？你们不认识我了吗？"她用拳头揩着额上的汗，诧异的问。

"禹太太，我们怎会不认识您家呢？"

"那么，为什么不放我进去的？"

"禹太太，这个年头儿，不大好，从今年起，要端风俗而正人心，男女有别了。现在那一个衙门里也不放娘儿们进去，不但这里，不但您。这是上头的命令，怪不着我们的。"

禹太太呆了一会，就把双眉一扬，一面回转身，一面嚷叫道：

"这杀千刀的！奔什么丧！走过自家的门口，看也不进来看一下，就奔你的丧！做官做官，做官有什么好处，仔细像你的老子，做到充军，还掉在池子里变大忘八！这没良心的杀千刀！……"

这时候，局里的大厅上也早发生了扰乱。大家一望见一群莽汉们奔来，纷纷都想躲避，但看不见耀眼的兵器，就又硬着头皮，定睛去看。奔来的也临近了，头一个虽然面貌黑瘦，但从神情上，也就认识他正是禹；其余的自然是他的随员。

这一吓，把大家的酒意都吓退了，沙沙的一阵衣裳声，立刻都退在下面。禹便一径跨到席上，在上面坐下，大约是大模大样，或者生了鹤膝风罢，并不屈膝而坐，却伸开了两脚，把大脚底对着大员们，又不穿袜子，满脚底都是栗子一般的老茧。随员们就分坐在他的左右。

"大人是今天回京的？"一位大胆的属员，膝行而前了一点，恭敬的问。

"你们坐近一点来！"禹不答他的询问，只对大家说。"查的怎么样？"

大员们一面膝行而前，一面面面相觑，列坐在残筵的下面，看见咬过的松皮饼和啃光的牛骨头。非常不自在——却又不敢叫膳夫来收去。

"禀大人，"一位大员终于说。"倒还像个样子——印象甚佳。松皮水草，出产不少；饮料呢，那可丰富得很。百姓都很老实，他们是过惯了的。禀大人，他们都是以善于吃苦，驰名世界的人们。"

"卑职可是已经拟好了募捐的计划，"又一位大员说。"准备开一个奇异食品展览会，另请女隗小姐来做时装表演。只卖票，并且声明会里不再募捐，那么，来看的可以多一点。"

"这很好。"禹说着，向他弯一弯腰。

"不过第一要紧的是赶快派一批大木筏去，把学者们接上高原来。"第三位大员说，"一面派人去通知奇肱国，使他们知道我们的尊崇文化，接济也只要每月送到这边来就好。学者们有一个公呈在这里，说的倒也很有意思，他们以为文化是一国的命脉，学者是文化的灵魂，只要文化存在，华夏也就存在，别的一切，倒还在其次……"

"他们以为华夏的人口太多了，"第一位大员道，"减少一些倒也是致太平之道。况且那些不过是愚民，那喜怒哀乐，也决没有智者所推想的那么精微的。知人论事，第一要凭主观。例如莎士比亚……"

"放他妈的屁！"禹心里想，但嘴上却大声的说道："我经过查考，知道先前的方法：'湮'，确是错误了。以后应该用'导'！不知道诸位的意见怎么样？"

静得好像坟山；大员们的脸上也显出死色，许多人还觉得自己生了病，明天恐怕要请病假了。

"这是蚩尤的法子！"一个勇敢的青年官员悄悄的愤激着。

"卑职的愚见，窃以为大人是似乎应该收回成命的。"一位白须白发的大员，这时觉得天下兴亡，系在他的嘴上了，便把心一横，置死生于度外，坚决的抗议道："湮是老大人的成法。'三年无改于父之道，可谓孝矣。'——老大人升天还不到三年。"

禹一声也不响。

"况且老大人化过多少心力呢。借了上帝的息壤，来湮洪水，虽然触了上帝的恼怒，洪水的深度可也浅了一点了。这似乎还是照例的治下去。"另一位花白须发的大员说，他是禹的母舅的干儿子。

禹一声也不响。

"我看大人还不如'幹父之蛊'，"一位胖大官员看得禹不作声，以为他就要折服了，便带些轻薄的大声说，不过脸上还流出着一层油汗。"照着家法，挽回家声。大人大约未必知道人们在怎么讲说老大人罢……"

"要而言之，'湮'是世界上已有定评的好法子，"白须发的老官恐怕胖子闹出岔子来，就抢着说道。"别的种种，所谓'摩登'者也，昔者蚩尤氏就坏在这一点上。"

禹微微一笑："我知道的。有人说我的爸爸变了黄熊，也有人说他变了三足鳖，也有人说我在求名，图利。说就是了。我要说的是我查了山泽的情形，征了百姓的意见，已经看透实情，打定主意，无论如何，非'导'不可！这些同事，也都和我同意的。"

他举手向两旁一指。白须发的，花须发的，小白脸的，胖而流着油汗的，胖而不流油汗的官员们，跟着他的指头看过去，只见一排黑瘦的乞丐似的东西，不动，不言，不笑，像铁铸的一样。

## 四

禹爷走后，时光也过得真快，不知不觉间，京师的景况日见其繁盛了。首先是阔人们有些穿了茧绸袍，后来就看见大水果铺里卖着橘子和柚子，大绸缎店里挂着华丝葛；富翁的筵席上有了好酱油，清炖鱼翅，凉拌海参；再后来他们竟有熊皮褥子狐皮褂，那太太也戴上赤金耳环银手镯了。

只要站在大门口，也总有什么新鲜的物事看：今天来一车竹箭，明天来一批松板，有时抬过了做假山的怪石，有时提过了做鱼生的鲜鱼；有时是一大群一尺二寸长的大乌龟，都缩了头装着竹笼，载在车子上，拉向皇城那面去。

"妈妈，你瞧呀，好大的乌龟！"孩子们一看见，就嚷起来，跑上去，围住了车子。

"小鬼，快滚开！这是万岁爷的宝贝，当心杀头！"

然而关于禹爷的新闻，也和珍宝的入京一同多起来了。百姓的檐前，路旁的树下，大家都在谈他的故事；最多的是他怎样夜里化为黄熊，用嘴和爪子，一拱一拱的疏通了九河，以及怎样请了天兵天将，捉住兴风作浪的妖怪无支祁，镇在龟山的脚下。皇上舜爷的事情，可是谁也不再提起了，至多，也不过谈谈丹朱太子的没出息。

禹要回京的消息，原已传布得很久了，每天总有一群人站在关口，看可有他的仪仗的到来。并没有。然而消息却愈传愈紧，也好像愈真。一个半阴半晴的上午，他终于在百姓们的万头攒动之间，进了冀州的帝都了。前面并没有仪仗，不过一大批乞丐似的随员。临末是一个粗手粗脚的大汉，黑脸黄须，腿弯微曲，双手捧着一片乌黑的尖顶的大石头——舜爷所赐的"玄圭"，连声说道"借光，借光，让一让，让一让"，从人丛中挤进皇宫里去了。

百姓们就在宫门外欢呼，议论，声音正好像浙水的涛声一样。

舜爷坐在龙位上，原已有了年纪，不免觉得疲劳，这时又似乎有些惊骇。禹一到，就连忙客气的站起来，行过礼，皋陶先去应酬了几句，舜才说道：

"你也讲几句好话我听呀。"

"哼，我有什么说呢？"禹简截的回答道。"我就是想，每天孳孳！"

"什么叫作'孳孳'？"皋陶问。

"洪水滔天，"禹说，"浩浩怀山襄陵，下民都浸在水里。我走旱路坐车，走水路坐船，走泥路坐橇，走山路坐轿。到一座山，砍一通树，和益俩给大家有饭吃，有肉吃。放田水入川，放川水入海，和稷俩给大家有难得的东西吃。东西不够，就调有余，补不足。搬家。大家这才静下来了，各地方成了个样子。"

"对啦对啦，这些话可真好！"皋陶称赞道。

"唉！"禹说。"做皇帝要小心，安静。对天有良心，天才会仍旧给你好处！"

舜爷叹一口气，就托他管理国家大事，有意见当面讲，不要背后说坏话。看见禹都答应了，又叹一口气，道："莫像丹朱的不听话，只喜欢游荡，旱地上要撑船，在家里又捣乱，弄得过不了日子，这我可真看的不顺眼！"

"我讨过老婆，四天就走，"禹回答说。"生了阿启，也不当他儿子看。所以能够治了水，分作五圈，简直有五千里，计十二州，直到海边，立了五个头领，都很好。只是有苗可不行，你得留心点！"

"我的天下，真是全仗的你的功劳弄好的！"舜爷也称赞道。

于是皋陶也和舜爷一同肃然起敬，低了头；退朝之后，他就赶紧下一道特别的命令，叫百姓都要学禹的行为，倘不然，立刻就算是犯了罪。

这使商家首先起了大恐慌。但幸而禹爷自从回京以后，态度也改变一点了：吃喝不考究，但做起祭祀和法事来，是阔绰的；衣服很随便，但上朝和拜客时候的穿著，是要漂亮的。所以市面仍旧不很受影响，不多久，商人们就又说禹爷的行为真该学，皋爷的新法令也很不错；终于太平到连百兽都会跳舞，凤凰也飞来凑热闹了。

一九三五年十一月作

# 采薇

## 一

这半年来，不知怎的连养老堂里也不大平静了，一部分的老头子，也都交头接耳，跑进跑出的很起劲。只有伯夷最不留心闲事，秋凉到了，他又老的很怕冷，就整天的坐在阶沿上晒太阳，纵使听到匆忙的脚步声，也决不抬起头来看。

"大哥！"

一听声音自然就知道是叔齐。伯夷是向来最讲礼让的，便在抬头之前，先站起身，把手一摆，意思是请兄弟在阶沿上坐下。

"大哥，时局好像不大好！"叔齐一面并排坐下去，一面气喘吁吁的说，声音有些发抖。

"怎么了呀？"伯夷这才转过脸去看，只见叔齐的原是苍白的脸色，好像更加苍白了。

"您听到过从商王那里，逃来两个瞎子的事了罢。"

"唔，前几天，散宜生好像提起过。我没有留心。"

"我今天去拜访过了。一个是太师疵，一个是少师强，还带来许多乐器。听说前几时还开过一个展览会，参观者都'啧啧称美’，——不过好像这边就要动兵了。”

“为了乐器动兵，是不合先王之道的。”伯夷慢吞吞的说。

“也不单为了乐器。您不早听到过商王无道，砍早上渡河不怕水冷的人的脚骨，看看他的骨髓，挖出比干王爷的心来，看它可有七窍吗？先前还是传闻，瞎子一到，可就证实了。况且还切切实实的证明了商王的变乱旧章。变乱旧章，原是应该征伐的。不过我想，以下犯上，究竟也不合先王之道……”

“近来的烙饼，一天一天的小下去了，看来确也像要出事情，”伯夷想了一想，说。“但我看你还是少出门，少说话，仍旧每天练你的太极拳的好！”

“是……”叔齐是很悌的，应了半声。

“你想想看，”伯夷知道他心里其实并不服气，便接着说。“我们是客人，因为西伯肯养老，呆在这里的。烙饼小下去了，固然不该说什么，就是事情闹起来了，也不该说什么的。”

“那么，我们可就成了为养老而养老了。”

“最好是少说话。我也没有力气来听这些事。”

伯夷咳了起来，叔齐也不再开口。咳嗽一止，万籁寂然，秋末的夕阳，照着两部白胡子，都在闪闪的发亮。

# 二

然而这不平静，却总是滋长起来，烙饼不但小下去，粉也粗起来了。养老堂的人们更加交头接耳，外面只听得车马行走声，叔齐更加喜欢出门，虽然回来也不说什么话，但那不安的神色，却惹得伯夷也很难闲适了：他似乎觉得这碗平稳饭快要吃不稳。

十一月下旬，叔齐照例一早起了床，要练太极拳，但他走到院子里，听了一听，却开开堂门，跑出去了。约摸有烙十张饼的时候，这才气急败坏的跑回来，鼻子冻得通红，嘴里一阵一阵的喷着白蒸气。

"大哥！你起来！出兵了！"他恭敬的垂手站在伯夷的床前，大声说，声音有些比平常粗。

伯夷怕冷，很不愿意这么早就起身，但他是非常友爱的，看见兄弟着急，只好把牙齿一咬，坐了起来，披上皮袍，在被窝里慢吞吞的穿裤子。

"我刚要练拳，"叔齐等着，一面说。"却听得外面有人马走动，连忙跑到大路上去看时——果然，来了。首先是一乘白彩的大轿，总该有八十一人抬着罢，里面一座木主，写的是'大周文王之灵位'；后面跟的都是兵。我想：这一定是要去伐纣了。现在的周王是孝子，他要做大事，一定是把文王抬在前面的。看了一会，我就跑回来，不料我们养老堂的墙外就贴着告示……"

伯夷的衣服穿好了，弟兄俩走出屋子，就觉得一阵冷气，赶紧缩紧了身子。伯夷向来不大走动，一出大门，很看得有些新鲜。不几步，叔齐就伸手向墙上一指，可真的贴着一张大告示：

"照得今殷王纣，乃用其妇人之言，自绝于天，毁坏其三正，离逷其王父母弟。乃断弃其先祖之乐；乃为淫声，用变乱正声，怡说妇人。故今予发，维共行天罚。勉哉夫子，不可再，不可三！此示。"

两人看完之后，都不作声，径向大路走去。只见路边都挤满了民众，站得水泄不通。两人在后面说一声"借光"，民众回头一看，见是两位白须老者，便照文王敬老的上谕，赶忙闪开，让他们走到前面。这时打头的木主早已望不见了，走过去的都是一排一排的甲士，约有烙三百五十二张大饼的工夫，这才见别有许多兵丁，肩着九旒云罕旗，仿佛五色云一样。接着又是甲士，后面一大队骑着高头大马的文武官员，簇拥着一位王爷，紫糖色脸，络腮胡子，左捏黄斧头，右拿白牛尾，威风凛凛：这正是"恭行天罚"的周王发。

大路两旁的民众，个个肃然起敬，没有人动一下，没有人响一声。在百静中，不提防叔齐却拖着伯夷直扑上去，钻过几个马头，拉住了周王的马嚼子，直着脖子嚷起来道：

"老子死了不葬，倒来动兵，说得上'孝'吗？臣子想要杀主子，说得上'仁'吗？……"

开初，是路旁的民众，驾前的武将，都吓得呆了；连周王手里的白牛尾巴也歪了过去。但叔齐刚说了四句话，却就听得一片哗啷声响，有好几把大刀从他们的头上砍下来。

"且住！"

谁都知道这是姜太公的声音，岂敢不听，便连忙停了刀，看着这也是白须白发，然而胖得圆圆的脸。

"义士呢。放他们去罢！"

武将们立刻把刀收回，插在腰带上。一面是走上四个甲士来，恭敬的向伯夷和叔齐立正，举手，之后就两个挟一个，开正步向路旁走过去。民众们也赶紧让开道，放他们走到自己的背后去。

到得背后，甲士们便又恭敬的立正，放了手，用力在他们俩的脊梁上一推。两人只叫得一声"阿呀"，跄跄踉踉的颠了周尺一丈路远近，这才扑通的倒在地面上。叔齐还好，用手支着，只印了一脸泥；伯夷究竟比较的有了年纪，脑袋又恰巧磕在石头上，便晕过去了。

# 三

大军过去之后，什么也不再望得见，大家便换了方向，把躺着的伯夷和坐着的叔齐围起来。有几个是认识他们的，当场告诉人们，说这原是辽西的孤竹君的两位世子，因为让位，这才一同逃到这里，进了先王所设的养老堂。这报告引得众人连声赞叹，几个人便蹲下身子，歪着头去看叔齐的脸，几个人回家去烧姜汤，几个人去通知养老堂，叫他们快抬门板来接了。

大约过了烙好一百零三四张大饼的工夫，现状并无变化，看客也渐渐的走散；又好久，才有两个老头子抬着一扇门板，一拐一拐的走来，板上面还铺着一层稻草：这还是文王定下来的敬老的老规矩。板在地上一放，咚咙一声，震得伯夷突然张开了眼睛：他苏醒了。叔齐惊喜的发一声喊，帮那两个人一同轻轻的把伯夷扛上门板，抬向养老堂里去；自己是在旁边跟定，扶住了挂着门板的麻绳。

走了六七十步路，听得远远地有人在叫喊：

"您哪！等一下！姜汤来哩！"望去是一位年青的太太，手里端着一个瓦罐子，向这面跑来了，大约怕姜汤泼出罢，她跑得不很快。

大家只得停住，等候她的到来。叔齐谢了她的好意。她看见伯夷已经自己醒来了，似乎很有些失望，但想了一想，就劝他仍旧喝下去，可以暖暖胃。然而伯夷怕辣，一定不肯喝。

"这怎么办好呢？还是八年陈的老姜熬的呀。别人家还拿不出这样的东西来呢。我们的家里又没有爱吃辣的人……"她显然有点不高兴。

叔齐只得接了瓦罐，做好做歹的硬劝伯夷喝了一口半，余下的还很多，便说自己也正在胃气痛，统统喝掉了。眼圈通红的，恭敬的夸赞了姜汤的力量，谢了那太太的好意之后，这才解决了这一场大纠纷。

他们回到养老堂里，倒也并没有什么余病，到第三天，伯夷就能够起床了，虽然前额上肿着一大块——然而胃口坏。

官民们都不肯给他们超然，时时送来些搅扰他们的消息，或者是官报，或者是新闻。十二月底，就听说大军已经渡了盟津，诸侯无一不到。不久也送了武王的《太誓》❶的钞本来。这是特别钞给养老堂看的，怕他们眼睛花，每个字都写得有核桃一般大。不过伯夷还是懒得看，只听叔齐朗诵了一遍，别的倒也并没有什么，但是"自弃其先祖肆祀不答，昏弃其家国……"这几句，断章取义，却好像很伤了自

---

❶ 又作《泰誓》，是记述周武王即位后第九年在孟津大会诸侯时，武王告诫各诸侯的话。

己的心。

传说也不少：有的说，周师到了牧野，和纣王的兵大战，杀得他们尸横遍野，血流成河，连木棍也浮起来，仿佛水上的草梗一样；有的却道纣王的兵虽然有七十万，其实并没有战，一望见姜太公带着大军前来，便回转身，反替武王开路了。

这两种传说，固然略有些不同，但打了胜仗，却似乎确实的。此后又时时听到运来了鹿台的宝贝，巨桥的白米，就更加证明了得胜的确实。伤兵也陆陆续续的回来了，又好像还是打过大仗似的。凡是能够勉强走动的伤兵，大抵在茶馆，酒店，理发铺，以及人家的檐前或门口闲坐，讲述战争的故事，无论那里，总有一群人眉飞色舞的在听他。春天到了，露天下也不再觉得怎么凉，往往到夜里还讲得很起劲。

伯夷和叔齐都消化不良，每顿总是吃不完应得的烙饼；睡觉还照先前一样，天一暗就上床，然而总是睡不着。伯夷只在翻来覆去，叔齐听了，又烦躁，又心酸，这时候，他常是重行起来，穿好衣服，到院子里去走走，或者练一套太极拳。

有一夜，是有星无月的夜。大家都睡得静静的了，门口却还有人在谈天。叔齐是向来不偷听人家谈话的，这一回可不知怎的，竟停了脚步，同时也侧着耳朵。

"妈的纣王，一败，就奔上鹿台去了，"说话的大约是回来的伤兵。"妈的，他堆好宝贝，自己坐在中央，就点起火来。"

"阿唷，这可多么可惜呀！"这分明是管门人的声音。

"不慌！只烧死了自己，宝贝可没有烧哩。咱们大王就带着诸侯，进了商国。他们的百姓都在郊外迎接，大王叫大人们招呼他们道：'纳福呀！'他们就都磕头。一直进去，但见门上都贴着两个大字道：'顺民'。大王的车子一径走向鹿台，找到纣王自寻短见的处所，射了三箭……"

"为什么呀？怕他没有死吗？"别一人问道。

"谁知道呢。可是射了三箭，又拔出轻剑来，一砍，这才拿了黄斧头，嚓！砍下他的脑袋来，挂在大白旗上。"

叔齐吃了一惊。

"之后就去找纣王的两个小老婆。哼，早已统统吊死了。大王就又射了三箭，拔出剑来，一砍，这才拿了黑斧头，割下她们的脑袋，挂在小白旗上。这么一来……"

"那两个姨太太真的漂亮吗？"管门人打断了他的话。

"知不清。旗杆子高，看的人又多，我那时金创还很疼，没有挤近去看。"

"他们说那一个叫作妲己的是狐狸精，只有两只脚变不成人样，便用布条子裹起来：真的？"

"谁知道呢。我也没有看见她的脚。可是那边的娘儿们却真有许多把脚弄得好像猪蹄子的。"

叔齐是正经人，一听到他们从皇帝的头，谈到女人的脚上去了，便双眉一皱，连忙掩住耳朵，返身跑进房里去。伯夷也还没有睡着，轻轻的问道：

"你又去练拳了么？"

叔齐不回答，慢慢的走过去，坐在伯夷的床沿上，弯下腰，告诉了他刚才听来的一些话。这之后，两人都沉默了许多时，终于是叔齐很困难的叹一口气，悄悄的说道：

"不料竟全改了文王的规矩……你瞧罢，不但不孝，也不仁……这样看来，这里的饭是吃不得了。"

"那么，怎么好呢？"伯夷问。

"我看还是走……"

于是两人商量了几句，就决定明天一早离开这养老堂，不再吃周家的大饼；东西是什么也不带。兄弟俩一同走到华山去，吃些野果和树叶来送自己的残年。况且"天道无亲，常与善人"，或者竟会有苍术和茯苓之类也说不定。

打定主意之后，心地倒十分轻松了。叔齐重复解衣躺下，不多久，就听到伯夷讲梦话；自己也觉得很有兴致，而且仿佛闻到茯苓的清香，接着也就在这茯苓的清香中，沉沉睡去了。

## 四

第二天，兄弟俩都比平常醒得早，梳洗完毕，毫不带什么东西，其实也并无东西可带，只有一件老羊皮长袍舍不得，仍旧穿在身上，拿了拄杖，和留下的烙饼，推称散步，一径走出养老堂的大门；心里想，从此要长别了，便似乎还不免有些留恋似的，回过头来看了几眼。

街道上行人还不多；所遇见的不过是睡眼惺忪的女人，在井边打水。将近郊外，太阳已经高升，走路的也多起来了，虽然大抵昂着头，得意洋洋的，但一看见他们，却还是照例的让路。树木也多起来了，不知名的落叶树上，已经吐着新芽，一望好像灰绿的轻烟，其间夹着松柏，在蒙胧中仍然显得很苍翠。

满眼是阔大，自由，好看，伯夷和叔齐觉得仿佛年青起来，脚步轻松，心里也很舒畅了。

到第二天的午后，迎面遇见了几条岔路，他们决不定走那一条路近，便检了一个对面走来的老头子，很和气的去问他。

"阿呀，可惜，"那老头子说。"您要是早一点，跟先前过去的那队马跑就好了。现在可只得先走这条路。前面岔路还多，再问罢。"

叔齐就记得了正午时分，他们的确遇见过几个废兵，赶着一大批老马，瘦马，跛脚马，癞皮马，从背后冲上来，几乎把他们踏死，这时就趁便问那老人，这些马是赶去做什么的。

"您还不知道吗？"那人答道。"我们大王已经'恭行天罚'，用不着再来兴师动众，所以把马放到华山脚下去的。这就是'归马于华山之阳'呀，您懂了没有？我们还在'放牛于桃林之野'哩！吓，这回可真是大家要吃太平饭了。"

然而这竟是兜头一桶冷水，使两个人同时打了一个寒噤，但仍然不动声色，谢过老人，向着他所指示的路前行。无奈这"归马于华山之阳"，竟踏坏了他们的梦境，使两个人的心里，从此都有些七上八下起来。

心里忐忑，嘴里不说，仍是走，到得傍晚，临近了一座并不很高的黄土冈，上面有一些树林，几间土屋，他们便在途中议定，到这里去借宿。

离土冈脚还有十几步，林子里便窜出五个彪形大汉来，头包白布，身穿破衣，为首的拿一把大刀，另外四个都是木棍。一到冈下，便一字排开，拦住去路，一同恭敬的点头，大声吆喝道：

"老先生，您好哇！"

他们俩都吓得倒退了几步，伯夷竟发起抖来，还是叔齐能干，索性走上前，问他们是什么人，有什么事。

"小人就是华山大王小穷奇，"那拿刀的说，"带了兄弟们在这里，要请您老赏一点买路钱！"

"我们那里有钱呢，大王。"叔齐很客气的说。"我们是从养老堂里出来的。"

"阿呀！"小穷奇吃了一惊，立刻肃然起敬，"那么，您两位一定是'天下之大老也'了。小人们也遵先王遗教，非常敬老，所以要请您老留下一点纪念品……"他看见叔齐没有回答，便将大刀一挥，提高了声音道："如果您老还要谦让，那可小人们只好恭行天搜，瞻仰一下您老的贵体了！"

伯夷叔齐立刻擎起了两只手；一个拿木棍的就来解开他们的皮袍，棉袄，小衫，细细搜检了一遍。

"两个穷光蛋，真的什么也没有！"他满脸显出失望的颜色，转过头去，对小穷奇说。

小穷奇看出了伯夷在发抖，便上前去，恭敬的拍拍他肩膀，说道：

"老先生，请您不要怕。海派会'剥猪猡'，我们是文明人，不干这玩意儿的。什么纪念品也没有，只好算我们自己晦气。现在您只要滚您的蛋就是了！"

伯夷没有话好回答，连衣服也来不及穿好，和叔齐迈开大步，眼看着地，向前便跑。这时五个人都已经站在旁边，让出路来了。看见他们在面前走过，便恭敬的垂下双手，同声问道：

"您走了？您不喝茶了么？"

"不喝了，不喝了……"伯夷和叔齐且走且说，一面不住的点着头。

# 五

"归马于华山之阳"和华山大王小穷奇，都使两位义士对华山害怕，于是从新商量，转身向北，讨着饭，晓行夜宿，终于到了首阳山。

这确是一座好山。既不高，又不深，没有大树林，不愁虎狼，也不必防强盗：是理想的幽栖之所。两人到山脚下一看，只见新叶嫩碧，土地金黄，野草里开着些红红白白的小花，真是连看看也赏心悦目。他们就满心高兴，用拄杖点着山径，一步一步的挨上去，找到上面突出一片石头，好像岩洞的处所，坐了下来，一面擦着汗，一面喘着气。

这时候，太阳已经西沉，倦鸟归林，啾啾唧唧的叫着，没有上山时候那么清静了，但他们倒觉得也还新鲜，有趣。在铺好羊皮袍，准备就睡之前，叔齐取出两个大饭团，和伯夷吃了一饱。这是沿路讨来的残饭，因为两人曾经议定，"不食周粟"，只好进了首阳山之后开始实行，所以当晚把它吃完，从明天起，就要坚守主义，绝不通融了。

他们一早就被乌老鸦闹醒，后来重又睡去，醒来却已是上午时分。伯夷说腰痛腿酸，简直站不起；叔齐只得独自去走走，看可有可吃的东西。他走了一些时，竟发见这山的不高不深，没有虎狼盗贼，固然是其所长，然而因此也有了缺点：下面就是首阳村，所以不但常有砍柴的老人或女人，并且有进来玩耍的孩子，可吃的野果子之类，一颗也找不出，大约早被他们摘去了。

他自然就想到茯苓。但山上虽然有松树，却不是古松，都好像根上未必有茯苓；即使有，自己也不带锄头，没有法子想。接着又想到苍术，然而他只见过苍术的根，毫不知道那叶子的形状，又不能把满山的草都拔起来看一看，即使苍术生在眼前，也不能认识。心里一暴躁，满脸发热，就乱抓了一通头皮。

但是他立刻平静了，似乎有了主意，接着就走到松树旁边，摘了一衣兜的松针，又往溪边寻了两块石头，砸下松针外面的青皮，洗过，又细细的砸得好像面饼，另寻一片很薄的石片，拿着回到石洞去了。

"三弟，有什么捞儿没有？我是肚子饿的咕噜咕噜响了好半天了。"伯夷一望见他，就问。

"大哥，什么也没有。试试这玩意儿罢。"

他就近拾了两块石头，支起石片来，放上松针面，聚些枯枝，在下面生了火。实在是许多工夫，才听得湿的松针面有些吱吱作响，可也发出一点清香，引得他们俩咽口水。叔齐高兴得微笑起来了，这是姜太公做八十五岁生日的时候，他去拜寿，在寿筵上听来的方法。

发香之后，就发泡，眼见它渐渐的干下去，正是一块糕。叔齐用皮袍袖子裹着手，把石片笑嘻嘻的端到伯夷的面前。伯夷一面吹，一面拗，终于拗下一角来，连忙塞进嘴里去。

他愈嚼，就愈皱眉，直着脖子咽了几咽，倒哇的一声吐出来了，诉苦似的看着叔齐道：

"苦……粗……"

这时候，叔齐真好像落在深潭里，什么希望也没有了。抖抖的也拗了一角，咀嚼起来，可真也毫没有可吃的样子：苦……粗……

叔齐一下子失了锐气，坐倒了，垂了头。然而还在想，挣扎的想，仿佛是在爬出一个深潭去。爬着爬着，只向前。终于似乎自己变了孩子，还是孤竹君的世子，坐在保姆的膝上了。这保姆是乡下人，在和他讲故事：黄帝打蚩尤，大禹捉无支祁，还有乡下人荒年吃薇菜。

他又记得了自己问过薇菜的样子，而且山上正见过这东西。他忽然觉得有了气力，立刻站起身，跨进草丛，一路寻过去。

果然，这东西倒不算少，走不到一里路，就摘了半衣兜。

他还是在溪水里洗了一洗，这才拿回来；还是用那烙过松针面的石片，来烤薇菜。叶子变成暗绿，熟了。但这回再不敢先去敬他的大哥了，撮起一株来，放在自己的嘴里，闭着眼睛，只是嚼。

"怎么样？"伯夷焦急的问。

"鲜的！"

两人就笑嘻嘻的来尝烤薇菜；伯夷多吃了两撮，因为他是大哥。

他们从此天天采薇菜。先前是叔齐一个人去采，伯夷煮；后来伯夷觉得身体健壮了一些，也出去采了。做法也多起来：薇汤，薇羹，薇酱，清燉薇，原汤焖薇芽，生晒嫩薇叶……

然而近地的薇菜，却渐渐的采完，虽然留着根，一时也很难生长，每天非走远路不可了。搬了几回家，后来还是一样的结果。而且新住处也逐渐的难找了起来，因为既要薇菜多，又要溪水近，这样的便当之处，在首阳山上实在也不可多得的。叔齐怕伯夷年纪太大了，一不小心会中风，便竭力劝他安坐在家里，仍旧单是担任煮，让自己独自去采薇。

伯夷逊让了一番之后，倒也应允了，从此就较为安闲自在，然而首阳山上是有人迹的，他没事做，脾气又有些改变，从沉默成了多话，便不免和孩子去搭讪，和樵夫去扳谈。也许是因为一时高兴，或者有人叫他老乞丐的缘故罢，他竟说出了他们俩原是辽西的孤竹君的儿子，他老大，那一个是老三。父亲在日原是说要传位给老三的，一到死后，老三却一定向他让。他遵父命，省得麻烦，逃走了。不料老三也逃走了。两人在路上遇见，便一同来找西伯——文王，进了养老堂。又不料现在的周王竟"以臣弑君"起来，所以只好不食周粟，逃上首阳山，吃野菜活命……等到叔齐知道，怪他多嘴的时候，已经传播开去，没法挽救了。但也不敢怎么埋怨他；只在心里想：父亲不肯把位传给他，可也不能不说很有些眼力。

叔齐的预料也并不错：这结果坏得很，不但村里时常讲到他们的事，也常有特地上山来看他们的人。有的当他们名人，有的当他们怪物，有的当他们古董。甚至于跟着看怎样采，围着看怎样吃，指手画脚，问长问短，令人头昏。而且对付还须谦虚，倘使略不小心，皱一皱眉，就难免有人说是"发脾气"。

不过舆论还是好的方面多。后来连小姐太太，也有几个人来看了，回家去都摇头，说是"不好看"，上了一个大当。

终于还引动了首阳村的第一等高人小丙君。他原是妲己的舅公的干女婿，做着祭酒，因为知道天命有归，便带着五十车行李和八百个奴婢，来投明主了。可惜已在会师盟津的前几天，兵马事忙，来不及好好的安插，便留下他四十车货物和七百五十个奴婢，另外给予两顷首阳山下的肥田，叫他在村里研究八卦学。他也喜欢弄文学，村中都是文盲，不懂得文学概论，气闷已久，便叫家丁打轿，找那两个老头子，谈谈文学去了；尤其是诗歌，因为他也是诗人，已经做好一本诗集子。

然而谈过之后，他一上轿就摇头，回了家，竟至于很有些气愤。他以为那两个家伙是谈不来诗歌的。第一，是穷：谋生之不暇，怎么做得出好诗？第二，是"有所为"，失了诗的"敦厚"；第三，是有议论，失了诗的"温柔"。尤其可议的是他们的品格，通体都是矛盾。于是他大义凛然的斩钉截铁的说道：

"'普天之下，莫非王土'，难道他们在吃的薇，不是我们圣上的吗！"

这时候，伯夷和叔齐也在一天一天的瘦下去了。这并非为了忙于应酬，因为参观者倒在逐渐的减少。所苦的是薇菜也已经逐渐的减少，每天要找一捧，总得费许多力，走许多路。

然而祸不单行。掉在井里面的时候，上面偏又来了一块大石头。

有一天，他们俩正在吃烤薇菜，不容易找，所以这午餐已在下午了。忽然走来了一个二十来岁的女人，先前是没有见过的，看她模样，好像是阔人家里的婢女。

"您吃饭吗？"她问。

叔齐仰起脸来，连忙陪笑，点点头。

"这是什么玩意儿呀？"她又问。

"薇。"伯夷说。

"怎么吃着这样的玩意儿的呀？"

"因为我们是不食周粟……"

伯夷刚刚说出口，叔齐赶紧使一个眼色，但那女人好像聪明得很，已经懂得了。她冷笑了一下，于是大义凛然的斩钉截铁的说道：

"'普天之下，莫非王土'，你们在吃的薇，难道不是我们圣上的吗！"

伯夷和叔齐听得清清楚楚，到了末一句，就好像一个大霹雳，震得他们发昏；待到清醒过来，那鸦头已经不见了。薇，自然是不吃，也吃不下去了，而且连看看也害羞，连要去搬开它，也抬不起手来，觉得仿佛有好几百斤重。

# 六

樵夫偶然发见了伯夷和叔齐都缩做一团，死在山背后的石洞里，是大约这之后的二十天。并没有烂，虽然因为瘦，但也可见死的并不久；老羊皮袍却没有垫着，不知道弄到那里去了。这消息一传到村子里，又哄动了一大批来看的人，来来往往，一直闹到夜。结果是有几个多事的人，就地用黄土把他们埋起来，还商量立一块石碑，刻上几个字，给后来好做古迹。

然而合村里没有人能写字，只好去求小丙君。

然而小丙君不肯写。

"他们不配我来写，"他说。"都是昏蛋。跑到养老堂里来，倒也罢了，可又不肯超然；跑到首阳山里来，倒也罢了，可是还要做诗；做诗倒也罢了，可是还要发感慨，不肯安分守己，'为艺术而艺术'。你瞧，这样的诗，可是有永久性的：

　　　　上那西山呀采它的薇菜，

　　　　强盗来代强盗呀不知道这的不对。

　　　　神农虞夏一下子过去了，我又那里去呢？

　　　　唉唉死罢，命里注定的晦气！

"你瞧，这是什么话？温柔敦厚的才是诗。他们的东西，却不但'怨'，简直'骂'了。没有花，只有刺，尚且不可，何况只有骂。即使放开文学不谈，他们撇下祖业，也不是什么孝子，到这里又讥讪朝政，更像一个良民……我不写！……"

文盲们不大懂得他的议论，但看见声势汹汹，知道一定是反对的意思，也只好作罢了。伯夷和叔齐的丧事，就这样的算是告了一段落。

然而夏夜纳凉的时候，有时还谈起他们的事情来。有人说是老死的，有人说是病死的，有人说是给抢羊皮袍子的强盗杀死的。后来又有人说其实恐怕是故意饿死的，因为他从小丙君府上的鸦头阿金姐那里听来：这之前的十多天，她曾经上山去奚落他们了几句，傻瓜总是脾气大，大约就生气了，绝了食撒赖，可是撒赖只落得一个自己死。

于是许多人就非常佩服阿金姐，说她很聪明，但也有些人怪她太刻薄。

阿金姐却并不以为伯夷叔齐的死掉，是和她有关系的。自然，她上山去开了几句玩笑，是事实，不过这仅仅是玩笑。那两个傻瓜发脾气，因此不吃薇菜了，也是事实，不过并没有死，倒招来了很大的运气。

"老天爷的心肠是顶好的，"她说。"他看见他们的撒赖，快要饿死了，就吩咐母鹿，用它的奶去喂他们。您瞧，这不是顶好的福气吗？用不着种地，用不着砍柴，只要坐着，就天天有鹿奶自己送到你嘴里来。可是贱骨头不识抬举，那老三，他叫什么呀，得步进步，喝鹿奶还不够了。他喝着鹿奶，心里想，'这鹿有这么胖，杀它来吃，味道一定是不坏的。'一面就慢慢的伸开臂膊，要去拿石片。可不知道鹿是通灵的东西，它已经知道了人的心思，立刻一溜烟逃走了。老天爷也讨厌他们的贪嘴，叫母鹿从此不要去。您瞧，他们还不只好饿死吗？那里是为了我的话，倒是为了自己的贪心，贪嘴呵！……"

听到这故事的人们，临末都深深的叹一口气，不知怎的，连自己的肩膀也觉得轻松不少。即使有时还会想起伯夷叔齐来，但恍恍忽忽，好像看见他们蹲在石壁下，正在张开白胡子的大口，拼命的吃鹿肉。

一九三五年十二月作

# 铸剑

## 一

　　眉间尺刚和他的母亲睡下，老鼠便出来咬锅盖，使他听得发烦。他轻轻地叱了几声，最初还有些效验，后来是简直不理他了，格支格支地径自咬。他又不敢大声赶，怕惊醒了白天做得劳乏，晚上一躺就睡着了的母亲。

　　许多时光之后，平静了；他也想睡去。忽然，扑通一声，惊得他又睁开眼。同时听到沙沙地响，是爪子抓着瓦器的声音。

　　"好！该死！"他想着，心里非常高兴，一面就轻轻地坐起来。

　　他跨下床，借着月光走向门背后，摸到钻火家伙，点上松明，向水瓮里一照。果然，一匹很大的老鼠落在那里面了；但是，存水已经不多，爬不出来，只沿着水瓮内壁，抓着，团团地转圈子。

　　"活该！"他一想到夜夜咬家具，闹得他不能安稳睡觉的便是它们，很觉得畅快。他将松明插在土墙的小孔里，赏玩着；然而那圆睁的小眼睛，又使他发生了憎恨，伸手抽出一根芦柴，将它直按到水底去。过了一会，才放手，那老鼠也随着浮了上来，还是抓着瓮壁转圈子。只是抓劲已经没有先前似的有力，眼睛也淹在水里面，单露出一点尖尖的通红的小鼻子，咻咻地急促地喘气。

他近来很有点不大喜欢红鼻子的人。但这回见了这尖尖的小红鼻子，却忽然觉得它可怜了，就又用那芦柴，伸到它的肚下去，老鼠抓着，歇了一回力，便沿着芦干爬了上来。待到他看见全身，——湿淋淋的黑毛，大的肚子，蚯蚓似的尾巴，——便又觉得可恨可憎得很，慌忙将芦柴一抖，扑通一声，老鼠又落在水瓮里，他接着就用芦柴在它头上捣了几下，叫它赶快沉下去。

换了六回松明之后，那老鼠已经不能动弹，不过沉浮在水中间，有时还向水面微微一跳。眉间尺又觉得很可怜，随即折断芦柴，好容易将它夹了出来，放在地面上。老鼠先是丝毫不动，后来才有一点呼吸；又许多时，四只脚运动了，一翻身，似乎要站起来逃走。这使眉间尺大吃一惊，不觉提起左脚，一脚踏下去。只听得吱的一声，他蹲下去仔细看时，只见口角上微有鲜血，大概是死掉了。

他又觉得很可怜，仿佛自己作了大恶似的，非常难受。他蹲着，呆看着，站不起来。

"尺儿，你在做什么？"他的母亲已经醒来了，在床上问。

"老鼠……。"他慌忙站起，回转身去，却只答了两个字。

"是的，老鼠。这我知道。可是你在做什么？杀它呢，还是在救它？"

他没有回答。松明烧尽了；他默默地立在暗中，渐看见月光的皎洁。

"唉！"他的母亲叹息说，"一交子时，你就是十六岁了，性情还是那样，不冷不热地，一点也不变。看来，你的父亲的仇是没有人报的了。"

他看见他的母亲坐在灰白色的月影中，仿佛身体都在颤动；低微的声音里，含着无限的悲哀，使他冷得毛骨悚然，而一转眼间，又觉得热血在全身中忽然腾沸。

"父亲的仇？父亲有什么仇呢？"他前进几步，惊急地问。

"有的。还要你去报。我早想告诉你的了；只因为你太小，没有说。现在你已经成人了，却还是那样的性情。这教我怎么办呢？你似的性情，能行大事的么？"

"能。说罢，母亲。我要改过……。"

"自然。我也只得说。你必须改过……。那么，走过来罢。"

他走过去；他的母亲端坐在床上，在暗白的月影里，两眼发出闪闪的光芒。

"听哪！"她严肃地说，"你的父亲原是一个铸剑的名工，天下第一。他的工具，我早已都卖掉了来救了穷了，你已经看不见一点遗迹；但他是一个世上无二的铸剑的名工。二十年前，王妃生下了一块铁，听说是抱了一回铁柱之后受孕的，是一块纯青透明的铁。大王知道是异宝，便决计用来铸一把剑，想用它保国，用它杀敌，用它防身。不幸你的父亲那时偏偏人了选，便将铁捧回家里来，日日夜夜地锻炼，费了整三年的精神，炼成两把剑。

"当最末次开炉的那一日，是怎样地骇人的景象呵！哗拉拉地腾上一道白气的时候，地面也觉得动摇。那白气到天半便变成白云，罩住了这处所，渐渐现出绯红颜色，映得一切都如桃花。我家的漆黑的炉子里，是躺着通红的两把剑。你父亲用井华水慢慢地滴下去，那剑嘶嘶地吼着，慢慢转成青色了。这样地七日七夜，就看不见了剑，仔细看时，却还在炉底里，纯青的，透明的，正像两条冰。

"大欢喜的光采，便从你父亲的眼睛里四射出来；他取起剑，拂拭着，拂拭着。然而悲惨的皱纹，却也从他的眉头和嘴角出现了。他将那两把剑分装在两个匣子里。

"'你只要看这几天的景象，就明白无论是谁，都知道剑已炼就的了。'他悄悄地对我说。'一到明天，我必须去献给大王。但献剑的一天，也就是我命尽的日子。怕我们从此要长别了。'

"'你……。'我很骇异，猜不透他的意思，不知怎么说的好。我只是这样地说：'你这回有了这么大的功劳……。'

"'唉！你怎么知道呢！'他说。'大王是向来善于猜疑，又极残忍的。这回我给他炼成了世间无二的剑，他一定要杀掉我，免得我再去给别人炼剑，来和他匹敌，或者超过他。'

"我掉泪了。

"'你不要悲哀。这是无法逃避的。眼泪决不能洗掉运命。我可是早已有准备在这里了！'他的眼里忽然发出电火似的光芒，将一个剑匣放在我膝上。'这是雄剑。'他说。'你收着。明天，我只将这雌剑献给大王去。倘若我一去竟不回来了呢，那是我一定不再在人间了。你不是怀孕已经五六个月了么？不要悲哀；待生了孩子，好好地抚养。一到成人之后，你便交给他这雄剑，教他砍在大王的颈子上，给我报仇！'"

"那天父亲回来了没有呢？"眉间尺赶紧问。

"没有回来！"她冷静地说。"我四处打听，也杳无消息。后来听得人说，第一个用血来饲你父亲自己炼成的剑的人，就是他自己——你的父亲。还怕他鬼魂作怪，将他的身首分埋在前门和后苑了！"

眉间尺忽然全身都如烧着猛火，自己觉得每一枝毛发上都仿佛闪出火星来。他的双拳，在暗中捏得格格地作响。

他的母亲站起了，揭去床头的木板，下床点了松明，到门背后取过一把锄，交给眉间尺道："掘下去！"

眉间尺心跳着，但很沉静的一锄一锄轻轻地掘下去。掘出来的都是黄土，约到五尺多深，土色有些不同了，似乎是烂掉的材木。

"看罢！要小心！"他的母亲说。

眉间尺伏在掘开的洞穴旁边，伸手下去，谨慎小心地撮开烂树，待到指尖一冷，有如触着冰雪的时候，那纯青透明的剑也出现了。他看清了剑靶，捏着，提了出来。

窗外的星月和屋里的松明似乎都骤然失了光辉，惟有青光充塞宇内。那剑便溶在这青光中，看去好像一无所有。眉间尺凝神细视，这才仿佛看见长五尺余，却并不见得怎样锋利，剑口反而有些浑圆，正如一片韭叶。

"你从此要改变你的优柔的性情，用这剑报仇去！"他的母亲说。

"我已经改变了我的优柔的性情，要用这剑报仇去！"

"但愿如此。你穿了青衣，背上这剑，衣剑一色，谁也看不分明的。衣服我已经做在这里，明天就上你的路去罢。不要记念我！"她向床后的破衣箱一指，说。

眉间尺取出新衣，试去一穿，长短正很合式。他便重行叠好，裹了剑，放在枕边，沉静地躺下。他觉得自己已经改变了优柔的性情；他决心要并无心事一般，倒头便睡，清晨醒来，毫不改变常态，从容地去寻他不共戴天的仇雠。

但他醒着。他翻来覆去，总想坐起来。他听到他母亲的失望的轻轻的长叹。他听到最初的鸡鸣；他知道已交子时，自己是上了十六岁了。

# 二

当眉间尺肿着眼眶，头也不回的跨出门外，穿着青衣，背着青剑，迈开大步，径奔城中的时候，东方还没有露出阳光。杉树林的每一片叶尖，都挂着露珠，其中隐藏着夜气。但是，待到走到树林的那一头，露珠里却闪出各样的光辉，渐渐幻成晓色了。远望前面，便依稀看见灰黑色的城墙和雉堞。

和挑葱卖菜的一同混入城里，街市上已经很热闹。男人们一排一排的呆站着；女人们也时时从门里探出头来。她们大半也肿着眼眶；蓬着头；黄黄的脸，连脂粉也不及涂抹。

眉间尺预觉到将有巨变降临，他们便都是焦躁而忍耐地等候着这巨变的。

他径自向前走；一个孩子突然跑过来，几乎碰着他背上的剑尖，使他吓出了一身汗。转出北方，离王宫不远，人们就挤得密密层层，都伸着脖子。人丛中还有女人和孩子哭嚷的声音。他怕那看不见的雄剑伤了人，不敢挤进去；然而人们却又在背后拥上来。他只得宛转地退避；面前只看见人们的背脊和伸长的脖子。

忽然，前面的人们都陆续跪倒了；远远地有两匹马并着跑过来。此后是拿着木棍，戈，刀，弓弩，旌旗的武人，走得满路黄尘滚滚。又来了一辆四匹马拉的大车，上面坐着一队人，有的打钟击鼓，有的嘴上吹着不知道叫什么名目的劳什子。此后又是车，里面的人都穿画衣，不是老头子，便是矮胖子，个个满脸油汗。接着又是一队拿刀枪剑戟的骑士。跪着的人们便都伏下去了。这时眉间尺正看见一辆黄盖的大车驰来，正中坐着一个画衣的胖子，花白胡子，小脑袋；腰间还依稀看见佩着和他背上一样的青剑。

他不觉全身一冷，但立刻又灼热起来，像是猛火焚烧着。他一面伸手向肩头捏住剑柄，一面提起脚，便从伏着的人们的脖子的空处跨出去。

但他只走得五六步，就跌了一个倒栽葱，因为有人突然捏住了他的一只脚。这一跌又正压在一个干瘪脸的少年身上；他正怕剑尖伤了他，吃惊地起来看的时候，肋下就挨了很重的两拳。他也不暇计较，再望路上，不但黄盖车已经走过，连拥护的骑士也过去了一大阵了。

路旁的一切人们也都爬起来。干瘪脸的少年却还扭住了眉间尺的衣领，不肯放手，说被他压坏了贵重的丹田，必须保险，倘若不到八十岁便死掉了，就得抵命。闲人们又即刻围上来，呆看着，但谁也不开口；后来有人从旁笑骂了几句，却全是附和干瘪脸少年的。眉间尺遇到了这样的敌人，真是怒不得，笑不得，只觉得无聊，却又脱身不得。这样地经过了煮熟一锅小米的时光，眉间尺早已焦躁得浑身发火，看的人却仍不见减，还是津津有味似的。

前面的人圈子动摇了，挤进一个黑色的人来，黑须黑眼睛，瘦得如铁。他并不言语，只向眉间尺冷冷地一笑，一面举手轻轻地一拨干瘪脸少年的下巴，并且看定了他的脸。那少年也向他看了一会，不觉慢慢地松了手，溜走了；那人也就溜走了；看的人们也都无聊地走散。只有几个人还来问眉间尺的年纪，住址，家里可有姊姊。眉间尺都不理他们。

他向南走着；心里想，城市中这么热闹，容易误伤，还不如在南门外等候他回来，给父亲报仇罢，那地方是地旷人稀，实在很便于施展。这时满城都议论着国王的游山，仪仗，威严，自己得见国王的荣耀，以及俯伏得有怎么低，应该采作国民的模范等等，很像蜜蜂的排衙。直至将近南门，这才渐渐地冷静。

他走出城外，坐在一株大桑树下，取出两个馒头来充了饥；吃着的时候忽然记起母亲来，不觉眼鼻一酸，然而此后倒也没有什么。周围是一步一步地静下去了，他至于很分明地听到自己的呼吸。

天色愈暗，他也愈不安，尽目力望着前方，毫不见有国王回来的影子。上城卖菜的村人，一个个挑着空担出城回家去了。

人迹绝了许久之后，忽然从城里闪出那一个黑色的人来。

"走罢，眉间尺！国王在捉你了！"他说，声音好像鸱鸮。

眉间尺浑身一颤，中了魔似的，立即跟着他走；后来是飞奔。他站定了喘息许多时，才明白已经到了杉树林边。后面远处有银白的条纹，是月亮已从那边出现；前面却仅有两点磷火一般的那黑色人的眼光。

　　"你怎么认识我？……"他极其惶骇地问。

　　"哈哈！我一向认识你。"那人的声音说。"我知道你背着雄剑，要给你的父亲报仇，我也知道你报不成。岂但报不成；今天已经有人告密，你的仇人早从东门还宫，下令捕拿你了。"

　　眉间尺不觉伤心起来。

　　"唉唉，母亲的叹息是无怪的。"他低声说。

　　"但她只知道一半。她不知道我要给你报仇。"

　　"你么？你肯给我报仇么，义士？"

　　"阿，你不要用这称呼来冤枉我。"

　　"那么，你同情于我们孤儿寡妇？……"

　　"唉，孩子，你再不要提这些受了污辱的名称。"他严冷地说，"仗义，同情，那些东西，先前曾经干净过，现在却都成了放鬼债的资本。我的心里全没有你所谓的那些。我只不过要给你报仇！"

　　"好。但你怎么给我报仇呢？"

　　"只要你给我两件东西。"两粒磷火下的声音说。"那两件么？你听着：一是你的剑，二是你的头！"

　　眉间尺虽然觉得奇怪，有些狐疑，却并不吃惊。他一时开不得口。

　　"你不要疑心我将骗取你的性命和宝贝。"暗中的声音又严冷地说。"这事全由你。你信我，我便去；你不信，我便住。"

"但你为什么给我去报仇的呢？你认识我的父亲么？"

　　"我一向认识你的父亲，也如一向认识你一样。但我要报仇，却并不为此。聪明的孩子，告诉你罢。你还不知道么，我怎么地善于报仇。你的就是我的；他也就是我。我的魂灵上是有这么多的，人我所加的伤，我已经憎恶了我自己！"

　　暗中的声音刚刚停止，眉间尺便举手向肩头抽取青色的剑，顺手从后项窝向前一削，头颅坠在地面的青苔上，一面将剑交给黑色人。

　　"呵呵！"他一手接剑，一手捏着头发，提起眉间尺的头来，对着那热的死掉的嘴唇，接吻两次，并且冷冷地尖利地笑。

　　笑声即刻散布在杉树林中，深处随着有一群磷火似的眼光闪动，倏忽临近，听到咻咻的饿狼的喘息。第一口撕尽了眉间尺的青衣，第二口便身体全都不见了，血痕也顷刻舔尽，只微微听得咀嚼骨头的声音。

　　最先头的一匹大狼就向黑色人扑过来。他用青剑一挥，狼头便坠在地面的青苔上。别的狼们第一口撕尽了它的皮，第二口便身体全都不见了，血痕也顷刻舔尽，只微微听得咀嚼骨头的声音。

　　他已经掣起地上的青衣，包了眉间尺的头，和青剑都背在背脊上，回转身，在暗中向王城扬长地走去。

　　狼们站定了，耸着肩，伸出舌头，咻咻地喘着，放着绿的眼光看他扬长地走。

　　他在暗中向王城扬长地走去，发出尖利的声音唱着歌：——

　　　　哈哈爱兮爱乎爱乎！

　　　　爱青剑兮一个仇人自屠。

夥颐连翩兮多少一夫。

一夫爱青剑兮呜呼不孤。

头换头兮两个仇人自屠。

一夫则无兮爱乎呜呼！

爱乎呜呼兮呜呼阿呼，

阿呼呜呼兮呜呼呜呼！

# 三

游山并不能使国王觉得有趣；加上了路上将有刺客的密报，更使他扫兴而还。那夜他很生气，说是连第九个妃子的头发，也没有昨天那样的黑得好看了。幸而她撒娇坐在他的御膝上，特别扭了七十多回，这才使龙眉之间的皱纹渐渐地舒展。

午后，国王一起身，就又有些不高兴，待到用过午膳，简直现出怒容来。

"唉唉！无聊！"他打一个大呵欠之后，高声说。

上自王后，下至弄臣，看见这情形，都不觉手足无措。白须老臣的讲道，矮胖侏儒的打诨，王是早已听厌的了；近来便是走索，缘竿，抛丸，倒立，吞刀，吐火等等奇妙的把戏，也都看得毫无意味。他常常要发怒；一发怒，便按着青剑，总想寻点小错处，杀掉几个人。

偷空在宫外闲游的两个小宦官，刚刚回来，一看见宫里面大家的愁苦的情形，便知道又是照例的祸事临头了，一个吓得面如土色；一个却像是大有把握一般，不慌不忙，跑到国王的面前，俯伏着，说道：

"奴才刚才访得一个异人，很有异术，可以给大王解闷，因此特来奏闻。"

"什么？！"王说。他的话是一向很短的。

"那是一个黑瘦的，乞丐似的男子。穿一身青衣，背着一个圆圆的青包裹；嘴里唱着胡诌的歌。人问他。他说善于玩把戏，空前绝后，举世无双，人们从来就没有看见过；一见之后，便即解烦释闷，天下太平。但大家要他玩，他却又不肯。说是第一须有一条金龙，第二须有一个金鼎。……"

"金龙？我是的。金鼎？我有。"

"奴才也正是这样想。……"

"传进来！"

话声未绝，四个武士便跟着那小宦官疾趋而出。上自王后，下至弄臣，个个喜形于色。他们都愿意这把戏玩得解愁释闷，天下太平；即使玩不成，这回也有了那乞丐似的黑瘦男子来受祸，他们只要能挨到传了进来的时候就好了。

并不要许多工夫，就望见六个人向金阶趋进。先头是宦官，后面是四个武士，中间夹着一个黑色人。待到近来时，那人的衣服却是青的，须眉头发都黑；瘦得颧骨，眼圈骨，眉棱骨都高高地突出来。他恭敬地跪着俯伏下去时，果然看见背上有一个圆圆的小包袱，青色布，上面还画上一些暗红色的花纹。

"奏来！"王暴躁地说。他见他家伙简单，以为他未必会玩什么好把戏。

　　"臣名叫宴之敖者；生长汶汶乡。少无职业；晚遇明师，教臣把戏，是一个孩子的头。这把戏一个人玩不起来，必须在金龙之前，摆一个金鼎，注满清水，用兽炭煎熬。于是放下孩子的头去，一到水沸，这头便随波上下，跳舞百端，且发妙音，欢喜歌唱。这歌舞为一人所见，便解愁释闷，为万民所见，便天下太平。"

　　"玩来！"王大声命令说。

　　并不要许多工夫，一个煮牛的大金鼎便摆在殿外，注满水，下面堆了兽炭，点起火来。那黑色人站在旁边，见炭火一红，便解下包袱，打开，两手捧出孩子的头来，高高举起。那头是秀眉长眼，皓齿红唇；脸带笑容；头发蓬松，正如青烟一阵。黑色人捧着向四面转了一圈，便伸手擎到鼎上，动着嘴唇说了几句不知什么话，随即将手一松，只听得扑通一声，坠入水中去了。水花同时溅起，足有五尺多高，此后是一切平静。

　　许多工夫，还无动静。国王首先暴躁起来，接着是王后和妃子，大臣，宦官们也都有些焦急，矮胖的侏儒们则已经开始冷笑了。王一见他们的冷笑，便觉自己受愚，回顾武士，想命令他们就将那欺君的莠民掷入牛鼎里去煮杀。

　　但同时就听得水沸声；炭火也正旺，映着那黑色人变成红黑，如铁的烧到微红。王刚又回过脸来，他也已经伸起两手向天，眼光向着无物，舞蹈着，忽地发出尖利的声音唱起歌来：

　　　　哈哈爱兮爱乎爱乎！

爱兮血兮兮谁乎独无。

民萌冥行兮一夫壶卢。

彼用百头颅，千头颅兮用万头颅！

我用一头颅兮而无万夫。

爱一头颅兮血乎呜呼！

血乎呜呼兮呜呼阿呼，

阿呼呜呼兮呜呼呜呼！

随着歌声，水就从鼎口涌起，上尖下广，像一座小山，但自水尖至鼎底，不住地回旋运动。那头即随水上上下下，转着圈子，一面又滴溜溜自己翻筋斗，人们还可以隐约看见他玩得高兴的笑容。过了些时，突然变了逆水的游泳，打旋子夹着穿梭，激得水花向四面飞溅，满庭洒下一阵热雨来。一个侏儒忽然叫了一声，用手摸着自己的鼻子。他不幸被热水烫了一下，又不耐痛，终于免不得出声叫苦了。

黑色人的歌声才停，那头也就在水中央停住，面向王殿，颜色转成端庄。这样的有十余瞬息之久，才慢慢地上下抖动；从抖动加速而为起伏的游泳，但不很快，态度很雍容。绕着水边一高一低地游了三匝，忽然睁大眼睛，漆黑的眼珠显得格外精采，同时也开口唱起歌来：

王泽流兮浩洋洋；

克服怨敌，怨敌克服兮，赫兮强！

宇宙有穷止兮万寿无疆。

幸我来也兮青其光！

青其光兮永不相忘。

异处异处兮堂哉皇！

堂哉皇哉兮嗳嗳唷，

嗟来归来，嗟来陪来兮青其光！

头忽然升到水的尖端停住；翻了几个筋斗之后，上下升降起来，眼珠向着左右瞥视，十分秀媚，嘴里仍然唱着歌：

阿呼呜呼兮呜呼呜呼，

爱乎呜呼兮呜呼阿呼！

血一头颅兮爱乎呜呼。

我用一头颅兮而无万夫！

彼用百头颅，千头颅……

唱到这里，是沉下去的时候，但不再浮上来了；歌词也不能辨别。涌起的水，也随着歌声的微弱，渐渐低落，像退潮一般，终至到鼎口以下，在远处什么也看不见。

"怎了？"等了一会，王不耐烦地问。

"大王，"那黑色人半跪着说。"他正在鼎底里作最神奇的团圆舞，不临近是看不见的。臣也没有法术使他上来，因为作团圆舞必须在鼎底里。"

王站起身，跨下金阶，冒着炎热立在鼎边，探头去看。只见水平如镜，那头仰面躺在水中间，两眼正看着他的脸。待到王的眼光射到他脸上时，他便嫣然一笑。这一笑使王觉得似曾相识，却又一时记不起是谁来。刚在惊疑，黑色人已经擎出了背着的青色的剑，只一挥，闪电般从后项窝直劈下去，扑通一声，王的头就落在鼎里了。

仇人相见，本来格外眼明，况且是相逢狭路。王头刚到水面，眉间尺的头便迎上来，狠命在他耳轮上咬了一口。鼎水即刻沸涌，澎湃有声；两头即在水中死战。约有二十回合，王头受了五个伤，眉间尺的头上却有七处。王又狡猾，总是设法绕到他的敌人的后面去。眉间尺偶一疏忽，终于被他咬住了后项窝，无法转身。这一回王的头可是咬定不放了，他只是连连蚕食进去；连鼎外面也仿佛听到孩子的失声叫痛的声音。

　　上自王后，下至弄臣，骇得凝结着的神色也应声活动起来，似乎感到暗无天日的悲哀，皮肤上都一粒一粒地起粟；然而又夹着秘密的欢喜，瞪了眼，像是等候着什么似的。

　　黑色人也仿佛有些惊慌，但是面不改色。他从从容容地伸开那捏着看不见的青剑的臂膊，如一段枯枝；伸长颈子，如在细看鼎底。臂膊忽然一弯，青剑便蓦地从他后面劈下，剑到头落，坠入鼎中，溯的一声，雪白的水花向着空中同时四射。

　　他的头一入水，即刻直奔王头，一口咬住了王的鼻子，几乎要咬下来。王忍不住叫一声"阿唷"，将嘴一张，眉间尺的头就乘机挣脱了，一转脸倒将王的下巴下死劲咬住。他们不但都不放，还用全力上下一撕，撕得王头再也合不上嘴。于是他们就如饿鸡啄米一般，一顿乱咬，咬得王头眼歪鼻塌，满脸鳞伤。先前还会在鼎里面四处乱滚，后来只能躺着呻吟，到底是一声不响，只有出气，没有进气了。

　　黑色人和眉间尺的头也慢慢地住了嘴，离开王头，沿鼎壁游了一匝，看他可是装死还是真死。待到知道了王头确已断气，便四目相视，微微一笑，随即合上眼睛，仰面向天，沉到水底里去了。

# 四

烟消火灭；水波不兴。特别的寂静倒使殿上殿下的人们警醒。他们中的一个首先叫了一声，大家也立刻迭连惊叫起来；一个迈开腿向金鼎走去，大家便争先恐后地拥上去了。有挤在后面的，只能从人脖子的空隙间向里面窥探。

热气还炙得人脸上发烧。鼎里的水却一平如镜，上面浮着一层油，照出许多人脸孔：王后，王妃，武士，老臣，侏儒，太监。……

“阿呀，天哪！咱们大王的头还在里面哪，唉唉唉！”第六个妃子忽然发狂似的哭嚷起来。

上自王后，下至弄臣，也都恍然大悟，仓皇散开，急得手足无措，各自转了四五个圈子。一个最有谋略的老臣独又上前，伸手向鼎边一摸，然而浑身一抖，立刻缩了回来，伸出两个指头，放在口边吹个不住。

大家定了定神，便在殿门外商议打捞办法。约略费去了煮熟三锅小米的工夫，总算得到一种结果，是：到大厨房去调集了铁丝勺子，命武士协力捞起来。

器具不久就调集了，铁丝勺，漏勺，金盘，擦桌布，都放在鼎旁边。武士们便揎起衣袖，有用铁丝勺的，有用漏勺的，一齐恭行打捞。有勺子相触的声音，有勺子刮着金鼎的声音；水是随着勺子的搅动而旋绕着。好一会，一个武士的脸色忽而很端庄了，极小心地两手慢慢举起了勺子，水滴从勺孔中珠子一般漏下，勺里面便显出雪白的头骨来。大家惊叫了一声；他便将头骨倒在金盘里。

"阿呀！我的大王呀！"王后，妃子，老臣，以至太监之类，都放声哭起来。但不久就陆续停止了，因为武士又捞起了一个同样的头骨。

他们泪眼模胡地四顾，只见武士们满脸油汗，还在打捞。此后捞出来的是一团糟的白头发和黑头发；还有几勺很短的东西，似乎是白胡须和黑胡须。此后又是一个头骨。此后是三枝簪。

直到鼎里面只剩下清汤，才始住手；将捞出的物件分盛了三金盘：一盘头骨，一盘须发，一盘簪。

"咱们大王只有一个头。那一个是咱们大王的呢？"第九个妃子焦急地问。

"是呵……。"老臣们都面面相觑。

"如果皮肉没有煮烂，那就容易辨别了。"一个侏儒跪着说。

大家只得平心静气，去细看那头骨，但是黑白大小，都差不多，连那孩子的头，也无从分辨。王后说王的右额上有一个疤，是做太子时候跌伤的，怕骨上也有痕迹。果然，侏儒在一个头骨上发现了：大家正在欢喜的时候，另外的一个侏儒却又在较黄的头骨的右额上看出相仿的瘢痕来。

"我有法子。"第三个王妃得意地说，"咱们大王的龙准是很高的。"

太监们即刻动手研究鼻准骨，有一个确也似乎比较地高，但究竟相差无几；最可惜的是右额上却并无跌伤的瘢痕。

"况且，"老臣们向太监说，"大王的后枕骨是这么尖的么？"

"奴才们向来就没有留心看过大王的后枕骨……。"

王后和妃子们也各自回想起来，有的说是尖的，有的说是平的。叫梳头太监来问的时候，却一句话也不说。

当夜便开了一个王公大臣会议，想决定那一个是王的头，但结果还同白天一样。并且连须发也发生了问题。白的自然是王的，然而因为花白，所以黑的也很难处置。讨论了小半夜，只将几根红色的胡子选出；接着因为第九个王妃抗议，说她确曾看见王有几根通黄的胡子，现在怎么能知道决没有一根红的呢。于是也只好重行归并，作为疑案了。

到后半夜，还是毫无结果。大家却居然一面打呵欠，一面继续讨论，直到第二次鸡鸣，这才决定了一个最慎重妥善的办法，是：只能将三个头骨都和王的身体放在金棺里落葬。

七天之后是落葬的日期，合城很热闹。城里的人民，远处的人民，都奔来瞻仰国王的"大出丧"。天一亮，道上已经挤满了男男女女；中间还夹着许多祭桌。待到上午，清道的骑士才缓辔而来。又过了不少工夫，才看见仪仗，什么旌旗，木棍，戈戟，弓弩，黄钺之类；此后是四辆鼓吹车。再后面是黄盖随着路的不平而起伏着，并且渐渐近来了，于是现出灵车，上载金棺，棺里面藏着三个头和一个身体。

百姓都跪下去，祭桌便一列一列地在人丛中出现。几个义民很忠愤，咽着泪，怕那两个大逆不道的逆贼的魂灵，此时也和王一同享受祭礼，然而也无法可施。

此后是王后和许多王妃的车。百姓看她们，她们也看百姓，但哭着。此后是大臣，太监，侏儒等辈，都装着哀戚的颜色。只是百姓已经不看他们，连行列也挤得乱七八糟，不成样子了。

一九二六年十月作

# 出关

老子毫无动静的坐着，好像一段呆木头。

"先生，孔丘又来了！"他的学生庚桑楚，不耐烦似的走进来，轻轻的说。

"请……"

"先生，您好吗？"孔子极恭敬的行着礼，一面说。

"我总是这样子，"老子答道。"您怎么样？所有这里的藏书，都看过了罢？"

"都看过了。不过……"孔子很有些焦躁模样，这是他从来所没有的。"我研究《诗》，《书》，《礼》，《乐》，《易》，《春秋》六经，自以为很长久了，够熟透了。去拜见了七十二位主子，谁也不采用。人可真是难得说明白呵。还是'道'的难以说明白呢？"

"你还算运气的哩，"老子说，"没有遇着能干的主子。六经这玩艺儿，只是先王的陈迹呀。那里是弄出迹来的东西呢？你的话，可是和迹一样的。迹是鞋子踏成的，但迹难道就是鞋子吗？"停了一会，又接着说道："白鹇们只要瞧着，眼珠子动也不动，然而自然有孕；虫呢，雄的在上风叫，雌的在下风应，自然有孕；类是一身上兼具雌雄的，所以自然有孕。性，是不能改的；命，是不能换的；时，是不能留的；道，是不能塞的。只要得了道，什么都行，可是如果失掉了，那就什么都不行。"

孔子好像受了当头一棒，亡魂失魄的坐着，恰如一段呆木头。

大约过了八分钟，他深深的倒抽了一口气，就起身要告辞，一面照例很客气的致谢着老子的教训。

老子也并不挽留他，站起来扶着拄杖，一直送他到图书馆的大门外。孔子就要上车了，他才留声机似的说道：

"您走了？您不喝点儿茶去吗？……"

孔子答应着"是是"，上了车，拱着两只手极恭敬的靠在横板上；冉有把鞭子在空中一挥，嘴里喊一声"都"，车子就走动了。待到车子离开了大门十几步，老子才回进自己的屋里去。

"先生今天好像很高兴，"庚桑楚看老子坐定了，才站在旁边，垂着手，说。"话说的很不少……"

"你说的对。"老子微微的叹一口气，有些颓唐似的回答道。"我的话真也说的太多了。"他又仿佛突然记起一件事情来，"哦，孔丘送我的一只雁鹅，不是晒了腊鹅了吗？你蒸蒸吃去罢。我横竖没有牙齿，咬不动。"

庚桑楚出去了。老子就又静下来，合了眼。图书馆里很寂静。只听得竹竿子碰着屋檐响，这是庚桑楚在取挂在檐下的腊鹅。

一过就是三个月。老子仍旧毫无动静的坐着，好像一段呆木头。

"先生孔丘来了哩！"他的学生庚桑楚，诧异似的走进来，轻轻的说。"他不是长久没来了吗？这的来，不知道是怎的？……"

"请……"老子照例只说了这一个字。

"先生，您好吗？"孔子极恭敬的行着礼，一面说。

"我总是这样子，"老子答道。"长久不看见了，一定是躲在寓里用功罢？"

"那里那里，"孔子谦虚的说。"没有出门，在想着。想通了一点：鸦鹊亲嘴；鱼儿涂口水；细腰蜂儿化别个；怀了弟弟，做哥哥的就哭。我自己久不投在变化里了，这怎么能够变化别人呢！……"

"对对！"老子道。"您想通了！"

大家都从此没有话，好像两段呆木头。

大约过了八分钟，孔子这才深深的呼出了一口气，就起身要告辞，一面照例很客气的致谢着老子的教训。

老子也并不挽留他。站起来扶着拄杖，一直送他到图书馆的大门外。孔子就要上车了，他才留声机似的说道：

"您走了？您不喝点儿茶去吗？……"

孔子答应着"是是"，上了车，拱着两只手极恭敬的靠在横板上；冉有把鞭子在空中一挥，嘴里喊一声"都"，车子就走动了。待到车子离开了大门十几步，老子才回进自己的屋里去。

"先生今天好像不大高兴，"庚桑楚看老子坐定了，才站在旁边，垂着手，说。"话说的很少……"

"你说的对。"老子微微的叹一口气，有些颓唐的回答道。"可是你不知道：我看我应该走了。"

"这为什么呢？"庚桑楚大吃一惊，好像遇着了晴天的霹雳。

"孔丘已经懂得了我的意思。他知道能够明白他的底细的，只有我，一定放心不下。我不走，是不大方便的……"

"那么，不正是同道了吗？还走什么呢？"

"不，"老子摆一摆手，"我们还是道不同。譬如同是一双鞋子罢，我的是走流沙，他的是上朝廷的。"

"但您究竟是他的先生呵！"

"你在我这里学了这许多年，还是这么老实，"老子笑了起来，"这真是性不能改，命不能换了。你要知道孔丘和你不同：他以后就不再来，也再不叫我先生，只叫我老头子，背地里还要玩花样了呀。"

"我真想不到。但先生的看人是不会错的……"

"不，开头也常常看错。"

"那么，"庚桑楚想了一想，"我们就和他干一下……"

老子又笑了起来，向庚桑楚张开嘴：

"你看：我牙齿还有吗？"他问。

"没有了。"庚桑楚回答说。

"舌头还在吗？"

"在的。"

"懂了没有？"

"先生的意思是说：硬的早掉，软的却在吗？"

"你说的对。我看你也还不如收拾收拾，回家看看你的老婆去罢。但先给我的那匹青牛刷一下，鞍鞯晒一下。我明天一早就要骑的。"

老子到了函谷关，没有直走通到关口的大道，却把青牛一勒，转入岔路，在城根下慢慢的绕着。他想爬城。城墙倒并不高，只要站在牛背上，将身一耸，是勉强爬得上的；但是青牛留在城里，却没法搬出城外去。倘要搬，得用起重机，无奈这时鲁般和墨翟还都没有出世，老子自己也想不到会有这玩意。总而言之：他用尽哲学的脑筋，只是一个没有法。

然而他更料不到当他弯进岔路的时候，已经给探子望见，立刻去报告了关官。所以绕不到七八丈路，一群人马就从后面追来了。那个探子跃马当先，其次是关官，就是关尹喜，还带着四个巡警和两个签子手。

"站住！"几个人大叫着。

老子连忙勒住青牛，自己是一动也不动，好像一段呆木头。

"阿呀！"关官一冲上前，看见了老子的脸，就惊叫了一声，即刻滚鞍下马，打着拱，说道："我道是谁，原来是老聃馆长。这真是万想不到的。"

老子也赶紧爬下牛背来，细着眼睛，看了那人一看，含含胡胡的说，"我记性坏……"

"自然，自然，先生是忘记了的。我是关尹喜，先前因为上图书馆去查《税收精义》，曾经拜访过先生……"

这时签子手便翻了一通青牛上的鞍鞯，又用签子刺一个洞，伸进指头去掏了一下，一声不响，橛着嘴走开了。

"先生在城圈边溜溜？"关尹喜问。

"不，我想出去，换换新鲜空气……"

"那很好！那好极了！现在谁都讲卫生，卫生是顶要紧的。不过机会难得，我们要请先生到关上去住几天，听听先生的教训……"

老子还没有回答，四个巡警就一拥上前，把他扛在牛背上，签子手用签子在牛屁股上刺了一下，牛把尾巴一卷，就放开脚步，一同向关口跑去了。

到得关上，立刻开了大厅来招待他。这大厅就是城楼的中一间，临窗一望，只见外面全是黄土的平原，愈远愈低；天色苍苍，真是好空气。这雄关就高踞峻坂之上，门外左右全是土坡，中间一条车道，好像在峭壁之间。实在是只要一丸泥就可以封住的。

大家喝过开水，再吃饽饽。让老子休息一会之后，关尹喜就提议要他讲学了。老子早知道这是免不掉的，就满口答应。于是轰轰了一阵，屋里逐渐坐满了听讲的人们。同来的八人之外，还有四个巡警，两个签子手，五个探子，一个书记，账房和厨房。有几个还带着笔，刀，木札，预备抄讲义。

老子像一段呆木头似的坐在中央，沉默了一会，这才咳嗽几声，白胡子里面的嘴唇在动起来了。大家即刻屏住呼吸，侧着耳朵听。只听得他慢慢的说道：

“道可道，非常道；名可名，非常名。无名，天地之始；有名，万物之母。……”

大家彼此面面相觑，没有抄。

“故常无欲以观其妙，”老子接着说，“常有欲以观其窍。此两者，同出而异名。同，谓之玄，玄之又玄，众妙之门……”

大家显出苦脸来了，有些人还似乎手足失措。一个签子手打了一个大呵欠，书记先生竟打起磕睡来，哗啷一声，刀，笔，木札，都从手里落在席子上面了。

老子仿佛并没有觉得，但仿佛又有些觉得似的，因为他从此讲得详细了一点。然而他没有牙齿，发音不清，打着陕西腔，夹上湖南音，"哩""呢"不分，又爱说什么"峧"：大家还是听不懂。可是时间加长了，来听他讲学的人，倒格外的受苦。

为面子起见，人们只好熬着，但后来总不免七倒八歪斜，各人想着自己的事，待到讲到"圣人之道，为而不争"，住了口了，还是谁也不动弹。老子等了一会，就加上一句道：

"峧，完了！"

大家这才如大梦初醒，虽然因为坐得太久，两腿都麻木了，一时站不起身，但心里又惊又喜，恰如遇到大赦的一样。

于是老子也被送到厢房里，请他去休息。他喝过几口白开水，就毫无动静的坐着，好像一段呆木头。

人们却还在外面纷纷议论。过不多久，就有四个代表进来见老子，大意是说他的话讲的太快了，加上国语不大纯粹，所以谁也不能笔记。没有记录，可惜非常，所以要请他补发些讲义。

"来笃话啥西，俺实直头听弗懂！"账房说。

"还是耐自家写子出来末哉。写子出来末，总算弗白嚼蛆一场哉喏。阿是？"书记先生道。

老子也不十分听得懂，但看见别的两个把笔，刀，木札，都摆在自己的面前了，就料是一定要他编讲义。他知道这是免不掉的，于是满口答应；不过今天太晚了，要明天才开手。

代表们认这结果为满意，退出去了。

第二天早晨，天气有些阴沉沉，老子觉得心里不舒适，不过仍须编讲义，因为他急于要出关，而出关，却须把讲义交卷。他看一眼面前的一大堆木札，似乎觉得更加不舒适了。

然而他还是不动声色，静静的坐下去，写起来。回忆着昨天的话，想一想，写一句。那时眼镜还没有发明，他的老花眼睛细得好像一条线，很费力；除去喝白开水和吃饽饽的时间，写了整整一天半，也不过五千个大字。

"为了出关，我看这也敷衍得过去了。"他想。

于是取了绳子，穿起木札来，计两串，扶着拄杖，到关尹喜的公事房里去交稿，并且声明他立刻要走的意思。

关尹喜非常高兴，非常感谢，又非常惋惜，坚留他多住一些时，但看见留不住，便换了一副悲哀的脸相，答应了，命令巡警给青牛加鞍。一面自己亲手从架子上挑出一包盐，一包胡麻，十五个饽饽来，装在一个充公的白布口袋里送给老子做路上的粮食。并且声明：这是因为他是老作家，所以非常优待，假如他年纪青，饽饽就只能有十个了。

老子再三称谢，收了口袋，和大家走下城楼，到得关口，还要牵着青牛走路；关尹喜竭力劝他上牛，逊让一番之后，终于也骑上去了。作过别，拨转牛头，便向峻坂的大路上慢慢的走去。

不多久，牛就放开了脚步。大家在关口目送着，去了两三丈远，还辨得出白发，黄袍，青牛，白口袋，接着就尘头逐步而起，罩着人和牛，一律变成灰色，再一会，已只有黄尘滚滚，什么也看不见了。

大家回到关上，好像卸下了一副担子，伸一伸腰，又好像得了什么货色似的，咂一咂嘴，好些人跟着关尹喜走进公事房里去。

"这就是稿子？"账房先生提起一串木札来，翻着，说。"字倒写得还干净。我看到市上去卖起来，一定会有人要的。"

书记先生也凑上去，看着第一片，念道：

"'道可道，非常道'……哼，还是这些老套。真教人听得头痛，讨厌……"

"医头痛最好是打打盹。"账房放下了木札，说。

"哈哈哈！……我真只好打盹了。老实说，我是猜他要讲自己的恋爱故事，这才去听的。要是早知道他不过这么胡说八道，我就压根儿不去坐这么大半天受罪……"

"这可只能怪您自己看错了人，"关尹喜笑道。"他那里会有恋爱故事呢？他压根儿就没有过恋爱。"

"您怎么知道？"书记诧异的问。

"这也只能怪您自己打了磕睡，没有听到他说'无为而无不为'。这家伙真是'心高于天，命薄如纸'，想'无不为'，就只好'无为'。一有所爱，就不能无不爱，那里还能恋爱，敢恋爱？您看看您自己就是：现在只要看见一个大姑娘，不论好丑，就眼睛甜腻腻的都像是你自己的老婆。将来娶了太太，恐怕就要像我们的账房先生一样，规矩一些了。"

窗外起了一阵风，大家都觉得有些冷。

"这老头子究竟是到那里去，去干什么的？"书记先生趁势岔开了关尹喜的话。

"自说是上流沙去的，"关尹喜冷冷的说。"看他走得到。外面不但没有盐，面，连水也难得。肚子饿起来，我看是后来还要回到我们这里来的。"

"那么，我们再叫他著书。"账房先生高兴了起来。"不过饽饽真也太费。那时候，我们只要说宗旨已经改为提拔新作家，两串稿子，给他五个饽饽也足够了。"

"那可不见得行。要发牢骚，闹脾气的。"

"饿过了肚子，还要闹脾气？"

"我倒怕这种东西，没有人要看。"书记摇着手，说。"连五个饽饽的本钱也捞不回。譬如罢，倘使他的话是对的，那么，我们的头儿就得放下关官不做，这才是无不做，是一个了不起的大人……"

"那倒不要紧，"账房先生说，"总有人看的。交卸了的关官和还没有做关官的隐士，不是多得很吗？……"

窗外起了一阵风，括上黄尘来，遮得半天暗。这时关尹喜向门外一看，只见还站着许多巡警和探子，在呆听他们的闲谈。

"呆站在这里干什么？"他吆喝道。"黄昏了，不正是私贩子爬城偷税的时候了吗？巡逻去！"

门外的人们，一溜烟跑下去了。屋里的人们，也不再说什么话，账房和书记都走出去了。关尹喜才用袍袖子把案上的灰尘拂了一拂，提起两串木札来，放在堆着充公的盐，胡麻，布，大豆，饽饽等类的架子上。

一九三五年十二月作

# 非攻

## 一

　　子夏的徒弟公孙高来找墨子，已经好几回了，总是不在家，见不着。大约是第四或者第五回罢，这才恰巧在门口遇见，因为公孙高刚一到，墨子也适值回家来。他们一同走进屋子里。

　　公孙高辞让了一通之后，眼睛看着席子的破洞，和气的问道：

　　"先生是主张非战的？"

　　"不错！"墨子说。

　　"那么，君子就不斗么？"

　　"是的！"墨子说。

　　"猪狗尚且要斗，何况人……"

　　"唉唉，你们儒者，说话称着尧舜，做事却要学猪狗，可怜，可怜！"墨子说着，站了起来，匆匆的跑到厨下去了，一面说："你不懂我的意思……"

　　他穿过厨下，到得后门外的井边，绞着辘轳，汲起半瓶井水来，捧着吸了十多口，于是放下瓦瓶，抹一抹嘴，忽然望着园角上叫了起来道：

"阿廉！你怎么回来了？"

阿廉也已经看见，正在跑过来，一到面前，就规规矩矩的站定，垂着手，叫一声"先生"，于是略有些气愤似的接着说：

"我不干了。他们言行不一致。说定给我一千盆粟米的，却只给了我五百盆。我只得走了。"

"如果给你一千多盆，你走么？"

"不。"阿廉答。

"那么，就并非因为他们言行不一致，倒是因为少了呀！"

墨子一面说，一面又跑进厨房里，叫道：

"耕柱子！给我和起玉米粉来！"

耕柱子恰恰从堂屋里走到，是一个很精神的青年。

"先生，是做十多天的干粮罢？"他问。

"对咧。"墨子说。"公孙高走了罢？"

"走了，"耕柱子笑道。"他很生气，说我们兼爱无父，像禽兽一样。"

墨子也笑了一笑。

"先生到楚国去？"

"是的。你也知道了？"墨子让耕柱子用水和着玉米粉，自己却取火石和艾绒打了火，点起枯枝来沸水，眼睛看火焰，慢慢的说道："我们的老乡公输般，他总是倚恃着自己的一点小聪明，兴风作浪的。造了钩拒，教楚王和越人打仗还不够，这回是又想出了什么云梯，要耸恿楚王攻宋去了。宋是小国，怎禁得这么一攻。我去按他一下罢。"

他看得耕柱子已经把窝窝头上了蒸笼，便回到自己的房里，在壁厨里摸出一把盐渍藜菜干，一柄破铜刀，另外找了一张破包袱，等耕柱子端进蒸熟的窝窝头来，就一起打成一个包裹。衣服却不打点，也不带洗脸的手巾，只把皮带紧了一紧，走到堂下，穿好草鞋，背上包裹，头也不回的走了。从包裹里，还一阵一阵的冒着热蒸气。

"先生什么时候回来呢？"耕柱子在后面叫喊道。

"总得二十来天罢，"墨子答着，只是走。

# 二

墨子走进宋国的国界的时候，草鞋带已经断了三四回，觉得脚底上很发热，停下来一看，鞋底也磨成了大窟窿，脚上有些地方起茧，有些地方起泡了。他毫不在意，仍然走；沿路看看情形，人口倒很不少，然而历来的水灾和兵灾的痕迹，却到处存留，没有人民的变换得飞快。走了三天，看不见一所大屋，看不见一颗大树，看不见一个活泼的人，看不见一片肥沃的田地，就这样的到了都城。

城墙也很破旧，但有几处添了新石头；护城沟边看见烂泥堆，像是有人淘掘过，但只见有几个闲人坐在沟沿上似乎钓着鱼。

"他们大约也听到消息了，"墨子想。细看那些钓鱼人，却没有自己的学生在里面。

他决计穿城而过，于是走近北关，顺着中央的一条街，一径向南走。城里面也很萧条，但也很平静；店铺都贴着减价的条子，然而并不见买主，可是店里也并无怎样的货色；街道上满积着又细又粘的黄尘。

"这模样了，还要来攻它！"墨子想。

他在大街上前行，除看见了贫弱而外，也没有什么异样。楚国要来进攻的消息，是也许已经听到了的，然而大家被攻得习惯了，自认是活该受攻的了，竟并不觉得特别，况且谁都只剩了一条性命，无衣无食，所以也没有什么人想搬家。待到望见南关的城楼了，这才看见街角上聚着十多个人，好像在听一个人讲故事。

当墨子走得临近时，只见那人的手在空中一挥，大叫道：

"我们给他们看看宋国的民气！我们都去死！"

墨子知道，这是自己的学生曹公子的声音。

然而他并不挤进去招呼他，忽忽的出了南关，只赶自己的路。又走了一天和大半夜，歇下来，在一个农家的檐下睡到黎明，起来仍复走。草鞋已经碎成一片一片，穿不住了，包袱里还有窝窝头，不能用，便只好撕下一块布裳来，包了脚。

不过布片薄，不平的村路梗着他的脚底，走起来就更艰难。到得下午，他坐在一株小小的槐树下，打开包裹来吃午餐，也算是歇歇脚。远远的望见一个大汉，推着很重的小车，向这边走过来了。到得临近，那人就歇下车子，走到墨子面前，叫了一声"先生"，一面撩起衣角来揩脸上的汗，喘着气。

"这是沙么？"墨子认识他是自己的学生管黔敖，便问。

"是的，防云梯的。"

"别的准备怎么样？"

"也已经募集了一些麻，灰，铁。不过难得很：有的不肯，肯的没有。还是讲空话的多……"

"昨天在城里听见曹公子在讲演，又在玩一股什么'气'，嚷什么'死'了。你去告诉他：不要弄玄虚；死并不坏，也很难，但要死得于民有利！"

"和他很难说，"管黔敖怅怅的答道。"他在这里做了两年官，不大愿意和我们说话了……"

"禽滑釐呢？"

"他可是很忙。刚刚试验过连弩；现在恐怕在西关外看地势，所以遇不着先生。先生是到楚国去找公输般的罢？"

"不错，"墨子说，"不过他听不听我，还是料不定的。你们仍然准备着，不要只望着口舌的成功。"

管黔敖点点头，看墨子上了路，目送了一会，便推着小车，吱吱嘎嘎的进城去了。


# 三


楚国的郢城可是不比宋国：街道宽阔，房屋也整齐，大店铺里陈列着许多好东西，雪白的麻布，通红的辣椒，斑斓的鹿皮，肥大的莲子。走路的人，虽然身体比北方短小些，却都活泼精悍，衣服也很干净，墨子在这里一比，旧衣破裳，布包着两只脚，真好像一个老牌的乞丐了。

再向中央走是一大块广场，摆着许多摊子，拥挤着许多人，这是闹市，也是十字路交叉之处。墨子便找着一个好像士人的老头子，打听公输般的寓所，可惜言语不通，缠不明白，正在手掌心上写字给他看，只听得轰的一声，大家都唱了起来，原来是有名的赛湘灵已经开始在唱她的《下里巴人》，所以引得全国中许多人，同声应和了。不一会，连那老士人也在嘴里发出哼哼声，墨子知道他决不会再来看他手心上的字，便只写了半个"公"字，拔步再往远处跑。然而到处都在唱，无隙可乘，许多工夫，大约是那边已经唱完了，这才逐渐显得安静。他找到一家木匠店，去探问公输般的住址。

"那位山东老，造钩拒的公输先生么？"店主是一个黄脸黑须的胖子，果然很知道。"并不远。你回转去，走过十字街，从右手第二条小道上朝东向南，再往北转角，第三家就是他。"

墨子在手心上写着字，请他看了有无听错之后，这才牢牢的记在心里，谢过主人，迈开大步，径奔他所指点的处所。果然也不错的：第三家的大门上，钉着一块雕镂极工的楠木牌，上刻六个大篆道："鲁国公输般寓"。

墨子拍着红铜的兽环，当当的敲了几下，不料开门出来的却是一个横眉怒目的门丁。他一看见，便大声的喝道：

"先生不见客！你们同乡来告帮的太多了！"

墨子刚看了他一眼，他已经关了门，再敲时，就什么声息也没有。然而这目光的一射，却使那门丁安静不下来，他总觉得有些不舒服，只得进去禀他的主人。公输般正捏着曲尺，在量云梯的模型。

"先生，又有一个你的同乡来告帮了，……这人可是有些古怪……"门丁轻轻的说。

"他姓什么？"

"那可还没有问……"门丁惶恐着。

"什么样子的？"

"像一个乞丐。三十来岁。高个子，乌黑的脸……"

"阿呀！那一定是墨翟了！"

公输般吃了一惊，大叫起来，放下云梯的模型和曲尺，跑到阶下去。门丁也吃了一惊，赶紧跑在他前面，开了门。墨子和公输般，便在院子里见了面。

"果然是你。"公输般高兴的说，一面让他进到堂屋去。"你一向好么？还是忙？"

"是的。总是这样……"

"可是先生这么远来，有什么见教呢？"

"北方有人侮辱了我，"墨子很沉静的说。"想托你去杀掉他……"

公输般不高兴了。

"我送你十块钱！"墨子又接着说。

这一句话，主人可真是忍不住发怒了；他沉了脸，冷冷的回答道：

"我是义不杀人的！"

"那好极了！"墨子很感动的直起身来，拜了两拜，又很沉静的说道："可是我有几句话。我在北方，听说你造了云梯，要去攻宋。宋有什么罪过呢？楚国有余的是地，缺少的是民。杀缺少的来争有余的，不能说是智；宋没有罪，却要攻他，不能说是仁；知道着，却不争，不能说是忠；争了，而不得，不能说是强；义不杀少，然而杀多，不能说是知类。先生以为怎样？……"

　　"那是……"公输般想着，"先生说得很对的。"

　　"那么，不可以歇手了么？"

　　"这可不成，"公输般怅怅的说。"我已经对王说过了。"

　　"那么，带我见王去就是。"

　　"好的。不过时候不早了，还是吃了饭去罢。"

　　然而墨子不肯听，欠着身子，总想站起来，他是向来坐不住的。公输般知道拗不过，便答应立刻引他去见王；一面到自己的房里，拿出一套衣裳和鞋子来，诚恳的说道：

　　"不过这要请先生换一下。因为这里是和俺家乡不同，什么都讲阔绰的。还是换一换便当……"

　　"可以可以，"墨子也诚恳的说。"我其实也并非爱穿破衣服的……只因为实在没有工夫换……"

# 四

　　楚王早知道墨翟是北方的圣贤，一经公输般绍介，立刻接见了，用不着费力。

墨子穿着太短的衣裳，高脚鹭鸶似的，跟公输般走到便殿里，向楚王行过礼，从从容容的开口道：

"现在有一个人，不要轿车，却想偷邻家的破车子；不要锦绣，却想偷邻家的短毡袄；不要米肉，却想偷邻家的糠屑饭：这是怎样的人呢？"

"那一定是生了偷摸病了。"楚王率直的说。

"楚的地面，"墨子道，"方五千里，宋的却只方五百里，这就像轿车的和破车子；楚有云梦，满是犀兕麋鹿，江汉里的鱼鳖鼋鼍之多，那里都赛不过，宋却是所谓连雉兔鲫鱼也没有的，这就像米肉的和糠屑饭；楚有长松文梓楠木豫章，宋却没有大树，这就像锦绣的和短毡袄。所以据臣看来，王吏的攻宋，和这是同类的。"

"确也不错！"楚王点头说。"不过公输般已经给我在造云梯，总得去攻的了。"

"不过成败也还是说不定的。"墨子道。"只要有木片，现在就可以试一试。"

楚王是一位爱好新奇的王，非常高兴，便教侍臣赶快去拿木片来。墨子却解下自己的皮带，弯作弧形，向着公输子，算是城；把几十片木片分作两份，一份留下，一份交与公输子，便是攻和守的器具。

于是他们俩各各拿着木片，像下棋一般，开始斗起来了，攻的木片一进，守的就一架，这边一退，那边就一招。不过楚王和侍臣，却一点也看不懂。

　　只见这样的一进一退，一共有九回，大约是攻守各换了九种的花样。这之后，公输般歇手了。墨子就把皮带的弧形改向了自己，好像这回是由他来进攻。也还是一进一退的支架着，然而到第三回，墨子的木片就进了皮带的弧线里面了。

　　楚王和侍臣虽然莫明其妙，但看见公输般首先放下木片，脸上露出扫兴的神色，就知道他攻守两面，全都失败了。

　　楚王也觉得有些扫兴。

　　"我知道怎么赢你的，"停了一会，公输般讪讪的说。"但是我不说。"

　　"我也知道你怎么赢我的，"墨子却镇静的说。"但是我不说。"

　　"你们说的是些什么呀？"楚王惊讶着问道。

　　"公输子的意思，"墨子旋转身去，回答道，"不过想杀掉我，以为杀掉我，宋就没有人守，可以攻了。然而我的学生禽滑釐等三百人，已经拿了我的守御的器械，在宋城上，等候着楚国来的敌人。就是杀掉我，也还是攻不下的！"

　　"真好法子！"楚王感动的说。"那么，我也就不去攻宋罢。"


五


　　墨子说停了攻宋之后，原想即刻回往鲁国的，但因为应该换还公输般借他的衣裳，就只好再到他的寓里去。时候已是下午，主客都很觉得肚子饿，主人自然坚留他吃午饭——或者已经是夜饭，还劝他宿一宵。

"走是总得今天就走的，"墨子说。"明年再来，拿我的书来请楚王看一看。"

"你还不是讲些行义么？"公输般道。"劳形苦心，扶危济急，是贱人的东西，大人们不取的。他可是君王呀，老乡！"

"那倒也不。丝麻米谷，都是贱人做出来的东西，大人们就都要。何况行义呢。"

"那可也是的，"公输般高兴的说。"我没有见你的时候，想取宋；一见你，即使白送我宋国，如果不义，我也不要了……"

"那可是我真送了你宋国了。"墨子也高兴的说。"你如果一味行义，我还要送你天下哩！"

当主客谈笑之间，午餐也摆好了，有鱼，有肉，有酒。墨子不喝酒，也不吃鱼，只吃了一点肉。公输般独自喝着酒，看见客人不大动刀匕，过意不去，只好劝他吃辣椒：

"请呀请呀！"他指着辣椒酱和大饼，恳切的说，"你尝尝，这还不坏。大葱可不及我们那里的肥……"

公输般喝过几杯酒，更加高兴了起来。

"我舟战有钩拒，你的义也有钩拒么？"他问道。

"我这义的钩拒，比你那舟战的钩拒好。"墨子坚决的回答说。"我用爱来钩，用恭来拒。不用爱钩，是不相亲的，不用恭拒，是要油滑的，不相亲而又油滑，马上就离散。所以互相爱，互相恭，就等于互相利。现在你用钩去钩人，人也用钩来钩你，你用拒去拒人，人也用拒来拒你，互相钩，互相拒，也就等于互相害了。所以我这义的钩拒，比你那舟战的钩拒好。"

"但是，老乡，你一行义，可真几乎把我的饭碗敲碎了！"公输般碰了一个钉子之后，改口说，但也大约很有了一些酒意：他其实是不会喝酒的。

"但也比敲碎宋国的所有饭碗好。"

"可是我以后只好做玩具了。老乡，你等一等，我请你看一点玩意儿。"

他说着就跳起来，跑进后房去，好像是在翻箱子。不一会，又出来了，手里拿着一只木头和竹片做成的喜鹊，交给墨子，口里说道：

"只要一开，可以飞三天。这倒还可以说是极巧的。"

"可是还不及木匠的做车轮，"墨子看了一看，就放在席子上，说。"他削三寸的木头，就可以载重五十石。有利于人的，就是巧，就是好，不利于人的，就是拙，也就是坏的。"

"哦，我忘记了，"公输般又碰了一个钉子，这才醒过来。"早该知道这正是你的话。"

"所以你还是一味的行义，"墨子看着他的眼睛，诚恳的说，"不但巧，连天下也是你的了。真是打扰了你大半天。我们明年再见罢。"

墨子说着，便取了小包裹，向主人告辞；公输般知道他是留不住的，只得放他走。送他出了大门之后，回进屋里来，想了一想，便将云梯的模型和木鹊都塞在后房的箱子里。

墨子在归途上，是走得较慢了，一则力乏，二则脚痛，三则干粮已经吃完，难免觉得肚子饿，四则事情已经办妥，不像来时的匆忙。然而比来时更晦气：一进宋国界，就被搜检了两回；走近都城，又遇到募捐救国队，募去了破包袱；到得南关外，又遭着大雨，到城门下想避避雨，被两个执戈的巡兵赶开了，淋得一身湿，从此鼻子塞了十多天。

一九三四年八月作

# 起死

（一大片荒地。处处有些土冈，最高的不过六七尺。没有
树木。遍地都是杂乱的蓬草；草间有一条人马踏成的路
径。离路不远，有一个水溜。远处望见房屋。）

庄子——（黑瘦面皮，花白的络腮胡子，道冠，布袍，拿着马鞭，
上。）出门没有水喝，一下子就觉得口渴。口渴可不是玩意儿呀，真
不如化为蝴蝶。可是这里也没有花儿呀，……哦！海子在这里了，运
气，运气！（他跑到水溜旁边，拨开浮萍，用手掬起水来，喝了十几
口。）唔，好了。慢慢的上路。（走着，向四处看，）阿呀！一个髑
髅。这是怎的？（用马鞭在蓬草间拨了一拨，敲着，说：）

您是贪生怕死，倒行逆施，成了这样的呢？（橐橐。）还是失掉地
盘，吃着板刀，成了这样的呢？（橐橐。）还是闹得一榻胡涂，对
不起父母妻子，成了这样的呢？（橐橐。）您不知道自杀是弱者
的行为吗？（橐橐橐！）还是您没有饭吃，没有衣穿，成了这样
的呢？（橐橐。）还是年纪老了，活该死掉，成了这样的呢？（橐
橐。）还是……唉，这倒是我胡涂，好像在做戏了。那里会回答。
好在离楚国已经不远，用不着忙，还是请司命大神复他的形，生他
的肉，和他谈谈闲天，再给他重回家乡，骨肉团聚罢。（放下马

鞭，朝着东方，拱两手向天，提高了喉咙，大叫起来：）

至心朝礼，司命大天尊！……

（一阵阴风，许多蓬头的，秃头的，瘦的，胖的，男的，女的，老的，少的鬼魂出现。）

鬼魂——庄周，你这胡涂虫！花白了胡子，还是想不通。死了没有四季，也没有主人公。天地就是春秋，做皇帝也没有这么轻松。还是莫管闲事罢，快到楚国去干你自家的运动。……

庄子——你们才是胡涂鬼，死了也还是想不通。要知道活就是死，死就是活呀，奴才也就是主人公。我是达性命之源的，可不受你们小鬼的运动。

鬼魂——那么，就给你当场出丑……

庄子——楚王的圣旨在我头上，更不怕你们小鬼的起哄！（又拱两手向天，提高了喉咙，大叫起来：）

至心朝礼，司命大天尊！

天地玄黄，宇宙洪荒。日月盈昃，辰宿列张。

赵钱孙李，周吴郑王。冯秦褚卫，姜沈韩杨。

太上老君急急如律令！敕！敕！敕！

（一阵清风，司命大神道冠布袍，黑瘦面皮，花白的络腮胡子，手执马鞭，在东方的朦胧中出现。鬼魂全都隐去。）

司命——庄周，你找我，又要闹什么玩意儿了？喝够了水，不安分起来了吗？

庄子——臣是见楚王去的，路经此地，看见一个空髑髅，却还存着头样子。该有父母妻子的罢，死在这里了，真是呜呼哀哉，可怜得很。所以恳请大神复他的形，还他的肉，给他活转来，好回家乡去。

司命——哈哈！这也不是真心话，你是肚子还没饱就找闲事做。认真不像认真，玩耍又不像玩耍。还是走你的路罢，不要和我来打岔。要知道"死生有命"，我也碍难随便安排。

庄子——大神错矣。其实那里有什么死生。我庄周曾经做梦变了蝴蝶，是一只飘飘荡荡的蝴蝶，醒来成了庄周，是一个忙忙碌碌的庄周。究竟是庄周做梦变了蝴蝶呢，还是蝴蝶做梦变了庄周呢，可是到现在还没有弄明白。这样看来，又安知道这髑髅不是现在正活着，所谓活了转来之后，倒是死掉了呢？请大神随随便便，通融一点罢。做人要圆滑，做神也不必迂腐的。

司命——（微笑，）你也还是能说不能行，是人而非神……那么，也好，给你试试罢。

　　　　（司命用马鞭向蓬中一指。同时消失了。所指的地方，发出一道火光，跳起一个汉子来。）

汉子——（大约三十岁左右，体格高大，紫色脸，像是乡下人，全身赤条条的一丝不挂。用拳头揉了一通眼睛之后，定一定神，看见了庄子，）唉？

庄子——唉？（微笑着走近去，看定他，）你是怎么的？

汉子——唉唉，睡着了。你是怎么的？（向两边看，叫了起来，）阿呀，我的包裹和伞子呢？（向自己的身上看，）阿呀呀，我的衣服呢？（蹲了下去。）

庄子——你静一静，不要着慌罢。你是刚刚活过来的。你的东西，我看是早已烂掉，或者给人拾去了。

汉子——你说什么？

庄子——我且问你：你姓甚名谁，那里人？

汉子——我是杨家庄的杨大呀。学名叫必恭。

庄子——那么，你到这里是来干什么的呢？

汉子——探亲去的呀，不提防在这里睡着了。（着急起来，）我的衣服呢？我的包裹和伞子呢？

庄子——你静一静，不要着慌罢——我且问你：你是什么时候的人？

汉子——（诧异，）什么？……什么叫作"什么时候的人"？……我的衣服呢？……

庄子——啧啧，你这人真是胡涂得要死的角儿——专管自己的衣服，真是一个彻底的利己主义者。你这"人"尚且没有弄明白，那里谈得到你的衣服呢？所以我首先要问你：你是什么时候的人？唉唉，你不懂。……那么，（想了一想，）我且问你：你先前活着的时候，村子里出了什么故事？

汉子——故事吗？有的。昨天，阿二嫂就和七太婆吵嘴。

庄子——还欠大！

汉子——还欠大？……那么，杨小三旌表了孝子……

庄子——旌表了孝子，确也是一件大事情……不过还是很难查考……（想了一想，）再没有什么更大的事情，使大家因此闹了起来的了吗？

汉子——闹了起来？……（想着，）哦，有有！那还是三四个月前头，因为孩子们的魂灵，要摄去垫鹿台脚了，真吓得大家鸡飞狗走，赶忙做起符袋来，给孩子们带上……

庄子——（出惊，）鹿台？什么时候的鹿台？

汉子——就是三四个月前头动工的鹿台。

庄子——那么，你是纣王的时候死的？这真了不得，你已经死了五百多年了。

汉子——（有点发怒，）先生，我和你还是初会，不要开玩笑罢。我不过在这儿睡了一忽，什么死了五百多年。我是有正经事，探亲去的。快还我的衣服，包裹和伞子。我没有陪你玩笑的工夫。

庄子——慢慢的，慢慢的，且让我来研究一下。你是怎么睡着的呀？

汉子——怎么睡着的吗？（想着，）我早上走到这地方，好像头顶上轰的一声，眼前一黑，就睡着了。

庄子——疼吗？

汉子——好像没有疼。

庄子——哦……（想了一想，）哦……我明白了。一定是你在商朝的纣王的时候，独个儿走到这地方，却遇着了断路强盗，从背后给你一闷棍，把你打死，什么都抢走了。现在我们是周朝，已经隔了五百多年，还那里去寻衣服。你懂了没有？

汉子——（瞪了眼睛，看着庄子，）我一点也不懂。先生，你还是不要胡闹，还我衣服，包裹和伞子罢。我是有正经事，探亲去的，没有陪你玩笑的工夫！

庄子——你这人真是不明道理……

汉子——谁不明道理？我不见了东西，当场捉住了你，不问你要，问谁要？（站起来。）

庄子——（着急，）你再听我讲：你原是一个髑髅，是我看得可怜，请司命大神给你活转来的。你想想看：你死了这许多年，那里还有衣服呢！我现在并不要你的谢礼，你且坐下，和我讲讲纣王那时候……

汉子——胡说！这话，就是三岁小孩子也不会相信的。我可是三十三岁了！（走开来，）你……

庄子——我可真有这本领。你该知道漆园的庄周的罢。

汉子——我不知道。就是你真有这本领，又值什么鸟？你把我弄得精赤条条的，活转来又有什么用？叫我怎么去探亲？包裹也没有了……（有些要哭，跑开来拉住了庄子的袖子，）我不相信你的胡说。这里只有你，我当然问你要！我扭你见保甲去！

庄子——慢慢的，慢慢的，我的衣服旧了，很脆，拉不得。你且听我几句话：你先不要专想衣服罢，衣服是可有可无的，也许是有衣服对，也许是没有衣服对。鸟有羽，兽有毛，然而王瓜茄子赤条条。此所谓"彼亦一是非，此亦一是非"，你固然不能说没有衣服对，然而你又怎么能说有衣服对呢？……

汉子——（发怒，）放你妈的屁！不还我的东西，我先揍死你！（一手捏了拳头，举起来，一手去揪庄子。）

庄子——（窘急，招架着，）你敢动粗！放手！要不然，我就请司命大神来还你一个死！

汉子——（冷笑着退开，）好，你还我一个死罢。要不然，我就要你
　　还我的衣服，伞子和包裹，里面是五十二个圜钱，斤半白糖，二斤
　　南枣……

庄子——（严正地，）你不反悔？

汉子——小舅子才反悔！

庄子——（决绝地，）那就是了。既然这么胡涂，还是送你还原罢。
　　（转脸朝着东方，拱两手向天，提高了喉咙，大叫起来：）

　　至心朝礼，司命大天尊！

　　天地玄黄，宇宙洪荒。日月盈昃，辰宿列张。

　　赵钱孙李，周吴郑王。冯秦褚卫，姜沈韩杨。

　　太上老君急急如律令！敕！敕！敕！

　　　　（毫无影响，好一会。）

　　天地玄黄！

　　太上老君！敕！敕！敕！……敕！

　　　　（毫无影响，好一会。）

　　　　（庄子向周围四顾，慢慢的垂下手来。）

汉子——死了没有呀？

庄子——（颓唐地，）不知怎的，这回可不灵……

汉子——（扑上前，）那么，不要再胡说了。赔我的衣服！

庄子——（退后，）你敢动手？这不懂哲理的野蛮！

汉子——（揪住他，）你这贼骨头！你这强盗军师！我先剥你的道

袍，拿你的马，赔我……

      （庄子一面支撑着，一面赶紧从道袍的袖子里摸出警笛来，狂吹了三声。汉子愕然，放慢了动作。不多久，从远处跑来一个巡士。）

巡士——（且跑且喊，）带住他！不要放！（他跑近来，是一个鲁国大汉，身材高大，制服制帽，手执警棍，面赤无须。）带住他！这舅子！……

汉子——（又揪紧了庄子，）带住他！这舅子！……

      （巡士跑到，抓住庄子的衣领，一手举起警棍来。汉子放手，微弯了身子，两手掩着小肚。）

庄子——（托住警棍，歪着头，）这算什么？

巡士——这算什么？哼！你自己还不明白？

庄子——（愤怒，）怎么叫了你来，你倒来抓我？

巡士——什么？

庄子——我吹了警笛……

巡士——你抢了人家的衣服，还自己吹警笛，这昏蛋！

庄子——我是过路的，见他死在这里，救了他，他倒缠住我，说我拿了他的东西了。你看看我的样子，可是抢人东西的？

巡士——（收回警棍，）"知人知面不知心"，谁知道。到局里去罢。

庄子——那可不成。我得赶路，见楚王去。

巡士——（吃惊，松手，细看了庄子的脸，）那么，您是漆……

庄子——（高兴起来，）不错！我正是漆园吏庄周。您怎么知道的？

巡士——咱们的局长这几天就常常提起您老，说您老要上楚国发财去了，也许从这里经过的。敝局长也是一位隐士，带便兼办一点差使，很爱读您老的文章，读《齐物论》，什么"方生方死，方死方生，方可方不可，方不可方可"，真写得有劲，真是上流的文章，真好！您老还是到敝局里去歇歇罢。

（汉子吃惊，退进蓬草丛中，蹲下去。）

庄子——今天已经不早，我要赶路，不能耽搁了。还是回来的时候，再去拜访贵局长罢。

（庄子且说且走，爬在马上，正想加鞭，那汉子突然跳出草丛，跑上去拉住了马嚼子。巡士也追上去，拉住汉子的臂膊。）

庄子——你还缠什么？

汉子——你走了，我什么也没有，叫我怎么办？（看着巡士，）您瞧，巡士先生……

巡士——（搔着耳朵背后，）这模样，可真难办……但是，先生……我看起来，（看着庄子，）还是您老富裕一点，赏他一件衣服，给他遮遮羞……

庄子——那自然可以的，衣服本来并非我有。不过我这回要去见楚王，不穿袍子，不行，脱了小衫，光穿一件袍子，也不行……

巡士——对啦，这实在少不得。（向汉子，）放手！

汉子——我要去探亲……

巡士——胡说！再麻烦，看我带你到局里去！（举起警棍，）滚开！

　　　　（汉子退走，巡士追着，一直到乱蓬里。）

庄子——再见再见。

巡士——再见再见。您老走好哪！

　　　　（庄子在马上打了一鞭，走动了。巡士反背着手，看他渐
　　　　跑渐远，没入尘头中，这才慢慢的回转身，向原来的路上
　　　　踱去。）

　　　　（汉子突然从草丛中跳出来，拉住巡士的衣角。）

巡士——干吗？

汉子——我怎么办呢？

巡士——这我怎么知道。

汉子——我要去探亲……

巡士——你探去就是了。

汉子——我没有衣服呀。

巡士——没有衣服就不能探亲吗？

汉子——你放走了他。现在你又想溜走了，我只好找你想法子。不问
　　你，问谁呢？你瞧，这叫我怎么活下去！

巡士——可是我告诉你：自杀是弱者的行为呀！

汉子——那么，你给我想法子！

巡士——（摆脱着衣角，）我没有法子想！

汉子——（绾住巡士的袖子，）那么，你带我到局里去！

巡士——（摆脱着袖子，）这怎么成。赤条条的，街上怎么走。放手！

汉子——那么，你借我一条裤子！

巡士——我只有这一条裤子，借给了你，自己不成样子了。（竭力的摆脱着，）不要胡闹！放手！

汉子——（揪住巡士的颈子，）我一定要跟你去！

巡士——（窘急，）不成！

汉子——那么，我不放你走！

巡士——你要怎么样呢？

汉子——我要你带我到局里去！

巡士——这真是……带你去做什么用呢？不要捣乱了。放手！要不然……（竭力的挣扎。）

汉子——（揪得更紧，）要不然，我不能探亲，也不能做人了。二斤南枣，斤半白糖……你放走了他，我和你拼命……

巡士——（挣扎着，）不要捣乱了！放手！要不然……要不然……（说着，一面摸出警笛，狂吹起来。）

一九三五年十二月作

115

鲁迅和许广平的书信共分三集，关于第二集，本书只节选了其中的部分书信。

# 第一集　北京

（1925 年 3 月—7 月）

鲁迅先生：

　　现在写信给你的，是一个受了你快要两年的教训，是每星期翘盼着听讲《小说史略》的，是当你授课时每每忘形地直率地凭其相同的刚决的言语，好发言的一个小学生。他有许多怀疑而愤懑不平的久蓄于中的话，这时许是按抑不住了罢，所以向先生陈诉：

　　有人以为学校的校址，能愈隔离城市的尘嚣，政潮的影响，愈是效果佳一些。这是否有一部分的理由呢？记得在中学时代，那时也未尝不发生攻击教员，反对校长的事，然而无论反与正的那一方面，总是偏重在"人"的方面的权衡，从没有遇见过以"利"的方面为取舍。先生，这是受了都市或政潮的影响，还是年龄的增长戕害了他呢？先生，你看看罢。现在北京学界上一有驱逐校长的事，同时反对的，赞成的，立刻就各标旗帜，校长以"留学"，"留堂"——毕业后在本校任职——谋优良位置为钓饵，学生以权利得失为取舍，今日收买一个，明日收买一个……今日被买一个，明日被买一个……而尤可愤恨的，是这种含有许多毒菌的空气，也弥漫于名为受高等教育之女学界了。做女校长的，如果确有干才，有卓见，有成绩，原不妨公开的布告的，然而是"昏夜乞怜"，丑态百出，啧啧在人耳口。

但也许这是因为环境的种种关系，支配了她不得不如此罢？而何以校内学生，对于此事亦日见其软化：明明今日好好的出席，提出反对条件的，转眼就掉过头去，噤若寒蝉，或则明示其变态行动？情形是一天天的恶化了，五四以后的青年是很可悲观痛哭的了！在无可救药的赫赫的气焰之下，先生，你自然是只要放下书包，洁身远引，就可以"立地成佛"的。然而，你在仰首吸那醉人的一丝丝的烟叶的时候，可也想到有在蚤盆中展转待拔的人们么？他自信是一个刚率的人，他也更相信先生是比他更刚率十二万分的人，因为有这点点小同，他对于先生是尽量地直言的，是希望先生不以时地为限，加以指示教导的。先生，你可允许他么？

苦闷之果是最难尝的，虽然嚼过苦果之后有一点回甘，然而苦的成分太重了，也容易抹煞甘的部分。譬如饮了苦茶——药，再来细细的玩味，虽然有些儿甘香，然而总不能引起人好饮苦茶的兴味。除了病的逼迫，人是绝对不肯无故去寻苦茶喝的。苦闷之不能免掉，或者就如疾病之不能免掉一样，但疾病是不会时时刻刻在身边的——除非毕生抱病。——而苦闷则总比爱人还来得亲密，总是时刻地不招即来，挥之不去。先生，可有甚么法子能在苦药中加点糖分，令人不觉得苦辛的苦辛？而且有了糖分是否即绝对的不苦？先生，你能否不像章锡琛先生在《妇女杂志》中答话的那样模胡，而给我一个真切的明白的指引？专此布达，敬候

撰安！

　　　　　谨受教的一个小学生许广平。十一，三，十四年。

他虽则被人视为学生二字上应加一"女"字，但是他之不敢以小姐自居，也如先生之不以老爷自命，因为他实在不配居小姐的身分地位，请先生不要怀疑，一笑。


广平兄：

今天收到来信，有些问题恐怕我答不出，姑且写下去看——

学风如何，我以为是和政治状态及社会情形相关的，倘在山林中，该可以比城市好一点，只要办事人员好。但若政治昏暗，好的人也不能做办事人员，学生在学校中，只是少听到一些可厌的新闻，待到出了校门，和社会相接触，仍然要苦痛，仍然要堕落，无非略有迟早之分。所以我的意思，以为倒不如在都市中，要堕落的从速堕落罢，要苦痛的速速苦痛罢，否则从较为宁静的地方突到闹处，也须意外地吃惊受苦，而其苦痛之总量，与本在都市者略同。

学校的情形，也向来如此，但一二十年前，看去仿佛较好者，乃是因为足够办学资格的人们不很多，因而竞争也不猛烈的缘故。现在可多了，竞争也猛烈了，于是坏脾气也就彻底显出。教育界的称为清高，本是粉饰之谈，其实和别的什么界都一样，人的气质不大容易改变，进几年大学是无甚效力的。况且又有这样的环境，正如人身的血液一坏，体中的一部分决不能独保健康一样，教育界也不会在这样的民国里特别清高的。

所以，学校之不甚高明，其实由来已久，加以金钱的魔力，本是非常之大，而中国又是向来善于运用金钱诱惑法术的地方，于是自然就成了这现象。听说现在是中学校也有这样的了。间有例外，大约即因年龄太小，还未感到经济困难或花费的必要之故罢。至于传入女校，当是近来的事，大概其起因，当在女性已经自觉到经济独立的必要，而借以获得这独立的方法，则不外两途，一是力争，一是巧取。前一法很费力，于是就堕入后一手段去，就是略一清醒，又复昏睡了。可是这情形不独女界为然，男人也多如此，所不同者巧取之外，还有豪夺而已。

我其实那里会"立地成佛"，许多烟卷，不过是麻醉药，烟雾中也没有见过极乐世界。假使我真有指导青年的本领——无论指导得错不错——我决不藏匿起来，但可惜我连自己也没有指南针，到现在还是乱闯。倘若闯入深渊，自己有自己负责，领着别人又怎么好呢？我之怕上讲台讲空话者就为此。记得有一种小说里攻击牧师，说有一个乡下女人，向牧师沥诉困苦的半生，请他救助，牧师听毕答道："忍着罢，上帝使你在生前受苦，死后定当赐福的。"其实古今的圣贤以及哲人学者之所说，何尝能比这高明些。他们之所谓"将来"，不就是牧师之所谓"死后"么。我所知道的话就全是这样，我不相信，但自己也并无更好的解释。章锡琛先生的答话是一定要模胡的，听说他自己在书铺子里做伙计，就时常叫苦连天。

我想，苦痛是总与人生联带的，但也有离开的时候，就是当熟睡之际。醒的时候要免去若干苦痛，中国的老法子是"骄傲"与"玩世不恭"，我觉得我自己就有这毛病，不大好。苦茶加糖，其苦之量如故，只是聊胜于无糖，但这糖就不容易找到，我不知道在那里，这一节只好交白卷了。

以上许多话，仍等于章锡琛，我再说我自己如何在世上混过去的方法，以供参考罢——

一，走"人生"的长途，最易遇到的有两大难关。其一是"歧路"，倘是墨翟先生，相传是恸哭而返的。但我不哭也不返，先在歧路头坐下，歇一会，或者睡一觉，于是选一条似乎可走的路再走，倘遇见老实人，也许夺他食物来充饥，但是不问路，因为我料定他并不知道的。如果遇见老虎，我就爬上树去，等它饿得走去了再下来，倘它竟不走，我就自己饿死在树上，而且先用带子缚住，连死尸也决不给它吃。但倘若没有树呢？那么，没有法子，只好请它吃了，但也不妨也咬它一口。其二便是"穷途"了，听说阮籍先生也大哭而回，我却也像在歧路上的办法一样，还是跨进去，在刺丛里姑且走走。但我也并未遇到全是荆棘毫无可走的地方过，不知道是否世上本无所谓穷途，还是我幸而没有遇着。

二，对于社会的战斗，我是并不挺身而出的，我不劝别人牺牲什么之类者就为此。欧战的时候，最重"壕堑战"，战士伏在壕中，有时吸烟，也唱歌，打纸牌，喝酒，也在壕内开美术展览会，但有时忽向敌人开他几枪。中国多暗箭，挺身而出的勇士容易丧命，这种战法是必要的罢。但恐怕也有时会逼到非短兵相接不可的，这时候，没有法子，就短兵相接。

总结起来，我自己对于苦闷的办法，是专与袭来的苦痛捣乱，将无赖手段当作胜利，硬唱凯歌，算是乐趣，这或者就是糖罢。但临末也还是归结到"没有法子"，这真是没有法子！

以上，我自己的办法说完了，就不过如此，而且近于游戏，不像步步走在人生的正轨上（人生或者有正轨罢，但我不知道）。我相信写了出来，未必于你有用，但我也只能写出这些罢了。

鲁迅。三月十一日。

鲁迅先生吾师左右：

十三日早晨得到先生的一封信，我不解何以同在京城中，而寄递要至三天之久？但当我拆开信封，看见笺面第一行上，贱名之下竟紧接着一个"兄"字，先生，请原谅我太愚小了，我值得而且敢当为"兄"么？不，不，决无此勇气和斗胆的。先生之意何居？弟子真是无从知道。不曰"同学"，不曰"弟"而曰"兄"，莫非也就是游戏么？

我总不解教育对于人是有多大效果？世界上各处的教育，他的造就人才的目标在那里？讲国家主义，社会主义……的人们，受环境的支配，还弄出甚么甚么化的教育来，但究竟教育是怎么一回事？是否要许多适应环境的人，可不惜贬损个性以迁就这环境，还是不如设法保全每人的个性呢？这都是很值得注意，而为今日教育者与被教育者所忽略的。或者目前教育界现象之不堪，即与此点不无关系罢。

尤可痛心的，是因为"人的气质不大容易改变"，所以许多人们至今还是除了一日日豫备做舞台上的化装以博观众之一捧——也许博不到一捧——外，就什么也不管。怕考试时候得不到好分数，因此对于学问就不忠实了。希望功课可以省点准备，希望题目出得容易，尤其希望从教师方面得到许多暗示，归根结底，就是要文凭好看。要文凭好看，即为了自己的活动……她们在学校里，除了"利害"二字外，其余是痛痒不相关的。其所以出死力以力争的，不是事之"是非"，而是事之"利害"，不是为群，乃是为己的。这也许是我所遇见的她们，一部份的她们罢？并不然。还有的是死捧着线装本子，终日作缮写员，愈读愈是弯腰曲背，老气横秋，而于现在的书报，绝不一顾，她们是并不打算做现社会的一员。还有一些例外的，是她们太汲汲于想做现社会的主角了。所以奇形怪状，层见迭出，这教人如何忍耐得下去，真无怪先生宁可当"土匪"去了。

　　那"一个乡下女人向牧师沥诉困苦的半生，请他救助"的故事，许是她所求的是物质上的资助罢，所以牧师就只得这样设法应付，如果所求的是精神方面，那么我想，牧师对于这种问题是素有研究的，必定会给以圆满的答复。先生，我所猜想的许是错的么？贤哲之所谓"将来"，固然无异于牧师所说的"死后"，但"过客"说过："老丈，你大约是久住在这里的，你可知道前面是怎么一个所在么？"虽然老人告诉他是"坟"，女孩告诉他是"许多野百合，野蔷薇"，两者并不一样，而"过客"到了那里，也许并不见所谓坟和花，所见的倒是另一种事物，——但"过客"也还是不妨一问，而且也似乎值得一问的。

醒时要免去若干苦痛，"骄傲"与"玩世不恭"固然是一种方法，但我自小学时候至今，正是无日不被人斥为"骄傲"与"不恭"的，有时也觉悟到这非"处世之道"（而且实也自知没有足以自骄的），然而不能同流合污，总是吃眼前亏。不过子路的为人，教他豫备给人斫为肉糜则可，教他去作"壕堑战"是按捺不住的。没有法子，还是站出去，"不大好"有什么法呢，先生。

草草的写了这些，质直未加修饰，又是用钢笔所写，以较先生的清清楚楚，用毛笔写下去的详细恳切的指引，真是不胜其感谢，惭愧了！

敬祝著安。

小学生许广平谨上。三月十五日

广平兄：

这回要先讲"兄"字的讲义了。这是我自己制定，沿用下来的例子，就是：旧日或近来所识的朋友，旧同学而至今还在来往的，直接听讲的学生，写信的时候我都称"兄"；此外如原是前辈，或较为生疏，较需客气的，就称先生，老爷，太太，少爷，小姐，大人……之类。总之，我这"兄"字的意思，不过比直呼其名略胜一筹，并不如许叔重先生所说，真含有"老哥"的意义。但这些理由，只有我自己知道，则你一见而大惊力争，盖无足怪也。然而现已说明，则亦毫不为奇焉矣。

现在的所谓教育，世界上无论那一国，其实都不过是制造许多适应环境的机器的方法罢了。要适如其分，发展各各的个性，这时候还未到来，也料不定将来究竟可有这样的时候。我疑心将来的黄金世界里，也会有将叛徒处死刑，而大家尚以为是黄金世界的事，其大病根就在人们各各不同，不能像印版书似的每本一律。要彻底地毁坏这种大势的，就容易变成"个人的无政府主义者"，如《工人绥惠略夫》里所描写的绥惠略夫就是。这一类人物的运命，在现在——也许虽在将来——是要救群众，而反被群众所迫害，终至于成了单身，忿激之余，一转而仇视一切，无论对谁都开枪，自己也归于毁灭。

　　社会上千奇百怪，无所不有；在学校里，只有捧线装书和希望得到文凭者，虽然根柢上不离"利害"二字，但是还要算好的。中国大约太老了，社会上事无大小，都恶劣不堪，像一只黑色的染缸，无论加进什么新东西去，都变成漆黑。可是除了再想法子来改革之外，也再没别的路。我看一切理想家，不是怀念"过去"，就是希望"将来"，而对于"现在"这一个题目，都缴了白卷，因为谁也开不出药方。所有最好的药方，即所谓"希望将来"的就是。

　　"将来"这回事，虽然不能知道情形怎样，但有是一定会有的，就是一定会到来的，所虑者到了那时，就成了那时的"现在"。然而人们也不必这样悲观，只要"那时的现在"比"现在的现在"好一点，就很好了，这就是进步。

　　这些空想，也无法证明一定是空想，所以也可以算是人生的一种慰安，正如信徒的上帝。你好像常在看我的作品，但我的作品，太黑暗了，因为我常觉得惟"黑暗与虚无"乃是"实有"，却偏要向这些作绝望的抗战，所以很多着偏激的声音。其实这或者是年龄和经历的关系，也许未必一定的确的，因为我终于不能证实：惟黑暗与虚无乃是实有。所以我想，在青年，须是有不平而不悲观，常抗战而亦自卫，倘荆棘非践不可，固然不得不践，但若无须必践，即不必随便去践，这就是我之所以主张"壕堑战"的原因，其实也无非想多留下几个战士，以得更多的战绩。

　　子路先生确是勇士，但他因为"吾闻君子死冠不免"，于是"结缨而死"，我总觉得有点迂。掉了一顶帽子，又有何妨呢，却看得这么郑重，实在是上了仲尼先生的当了。仲尼先生自己"厄于陈蔡"，却并不饿死，真是滑得可观。子路先生倘若不信他的胡说，披头散发的战起来，也许不至于死的罢。但这种散发的战法，也就是属于我所谓"壕堑战"的。

　　时候不早了，就此结束了。

鲁迅。三月十八日。

鲁迅先生吾师左右：

　　今日接读先生十九日发的那信，关于"兄"字的解释，敬闻命矣。二年受教，确不算"生疏"，师生之间，更无须乎"客气"，而仍取其"略胜一筹"者，岂先生之虚己以待人，抑社会上之一种形式，固尚有存在之价值欤？敬博一笑。但既是先生"自己制定的，沿用下来的例子"，那就不必他人多话的了。现在且说别的罢。

如果现世界的教育"是制造许多适应环境的机器的方法"，那么，性非如栖楷的我，生来崛强，难与人同的我，待到"将来"走到面前变成"现在"时，在这之间——我便是一个时代的落伍者。虽然将来的状态，现在尚不可知，但倘若老是这样"品性难移"，则经验先生告诉我们，事实一定如此的，末了还是离不了愤激和仇视，以至"无论对谁都开枪，自己也归于毁灭"。所以我绝不怀念过去，也不希望将来，对于现在的处方，就是：有船坐船，有车坐车，有飞机也不妨坐飞机，倘到山东，我也坐坐独轮车，在西湖，则坐坐瓜皮艇。但我绝不希望在乡村中坐电车，也不想在地球上跑到火星里去。简单一句，就是以现在治现在，以现在的我，治我的现在。一步步的现在过去，也一步步的换一个现在的我。但这个"我"里还是含有原先的"我"的成分，有似细胞在人体中之逐渐变换代谢一样。这也许太不打算，过于颓废，染有青年人一般的普通病罢，其实我上面所说"对于'现在'这一个题目"，仍然脱不了"缴白卷"的例子。这有什么法子呢。随它去罢。

现在固然讲不到黄金世界，却也已经有许多人们以为是好世界了。但孙中山一死，教育次长立刻下台，《民国日报》立刻关门（或者以为与中山之死无关），以后的把戏，恐怕正要五花八门，层出不穷呢。姑无论"叛徒"所"叛"的对不对，而这种对待"叛徒"的方法，却实在太不高明，然而大家正深以为这是"好世界"里所应有的事。像这样"黑色的染缸"，如何能容忍得下去，听它点点滴滴的泼出乌黑的漆来。我想，对于这个缸，不如索性拿块大砖头来打破它，或者用铁钉钢片密封起来的好。但是相当的东西，这时还没有豫备好，可奈何！？

虽则先生自己所感觉的是黑暗居多，而对于青年，却处处给与一种不退走，不悲观，不绝望的诱导，自己也仍以悲观作不悲观，以无可为作可为，向前的走去，这种精神，学生是应当效法的，此后自当避免些无须必践的荆棘，养精蓄锐，以待及锋而试。

我所看见的子路是勇而无谋，不能待三鼓而进的一方面，假使他生于欧洲，教他在壕堑里等待敌人，他也必定不耐久候，要挺身而出的。关公止是关公，孔明止是孔明，曹操止是曹操，三人个性不同，行径亦异。我同情子路之"率尔而对"，而不表赞同于避名求实的伪君子"方……如五六十……以待君子"之冉求，虽则圣门中许之。但子路虽在圣门中，而仍不能改其素性，这是无可奈何的一件事。至于他"结缨而死"，自然与"割不正不食"一样的"迂"得有趣，但这似乎是另一问题，我们只要明白，当然不会上当的。

在信札上得先生的指教，比读书听讲好得多了，可惜我自己太浅薄，不能将许多要说的话充分的吐露出来，贡献于先生之前求教。但我相信倘有请益的时候，先生是一定不吝赐教的，只是在最有用最经济的时间中，夹入我一个小鬼从中捣乱，虽烧符念咒也没有效，先生还是没奈何的破费一点光阴罢。小子惭愧则个。

你的学生许广平上。三月二十日。

广平兄：

仿佛记得收到来信有好几天了，但因为偶然没有工夫，一直到今天才能写回信。

"一步步的现在过去"，自然可以比较的不为环境所苦，但"现在的我"中，既然"含有原先的我"，而这"我"又有不满于时代环境之心，则苦痛也依然相续。不过能够随遇而安——即有船坐船云云——则比起幻想太多的人们来，可以稍为安稳，能够敷衍下去而已。总之，人若一经走出麻木境界，便即增加苦痛，而且无法可想，所谓"希望将来"，不过是自慰——或者简直是自欺——之法，即所谓"随顺现在"者也一样。必须麻木到不想"将来"也不知"现在"，这才和中国的时代环境相合，但一有知识，就不能再回到这地步去了。也只好如我前信所说，"有不平而不悲观"，也即来信之所谓"养精蓄锐以待及锋而试"罢。

来信所说"时代的落伍者"的定义，是不对的。时代环境全部迁流，并且进步，而个人始终如故，毫无长进，这才谓之"落伍者"。倘若对于时代环境，怀着不满，要它更好，待较好时，又要它更更好，即不当有"落伍者"之称。因为世界上改革者的动机，大抵就是这对于时代环境的不满的缘故。

这回的教育次长的下台，我以为似乎是他自己的失策，否则，不至于此的。至于妨碍《民国日报》，乃是北京官场的老手段，实在可笑。停止一种报章，他们的天下便即太平么？这种漆黑的染缸不打破，中国即无希望，但正在准备毁坏者，目下也仿佛有人，只可惜数目太少。然而既然已有，即可望多起来，一多，可就好玩了——但是这自然还在将来，现在呢，只是准备。

我如果有所知道，当然不至于不说的，但这种满纸是"将来"和"准备"的指教，其实不过是空言，恐怕于"小鬼"也无甚益处。至于时间，那倒不要紧的，因为我即使不写信，也并不做着什么了不得的事。

鲁迅。三月二十三日。


鲁迅师：

昨二十五日上午接到先生的一封信，下午帮哲教系游艺会一点忙，直到现在才能拿起笔来谈述所想说的一些话。

听说昨夕未演《爱情与世仇》之前，先生在九点多钟就去了，——想又是被人唆使的罢？先去也好，其实演得确不高明，排演者常不一律出席，有的只练习过一二次，有的或多些，但是批评者对于剧本简直没有豫先的研究——临时也未十分了解——同学们也不见有多大研究，对于剧情，当时的风俗习尚衣饰……等，一概是门外汉。更加演员多从各班邀请充数，共同练习的时间更多牵掣，所以终归失败，实是豫料所及。简单一句，就是一群小孩子在空地上要要玩意骗几个钱，——人不多，恐怕这目的也难达。——真是不怕当场出丑，好笑极了。

近来满肚子的不平——多半是因着校事。年假中及以前，我以为对于校长主张去留的人，俱不免各有其复杂的背景，所以我是袖手作壁上观的。到开学以后，目睹拥杨的和杨的本身的行径，实更不得不教人怒发冲冠，施以总攻击。虽则我一方面也不敢否认反杨的绝对没有色采在内。但是我不妨单独的进行我个人的驱羊运动。因此除于前期《妇女周刊》上以"持平"之名，投了《北京女界一部分的问题》一文外，后在十五期《现代评论》见有"一个女读者"的一篇《女师大的风潮》，她也许是本校的牧羊者，但她既然自说是"局外人"，我就"以子之矛攻子之盾"的放肆的驳斥她一番，用的是"正言"的名字（我向来投稿，恒不喜专用一名，自知文甚卑浅，裁夺之权，一听之编辑者，我绝不以甚么女士……等，妄冀主笔者垂青，所以我的稿子，常常也白费心血，付之虚掷，但是总改不了我不好用一定的署名的毛病）。下笔以后，也自觉此文或不合于"壕堑战"，然勃勃之气，不能自已，拟先呈先生批阅，则恐久稽时日，将成明日黄花，因此急急付邮，觉骨鲠略吐，稍为舒快，其实于实际何尝有丝毫裨补。

学生历世不久，但所遇南北人士，亦不乏人，而头脑清晰，明白大势者却少，数人聚首，非谈衣饰，即论宴会，谈出入剧场。热心做事的人，多半学力太差，而学粹功深的人，就形如槁木，心似死灰，连踢也踢不动，每一问题发生，聚众讨论时，或托故远去，或看人多举手，则亦从而举手，赞成反对，定见毫无也。或功则归诸己，过则诿诸人，真是心死莫大之哀，对于此辈，尚复何望！？学生肄业小学时，适当光复，长兄负笈南京，为鼓吹种族思想最力之人，故对年幼的我辈，也常常演讲大义，甚恨幼小未能尽力国事，失一良机。

及略能识字，即沉浸于民党所办之《平民报》中，因为渴慕新书，往往与小妹同走十余里至城外购取，以不得为憾。加以先人禀性豪直，故学生亦不免粗犷。又好读飞檐走壁，朱家郭解，扶弱锄强等故事，遂更幻想学得剑术，以除尽天下不平事。及洪宪盗国，复以为时机不可失，正为国效命之时，乃窃发书于女革命者庄君，卒以不密，为家人所阻，蹉跎至今，颓唐已甚矣。近来年齿加长，于社会内幕，亦较有所知，觉同侪大抵相处以虚伪，相接以机械，实不易得可与共事，畅论一切者。吾师来书云"正在准备破坏者目下也仿佛有人"，先生，这是真的么？不知他们何人，如何结合，是否就是先生所常说的"做土匪去"呢？我不自量度，才浅力薄，不足与言大事，但愿作一个誓死不二的"马前卒"，小喽罗虽然并无大用，但也不妨令他摇几下旗子，而建设与努力，则是学生所十分仰望于先生的。不知先生能鉴谅他么。

承先生每封都给我回信，于"小鬼"实在是好像在盂兰节，食饱袋足，得未曾有了。谨谢"循循善诱"。

　　　　　　　　　　　　　　学生许广平。三月二十六晚。


广平兄：

现在才有写回信的工夫，所以我就写回信。

那一回演剧时候，我之所以先去者，实与剧的好坏无关，我在群集里面，是向来坐不久的。那天观众似乎不少，筹款的目的，该可以达到一点了罢。好在中国现在也没有什么批评家，鉴赏家，给看那样的戏剧，已经尽够了。严格的说起来，则那天的看客，什么也不懂而胡闹的很多，都应该用大批的蚊烟，将它们熏出去的。

近来的事件，内容大抵复杂，实不但学校为然。据我看来，女学生还要算好的，大约因为和外面的社会不大接触之故罢，所以还不过谈谈衣饰宴会之类。至于别的地方，怪状更是层出不穷，东南大学事件就是其一，倘细细剖析，真要为中国前途万分悲哀。虽至小事，亦复如是，即如《现代评论》上的"一个女读者"的文章，我看那行文造语，总疑心是男人做的，所以你的推想，也许不确。世上的鬼蜮是多极了。

说起民元的事来，那时确是光明得多，当时我也在南京教育部，觉得中国将来很有希望。自然，那时恶劣分子固然也有的，然而他总失败。一到二年二次革命失败之后，即渐渐坏下去，坏而又坏，遂成了现在的情形。其实这也不是新添的坏，乃是涂饰的新漆剥落已尽，于是旧相又显了出来。使奴才主持家政，那里会有好样子。最初的革命是排满，容易做到的，其次的改革是要国民改革自己的坏根性，于是就不肯了。所以此后最要紧的是改革国民性，否则，无论是专制，是共和，是什么什么，招牌虽换，货色照旧，全不行的。

但说到这类的改革，便是真叫作"无从措手"。不但此也，现在虽只想将"政象"稍稍改善，尚且非常之难。在中国活动的现有两种"主义者"，外表都很新的，但我研究他们的精神，还是旧货，所以我现在无所属，但希望他们自己觉悟，自动的改良而已。例如世界主义者而同志自己先打架，无政府主义者的报馆而用护兵守门，真不知是怎么一回事。土匪也不行，河南的单知道烧抢，东三省的渐趋于保护鸦片，总之是抱"发财主义"的居多，梁山泊劫富济贫的事，已成为书本子上的故事了。军队里也不好，排挤之风甚盛，勇敢无私的一定孤立，为敌所乘，同人不救，终至阵亡，而巧滑骑墙，专图地盘者反很得意。我有几个学生在军中，倘不同化，怕终不能占得势力，但若同化，则占得势力又于将来何益。一个就在攻惠州，虽闻已胜，而终于没有信来，使我常常苦痛。

我又无拳无勇，真没有法，在手头的只有笔墨，能写这封信一类的不得要领的东西而已。但我总还想对于根深蒂固的所谓旧文明，施行袭击，令其动摇，冀于将来有万一之希望。而且留心看看，居然也有几个不问成败而要战斗的人，虽然意见和我并不尽同，但这是前几年所没有遇到的。我所谓"正在准备破坏者目下也仿佛有人"的人，不过这么一回事。要成联合战线，还在将来。

希望我做一点什么事的人，也颇有几个了，但我自己知道，是不行的。凡做领导的人，一须勇猛，而我看事情太仔细，一仔细，即多疑虑，不易勇往直前，二须不惜用牺牲，而我最不愿使别人做牺牲（这其实还是革命以前的种种事情的刺激的结果），也就不能有大局面。所以，其结果，终于不外乎用空论来发牢骚，印一通书籍杂志。你如果也要发牢骚，请来帮我们，倘曰"马前卒"，则吾岂敢，因为我实无马，坐在人力车上，已经是阔气的时候了。

投稿到报馆里，是碰运气的，一者编辑先生总有些胡涂，二者投稿一多，确也使人头昏眼花。我近来常看稿子，不但没有空闲，而且人也疲乏了，此后想不再给人看，但除了几个熟识的人们。你投稿虽不写什么"女士"，我写信也改称为"兄"，但看那文章，总带些女性。我虽然没有细研究过，但大略看来，似乎"女士"的说话的句子排列法，就与"男士"不同，所以写在纸上，一见可辨。

北京的印刷品现在虽然比先前多，但好的却少。《猛进》很勇，而论一时的政象的文字太多。《现代评论》的作者固然多是名人，看去却很显得灰色，《语丝》虽总想有反抗精神，而时时有疲劳的颜色，大约因为看得中国的内情太清楚，所以不免有些失望之故罢。由此可知见事太明，做事即失其勇，庄子所谓"察见渊鱼者不祥"，盖不独谓将为众所忌，且于自己的前进亦复大有妨碍也。我现在还要找寻生力军，加多破坏论者。

鲁迅。三月三十一日。

鲁迅师：

收到一日发的信，直至今天才拿起笔来，写那些久蓄于中所欲说的话。

日来学校演了一幕活剧，引火线是教育部来人，薛先生那种傻瓜的幼稚行径。末了他自觉情理上说不通，便反咬一口，想拿几个学生和他一同玉石俱焚，好笑极了！这种卑下的心地，复杂的问题，我们简单的学生心理，如何敌得过他们狐鼠成群，狠毒成性的恶辣手段。两方面的信，想先生必已看见，我们学生五人信中的话，的确一点也没有虚伪，不知对方又将如何设法对付。先生，现在已到"短兵相接"的时候了！老实人是一定吃亏的。临阵退缩，勇者不为，无益牺牲，智者不可，中庸之法，其道为何？先生世故较后生小子为熟悉，其将何以教之？

那回演剧的结果，听说每人只平均分得廿余元，往日本旅行，固然不济，就是作参观南方各处之用，也还是未必够，闹了一通，几乎等于零，真是没有法子。看客的胡闹，殆已是中国剧场里一种积习，尤其是女性出台表演的时候，他们真只为看演剧而来的，实在很少很少。惟其如此，所以"应该用大批的蚊烟，将它们熏出"，然而它们如果真是早早的被人"熏出"，那么，把戏就也演不成了。这就是目前社会上相牵连的怪现状，可叹！

学校的事情愈来愈复杂了。步东大后尘的，恐怕就是女师大。在这种空气里，是要染成肺病的。看不下去的人就出来反抗，反抗就当场吃亏；不反抗，不反抗就永远沉坠下去，校事，国事……都是如此。人生，人生是多么可厌的一种如垂死的人服了参汤，死不能，活不可的半麻木疯狂状态呀！"一个女读者"的文章，先生疑是男人所作，这自然有一种见解，我也听见过《现代评论》执笔的人物，多与校长一派，很替她出力的话。但校中一部分的人，确也有"一个女读者"的那种不通之论，所以我的推想，错中也不全是无的放矢的。

民元的时候，顽固的尽管顽固，改革的尽管改革，这两派相反，只要一派占优势，自然就成功起来。而当时改革的人，个个似乎有匈奴未灭何以家为的一种国尔忘家，公尔忘私的气概，身家且不要，遑说权利思想。所以那时人心容易号召，旗帜比较的鲜明。现在呢，革命分子与顽固派打成一起，处处不离"作用"，损人利己之风一起，恶劣分子也就多起来了。目前中国人为家庭经济所迫压，不得不谋升官发财，而卖国贼以出。卖国贼是不忠于社会，不忠于国，而忠于家的。国与家的利害，互相矛盾，所以人们不是牺牲了国，就是牺牲了家。然而国的关系，总不如家之直接，于是国民性的堕落，就愈甚而愈难处理了。这种人物，如何能有存在的价值，亡国就是最终的一步。虽然有些人们，正在大唱最新的无国界主义，然而欧美先进之国，是否能以大同的眼光来待遇这种人民呢，这是没有了国界也还是不能解决的问题。

先生信中言："在中国活动的有两种'主义者'……我现在无所属，"学生以为即使"无所属"，也不妨有所建。那些不纯粹不彻底的团体，我们绝不能有所希望于他们，即看女性所组织的什么"参政"，"国民促进"，"女权运动"等等的人才的行径，我也实在不敢加入以为她们的团体之一。团体根本上的事业一点没有建设，而结果多半成了"英雄与美人"的养成所；说起来真教人倒咽一口冷气。其差强人意的，只有一位秋瑾，其余什么唐□□，沈□□，石□□，万□……哟，都是应当用蚊烟熏出去的。眼看那些人不能与之合作，而自己单人只手，又如何能卖得出大气力来，所以终有望于我师了。土匪虽然仍是"发财主义"，然而能够"大斗分金银"，只要分的公平，也比做变相的丘八好得远。丘八何尝不是"发财主义"，所以定要占地盘，只是嘴里说得好听，倒不如土匪还能算是能够贯彻他的目的的人，不是名不副实的。

我每日自上午至下午三四时上课，一下课便跑到哈德门之东去作"人之患"，直至晚九时返校，再在小饭厅自习，至午夜始睡。这种刻版的日常行动，我以为身心很觉舒适。这就是《语丝》所说的，应当觉悟现时"只有自己可靠"，而我们作事的起点，也在乎每个"只有自己可靠"的人联合起来，成一个无边的"联合战线"。先生果真自以为"无拳无勇"而不思"知其不可为而为"乎？孙中山虽则未必是一个如何神圣者，但他的确也纯粹"无拳无勇"的干了几十年，成败得失，虽然另是一个问题。

做事的人自然是"勇猛"分子居多，但这种分子，每容易只凭血气之勇，所谓勇而无谋，易招失败，必须领导的人用"仔细"的观察，处置调剂之，始免轻举妄动之弊，其于"勇往直前"，实是助其成功的。那么，第一种的"不行"可以不必过虑了。至于第二种"牺牲"，在一面虽说牺牲，在一面又何尝不是"建设"，在"我"这方面固然"不愿使别人牺牲"而在"彼"一方面或且正以牺牲为值得。况且采用"壕堑战"之后，也许所得的代价会超过牺牲的总量，用不着忧虑的。"发牢骚"诚然也不可少，然而纸上谈兵，终不免书生之见，加以像现在的昏天黑地，你若打开窗子说亮话，还是免不了做牺牲。关起门来长吁短叹，也实在令人气短。先生虽则答应我有"发牢骚"之机会，使我不至于闷死，然而如何的能把牢骚发泄得净尽，又恐怕自己无那么大的一口气，能够照心愿的吐出来。粗人是干不了细活计的，所以前函有"马前卒"之请也。现在先生既不马而车，那么我就做那十二三岁的小孩子跟在车后推着走，尽我一点小气力罢。

言语是表示内心的符号，一个人写出来，说出来的，总带着这人的个性，但因环境的熏染，耳目所接触，于是"说话的句子排列法"，就自然"女士"与"男士"有多少不同。我以为词句末节，倒似乎并无多大关系，只很愿意放大眼光，开拓心胸，免掉"女士式"的说话法，还乞吾师教之。又，"女士"式的文章的异点，是在好用唉，呀，哟……的字眼，还是太带诗词的句法而无清晰的主脑命意呢？并希先生指示出来，以便改善。

《猛进》在图书馆里没有，本身也不知道有这份报。不知何处出版，敢请示知。其余各种书籍之可以针治麻痹的，还乞先生随时见告！

学生许广平。四月六日。

广平兄：

我先前收到五个人署名的印刷品，知道学校里又有些事情，但并未收到薛先生的宣言，只能从学生方面的信中，猜测一点。我的习性不大好，每不肯相信表面上的事情，所以我疑心薛先生辞职的意思，恐怕还在先，现在不过借题发挥，自以为去得格外好看。其实"声势汹汹"

的罪状，未免太不切实，即使如此，也没有辞职的必要的。如果自己要辞职而必须牵连几个学生，我觉得办法有些恶劣。但我究竟不明白内中的情形，要之，那普通所想得到的，总无非是"用阴谋"与"装死"，学生都不易应付的。现在已没有中庸之法，如果他的所谓罪状，不过是"声势汹汹"，则殊不足以制人死命，有那一回反驳的信，已经可以了。此后只能平心静气，再看后来，随时用质直的方法对付。

这回演剧，每人分到二十余元，我以为结果并不算坏，前年世界语学校演剧筹款，却赔了几十元。但这几个钱，自然不够旅行，要旅行只好到天津。其实现在也何必旅行，江浙的教育，表面上虽说发达，内情何尝佳，只要看母校，即可以推知其他一切。不如买点心，一日吃一元，反有实益。

大同的世界，怕一时未必到来，即使到来，像中国现在似的民族，也一定在大同的门外。所以我想，无论如何，总要改革才好。但改革最快的还是火与剑，孙中山奔波一世，而中国还是如此者，最大原因还在他没有党军，因此不能不迁就有武力的别人。近几年似乎他们也觉悟了，开起军官学校来，惜已太晚。中国国民性的堕落，我觉得并不是因为顾家，他们也未尝为"家"设想。最大的病根，是眼光不远，加以"卑怯"与"贪婪"，但这是历久养成的，一时不容易去掉。我对于攻打这些病根的工作，倘有可为，现在还不想放手，但即使有效，也恐很迟，我自己看不见了。由我想来——这只是如此感到，说不出理由——目下的压制和黑暗还要增加，但因此也许可以发生较激烈的反抗与不平的新分子，为将来的新的变动的萌蘖。

"关起门来长吁短叹"，自然是太气闷了，现在我想先对于思想习惯加以明白的攻击，先前我只攻击旧党，现在我还要攻击青年。但政府似乎已在张起压制言论的网来，那么，又须准备"钻网"的法子——这是各国鼓吹改革的人们照例要遇到的。我现在还在寻有反抗和攻击的笔的人们，再多几个，就来"试他一试"，但那效果，仍然还在不可知之数，恐怕也不过聊以自慰而已。所以一面又觉得无聊，又疑心自己有些暮气，"小鬼"年青，当然是有锐气的，可有更好，更有聊的法子么？

　　我所谓"女性"的文章，倒不专在"唉，呀，哟……"之多，就是在抒情文，则多用好看字样，多讲风景，多怀家庭，见秋花而心伤，对明月而泪下之类。一到辩论之文，尤易看出特别。即历举对手之语，从头至尾，逐一驳去，虽然犀利，而不沉重，且罕有正对"论敌"之要害，仅以一击给与致命的重伤者。总之是只有小毒而无剧毒，好作长文而不善于短文。

　　《猛进》昨已送上五期，想已收到，此后如不被禁止，我当寄上，因为我这里有好几份。

鲁迅。四月八日。

　　□□女士的举动似乎不很好：听说她办报章时，到加拉罕❶那里去募捐，说如果不给，她就要对于俄国说坏话云云。

---

❶ 苏联外交官，1923 年 7 月奉命来华谈判，次年出任苏联驻中国第一任大使，1926 年 8 月离任回国。

鲁迅师：

　　昨夕收到先生的一封信。前天已得寄来的一束《猛进》共五份，打开一看，原来出版处就是北大，当时不觉失笑其孤陋寡闻一至于此，因即至号房令订购一份备阅。及见来函，谓"此后如不被禁止，我当寄上"，虽甚感诱掖之殷，然师殊大忙，何可以此琐屑相劳，重抱不安，既已自订，还乞吾师勿多费一番精神为幸。

　　薛先生当日撕下一大束纸条，满捧在双手中，前有学生，后有教育部员，他则介乎两者之间，那种进退维谷的狼狈形状，实在好看煞人。而对于学生的质问，他又苦于置对，退而不甘吃亏，则又呼我至教务处讯问，恫吓，经我强硬的答复，没法对付，便用最终的毒计，就是以退为进，先发制人，亦即所谓"恶人先告状"也。其意盖在责备学生，引起一部分人的反感。当他辞职的信分送至各班时，我们以为他在教员面前一定另有表示，今乃是专对学生辞职，真不知是何居心。但若终竟走出，则虽然走得滑稽，而较之不走者算是稍为痛快，如此，则此次些少牺牲，也很值得的。贴在教务处骂他的纸条，确有点过火，但也是他形迹可疑所致，写的人固然太欠幽默，然而是群众的事，一时不及豫防，总不免闹出缺少慎重的事件。其实平心论之，骂他一句"滚蛋"，也不算甚么希奇，横竖堂堂"国民之母之母"尚可以任意骂人"岂有此理"，上有好，下必甚，又何必大惊小怪呢。先生，你说对么？

　　现在所最愁不过的，就是风潮闹了数月，不死不活，又遇着仍抱以女子作女校长为宜的冬烘头脑，闭着眼问学生"你们是大多数反对么？"的人长教育。从此君手里，能够得个好校长么？一鳖不如一鳌，则岂徒无益，而又害之；迁延不决，则恋栈者的手段愈完全，而学生之软化消极者也愈多，终至事情无形打消，只落得一场瞎闹，真是何苦如此，既有今日，何必当初呢！无处不是苦闷，苦闷，苦闷，苦闷，苦闷，苦闷……

攻打现时"病根的工作"，欲"最快"，"有效"而不"很迟"的唯一捷径，自然还是吾师所说的"火与剑"。自二次革命，孙中山逃亡于外时，即已觉悟此层，所以竭力设法组织党军，然而至今也还没有多大建设。况且现时所急待解决的问题，正是刻不容缓，倘必俟若干时筹备，若干时进行，若干时收效，恐将索国魂于枯鱼之肆矣。此杞人之忧也。所以小鬼之意，以为对于违反民意的乱臣贼子，实不如仗三寸剑，与以一击，然后仰天长啸，伏剑而死，则以三数人之牺牲，即足以寒贼胆而使不敢妄动。为牺牲者固当有胆有勇，但不必使学识优越者为之，盖此等人不宜大材小用也。至于青年之急待攻击，实较老年为尤甚，因为他们是承前启后的桥梁，国家的绝续，全在他们肩上的。而他们的确能有几分觉悟呢？不要多提起来了！想"鼓吹改革"他们，固然为国家人材根本计，然而假使缓不济急，则皮之不存，毛将焉附？此亦杞人之忧也。所以小鬼以为此种办法，可列于次要，或者与上述之法，双管并下的。

"柴愚参鲁"，早在教者的目中，倘必曰"盍各言尔志"以下问者，小鬼亦只得放肆，"率尔而对"也。

讲风景是骚人雅士的特长，悲花月是儿女子的病态，四海为家，何必多怀，今之怀者，甚么"母亲怀中……摇篮里"，想是言在此而意在彼耳。满篇"好看字样"的抒情文，确是今日所谓女文学家的特征，好在我并无文学家的资格和梦想，对于这类文章，一个字也哼不出来，而于作辩论之文的"特别"，我却真的不知不觉全行犯着了！自己不提防，经吾师觑破，惭愧心折之至。但所以"从头至尾，逐一驳去"者，盖以为不如此，殊不足以令敌人体无完肤，而自己也总觉有些遗憾，此殆受孟子与东坡的余毒，服久遂不觉时发其病。至于"罕有正对论敌的要害"及"好作长文而不善于短文"等，则或因女性于理智判断及论理学，均未能十分训练，加以历久遗传，积重难反之故，此后当设法改之。"不善短文"，除上述之病源外，也许是程度使然。大概学作文时，总患辞不达意，能达意矣，则失之冗赘，再进，则简练矣，此殆与年龄及学力有关，此后亦甚愿加以洗刷。但非镜无以鉴形，自勉之外，正待匡纠，先生倘进而时教之，幸甚！

这封信非驴非马不文不白的乱扯一通，该值一把火，但反过来说是现在最新的一派文字，也可以的，我无乃画狗不成耳。请先生的朱笔大加圈点罢！——也许先生的朱笔老早掷到纸篓里去了。奈何！

（鲁迅先生所承认之名）小鬼许广平。四月十日晚。


广平兄：

有许多话，那天本可以口头答复，但我这里从早到夜，总有几个各样的客在坐，所以只能论到天气之好坏，风之大小。因为虽是平常的话，但偶然听了一段，也容易莫名其妙，由此造出谣言，所以还不如仍旧写回信。

学校的事，也许暂时要不死不活罢。昨天听人说，章太太不来，另荐了两个人。一个也不来，一个是不去请。还有□太太却很想做，而当局似乎不敢请教，听说评议会的挽留倒不算什么，而问题却在不能得人。当局定要在"太太类"中选择，固然也过于拘执，但别的一时可也没有，此实不死不活之大原因也。后事如何，且听下回分解可耳。

来信所说的意见，我实在也无法说一定是错的，但是不赞成，一是由于全局的估计，二是由于自己的偏见。第一，这不是少数人所能做，而这类人现在很不多，即或有之，更不该轻易用去；还有，是纵使有一两回类此的事件，实不足以震动国民，他们还很麻木，至于坏种，则警备极严，也未必就肯洗心革面。还有，是此事容易引起坏影响，例如民二，袁世凯也用这方法了，革命者所用的多青年，而他的乃是用钱雇来的奴子，试一衡量，还是这一面吃亏。但这时革命者们之间，也曾用过雇工以自相残杀，于是此道乃更堕落，现在即使复活，我以为虽然可以快一时之意，而与大局是无关的。第二，我的脾气是如此的，自己没有做的事，就不大赞成。我有时也能辣手评文，也尝煽动青年冒险，但有相识的人，我就不能评他的文章，怕见他的冒险，明知道这是自相矛盾的，也就是做不出什么事情来的死症，然而终于无法改良，奈何不得——姑且由他去罢。

"无处不是苦闷，苦闷（此下还有四个和……）"，我觉得"小鬼"的"苦闷"的原因是在"性急"。在进取的国民中，性急是好的，但生在麻木如中国的地方，却容易吃亏，纵使如何牺牲，也无非毁灭自己，于国度没有影响。我记得先前在学校演说时候也曾说过，要治这麻木状态的国度，只有一法，就是"韧"，也就是"锲而不舍"。逐渐的做一点，总不肯休，不至于比"踔厉风发"无效的。但其间自然免不了"苦闷，苦闷（此下还有四个并……）"，可是只好便与这"苦闷……"反抗。这虽然近于劝人耐心做奴隶，而其实很不同，甘心乐意的奴隶是无望的，但若怀着不平，总可以逐渐做些有效的事。

　　我有时以为"宣传"是无效的，但细想起来，也不尽然。革命之前，第一个牺牲者，我记得是史坚如，现在人们都不大知道了，在广东一定是记得的人较多罢，此后接连的有好几人，而爆发却在湖北，还是宣传的功劳。当时和袁世凯妥协，种下病根，其实却还是党人实力没有充实之故。所以鉴于前车，则此后的第一要图，还在充足实力，此外各种言动，只能稍作辅佐而已。

　　文章的看法，也是因人不同的，我因为自己好作短文，好用反语，每遇辩论，辄不管三七二十一，就迎头一击，所以每见和我的办法不同者便以为缺点。其实畅达也自有畅达的好处，正不必故意减缩（但繁冗则自应删削），例如玄同之文，即颇汪洋，而少含蓄，使读者览之了然，无所疑惑，故于表白意见，反为相宜，效力亦复很大，我的东西却常招误解，有时竟大出于意料之外，可见意在简练，稍一不慎，即易流于晦涩，而其弊有不可究诘者焉（不可究诘四字颇有语病，但一时想不出适当之字，姑仍之，意但云"其弊颇大"耳）。

前天仿佛听说《猛进》终于没有定妥，后来因为别的话岔开，不说下去了。如未定，便中可见告，当寄上。我虽说忙，其实也不过"口头禅"，每日常有闲坐及讲空话的时候，写一个信面，尚非大难事也。

鲁迅。四月十四日。

鲁迅师：

"尊府"居然探检过了！归来后的印象，是觉得熄灭了通红的灯光，坐在那间一面满镶玻璃的室中时，是时而听雨声的淅沥，时而窥月光的清幽，当枣树发叶结实的时候，则领略它微风振枝，熟果坠地，还有鸡声喔喔，四时不绝。晨夕之间，时或负手在这小天地中徘徊俯仰，盖必大有一种趣味，其味如何，乃一一从缕缕的烟草烟中曲折的传入无穷的空际，升腾，分散……是消灭！？是存在！？（小鬼向来不善于推想和描写，幸恕唐突！）

《京报副刊》上前天有王铸君的一篇《鲁迅先生……》和《现代评论》前几期的那篇，我觉得读后还合意。我总喜欢听那在教室里所讲一类的话，虽则未必能有多少领略，体会，或者也许不免于"误解"，但总觉意味深长，有引人入胜之妙。在还未听惯的人们，固然容易错过，找不出头绪来，然而也不要紧，到那时自然会有善法来调和它，总比冗长好，学者非患不知，患不能法也。

现时的"太太类"的确敢说没有一个配到这里来的——小姐类同此不另——而老爷类的王九龄也下台了。但不知法学博士能打破这种成见否？总之，现在风潮闹了数月，呈文递了无数，部里也来查过两次，经过三个总长而校事毫无着落，这"若大旱之望云霓"的换人，不知何年何月始有归宿。薛已经依然回校任事了。用一张纸，贴在公布处，大意说：薛辞，经再三挽留，薛以校务为重，已允任事，云云。自治会当即会议是否仍认他为教务长，而四年级毕业在即，表示承认之意，其余的人是少数，便不能通过异说，这是内部的麻木，"装死"的复活。而新任的教育总长，虽在他对于我校未有表示之前，也不能不令人先怀几分失望，虽然太太类长女校的成见，在他脑里也许可望较轻。然而此外呢！？这种种内外的黑幕，总想在文字上发泄发泄，但因各方的牵掣和投稿的困难，直逼得人叫苦连天，暗地咽气，"由他去罢"，"欲罢不能"！不罢不可！总没得个干脆！

对于《猛进》，既在《语丝》上忽略了目录，又不在门房处看看卖报条子，事虽小，足见粗疏。但今既知道，如何再放过，当日已仍令门房订来了。既承锦注，便以奉闻。

小鬼许广平。四月十六晚。

鲁迅师：

前几天寄上一信，料想收到了罢？

"□□周刊"是否即日来所打算组织的那种材料？我希望缩短光阴，早到星期五，以便先睹为快。

今天在讲堂上勒令带上博物馆去的举动，委实太不合于Gentleman❶的态度了。然而大众的动机，的确与"逃学"和"难为先生"不同，凭着小学生的天真，野蛮和出轨是有一点。回想起来，大家总不免好笑，觉得除了先生以外，我们是绝对不干的。

近来忽然出了一个想"目空一切，横扫千人"的琴心女士，在学校中的人固然疑惑，即外面的人，来打听这闷葫芦的也很多。现在居然打破了：原来她躯壳是S妹，魂灵是司空蕙。哈哈，无怪她屡次替司空辩护，原来是一鼻孔出气。我想她起这"三位一体"——琴心——雪纹——司空蕙——的名字的最大目的，即在所谓"用琴心的名字将近日文坛新发表的许多文艺作品，下一个严格的批评，使一班自命不凡的蛇似的艺术家不至于太过目中无人了"。原来如此，无怪她（？）与培良君如此的不共戴天，而其为《玉君》捧场，则恐怕也就是替自己说话。这些都是小玩意，本无多大关系，现在说及，不过以供一笑，且知文坛上有这种新奇法术而已。

今日《京报》上登有《民国公报》招考编辑的广告，仿佛听得这种报也是《民国日报》一流，不知确否？它的宗旨是偏重那一派的政见？

---

❶ 英语，意为"绅士"。

报名地点在那里？一切章程如何？先生是知道外面事情比我多许多的，能够示知一二以定进止否？小鬼学识甚浅，自然不配想当编辑，尤其是对于新闻学未有研究，现在所以愿意投考者，实在因为觉得这比做"人之患"该可以多得点进步，于学识上较有帮助。先生以为何如？

小鬼许广平。四月二十晚。

广平兄：

十六和廿日的信都收到了，实在对不起，到现在才一并回答。几天以来，真所谓忙得不堪，除些琐事以外，就是那可笑的"□□周刊"。这一件事，本来还不过一种计划，不料有一个学生对邵飘萍一说，他就登出广告来，并且写得那么夸大可笑。第二天我就代拟了一个别的广告，硬令登载，又不许改动，不料他却又加上了几句无聊的案语。做事遇着隔膜者，真是连小事情也碰头。至于我这一面，则除百来行稿子以外，什么也没有，但既然受了广告的鞭子的强迫，也不能不跑了，于是催人去做，自己也做，直到此刻，这才勉强凑成，而今天就是交稿的日子。统看全稿，实在不见得高明，你不要那么热望，过于热望，要更失望的。但我还希望将来能够比较的好一点。如有稿子，也望寄来，所论的问题也不拘大小。你不知定有《京报》否？如无，我可以嘱他们将《莽原》——即所谓"□□周刊"——寄上。

但星期五，你一定在学校先看见《京报》罢。那"莽原"二字，是一个八岁的孩子写的，名目也并无意义，与《语丝》相同，可是又仿佛近于"旷野"。投稿的人名都是真的，只有末尾的四个都由我代表，然而将来从文章上恐怕也仍然看得出来，改变文体，实在是不容易的事。这些人里面，做小说的和能翻译的居多，而做评论的没有几个：这实在是一个大缺点。

薛先生已经复职，自然极好，但来来去去，似乎未免太劳苦一点了。至于今之教育当局，则我不知其人。但看他挽孙中山对联中之自夸，与对于完全"道不同"之段祺瑞之密切，为人亦可想而知。所闻的历来的言行，盖是一大言无实，欺善怕恶之流而已。要之，能在这昏浊的政局中，居然出为高官，清流大约无这种手段。由我看来，王九龄要好得多罢。校长之事，部中毫无所闻，此人之来，以整顿教育自命，或当别有一反从前一切之新法（他是大不满于今之学风的），但是否又是大言，则不得而知，现在鬼鬼祟祟之人太多，实在无从说起。

我以前做些小说，短评之类，难免描写，或批评别人，现在不知道怎么，似乎报应已至，自己忽而变了别人的文章的题目了。张王两篇，也已看过，未免说得我太好些。我自己觉得并无如此"冷静"，如此能干，即如"小鬼"们之光降，在未得十六来信以前，我还未悟到已被"探检"而去，倘如张君所言，从第一至第三，全是"冷静"，则该早已看破了。但你们的研究，似亦不甚精细，现在试出一题，加以考试：我所坐的有玻璃窗的房子的屋顶，是什么样子的？后园已经到过，应该可以看见这个，仰即答复可也！

星期一的比赛"韧性"，我确又失败了，但究竟抵抗了一点钟，成绩还可以在六十分以上。可惜众寡不敌，终被逼上午门，此后则遁入公园，避去近于"带队"之厄。我常想带兵抢劫，固然无可讳言，但若一变而为带女学生游历，则未免变得离题太远，先前之逃来逃去者，非怕"难为"，"出轨"等等，其实不过是逃脱领队而已。

琴心问题，现在总算明白了。先前，有人说是司空蕙，有人说是陆晶清，而孙伏园坚谓俱不然，乃是一个新出台的女作者。盖投稿非其自写，所以是另一样笔迹，伏园以善认笔迹自负，岂料反而上当。二则所用的红信封绿信纸，早将伏园善识笔迹之眼睛吓昏，遂愈加疑不到司空蕙身上去了。加以所作诗文，也太近于女性，今看他署着真名之文，也是一样色彩，本该容易识破，但他人谁会想到他为了争一点无聊的名声，竟肯如此钩心斗角，无所不至呢。他的"横扫千人"的大作，今天在《京报副刊》上似乎也露一点端倪了；所扫的一个是批评廖仲潜小说的芳子，但我现在疑心芳子就是廖仲潜，实无其人，和琴心一样的。第二个是向培良，则识力比他坚实得多，琴心的扫帚，未免太软弱一点。但培良已往河南去办报，不会有答复的了，这实在可惜，使我们少看见许多痛快的议论。

《民国公报》的实情，我不知道，待探听了再回答罢。普通所谓考试编辑，多是一种手段，大抵因为荐条太多，无法应付，便来装作这一种门面，故作秉公选用之状，以免荐送者见怪，其实却是早已暗暗定好，别的应试者不过陪他变一场戏法罢了。但《民国公报》是否也这样，却尚难决（我看十之九也这样）。总之，先去打听一回罢。我的意见，以为做编辑是不会有什么进步的，我近来常与周刊之类相关，弄得看书和休息的工夫也没有了，因为选用的稿子，也常须动笔改削，倘若任其自然，又怕闹出笑话来。还是"人之患"较为从容，即使有时逼上午门，也不过费两三个钟头而已。

鲁迅。四月二十二日夜。

鲁迅师：

先后的收到信和《莽原》，使我在寂寞的空气中，不知不觉的发生微笑。此外还有《猛进》，《孤军》，《语丝》，《现代评论》等，源源而来，关心大局的人居然多起来了！每周得着这些师资，多么快活呀。

这种小周刊，多半总是每版分为三层，第一版上层之首印着刊名，同版下层的末尾印着目录。《莽原》的形式也如此。这不知是否有特别意义，较别的方法佳？但我的意见，以为倘将目录和刊名放在一起，则成为：

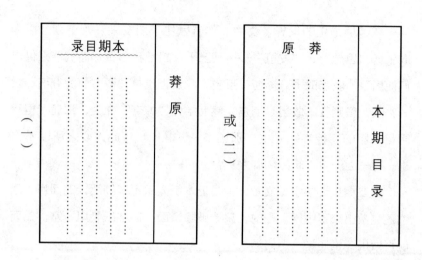

　　这样的一个方块，而将这放在第一版的上层的前头，就免得读者看到第三层，忽然见有一段目录出来，分散了对于该处作品的注意力。否则，将这方块设在中层的中央，倒也颇觉特别。再不然，则刊名仍旧（第一版上层之最前），而目录则请它去坐"交椅"（第八版之末）。这只是我的心理作用觉得这样好，但说不出正当理由来，请参考可也。

　　《莽原》之文仍多不满于现代，但是范围较《猛进》，《孤军》等之偏重政治者为宽，故甚似《语丝》，其委曲宛转，饶有弦外之音的态度，也较其他周刊为特别，这是先生的特色，无可讳言的。看了第一期，觉得"冥昭"就是先生，此外《棉袍里的世界》颇有些先生的作风在内，但不能决定。余如《槟榔集》的作者想是姓向的那位，也有几分相肖于先生。而全期之中，则先生只有两篇作品。

在《棉袍里的世界》文中，作者揪住了朋友来开始审判，以为取了他"思想"，"友谊"……甚至于"想把我当做一件机器来供你们使用"。我当时十分惭愧，反省，我是否也是"多方面掠夺者"之一？唉，虽则我不敢当是朋友，然而学生"掠夺"先生，那还了得！明目张胆的"掠夺"先生，那还了……得！！！此人心之所以不古也。有志之士，盍起而防御之！？

第二期也许学学做文章，但是仍本粗人做不了细活计的面目，恐怕还是做出来不中用，那时，只请破除情面，向字纸篓里一塞。然而能否做出，也还是一个问题。

"报应"之来，似有甚于做"别人的文章的题目"的。先生，你看第八期的《猛进》上，不是有人说先生"真该割去舌头"么？——虽然是反话。我闻阎王十殿中，有一殿是割舌头的，罪名就是生前说谎，这是假话的处罚。而现在却因为"把国民的丑德都暴露出来"，既承认是"丑德"，则其非假也可知，而仍有"割舌"之罪，这真是人间地狱，这真是人间有甚于地狱了！

考试尚未届期呢，本可抗不交卷的，但考师既要提前，那么现在做了答案，暑假时就可要求免试了——倘不及格，自然甘心补考——答曰：

那房子的屋顶，大体是平平的，暗黑色的，这是和保存国粹一样，带有旧式的建筑法。至于内部，则也可以说是神秘的苦闷的象征。靠南有门，但因隔了一间过道的房子，所以显得暗，左右也不十分光亮，独在前面——北——有一大片玻璃，就好像号筒口。这是什么解释呢？我摆开八卦，熏沐斋戒的占算一下罢。卦曰：世运凌夷，君子道消，逢凶化吉，发言有瘳。解曰：号筒之口，声带之门，因势利导，时然后言。夫人不言，言必有中，此南无阿弥陀佛救苦救难观世音菩萨亲降灵签也。余文尚多，以不在本答案范围之内，均从略。

此外小鬼也有一点"敢问"求答——但是绝非报复的考试，虽然"复仇乃春秋大义"，然而学生岂敢与先生为仇，而且想复，更兼要考呢，罪过罪过，其实不过聊博一笑耳。问曰：我们教室天花板的中央有点什么？倘答电灯，就连六分也不给。倘俟星期一临时预备夹带然后交卷，那就更该处罚（？）了。其实这题目原甚平常而且熟习，不如探检那么生疏，该不费力的罢。敢请明教可也！

午门之游，归来总带着得胜的微笑，从车上直到校中，以至良久良久；更回想及在下楼和内操场时的泼皮，真是得意极了！人们总是求自我的满足的，何尝计及被困者的为难。其实被困者那天心理测验也施行得够了：命大家起立以占是否多数，再下楼迟延以察是否诚意。然而终竟被"煽动"了。据最新的分数计算法，全对就满分，一半对一半错就相抵消，一分也没有，倘若完全失败，更不待言是等于零。"六十分？"太宽了罢！其实那天何尝是"被逼"而"失败"，归结也还是因为"摇身一变"的法术未臻上乘，否则，变成女先生，就不妨"带队"（我的这话也"岂有此理"，男先生"带队"有什么出奇），或者变成女……，就不妨冲锋突围而出。可是终于"被逼"，这是界限分得太清的缘故罢，还是世俗积习之终于不易破除呢？！

现社会也实在黑暗，女子出来做事，实是处处遇到困难。我不是胆怯，只为想避免些麻烦，所以往往先托人打听。不料知识界的报界也是鬼蜮——它未写明报名地点，即是可疑处——也是如此。这真教猛进的人处处感着多少阻碍和踌躇。"谁叫你生着是女人呢？"这句话，我着实没法解答于老爷们，太太们之前。

小鬼许广平。四月二十五晚。

广平兄：

来信收到了。今天又收到一封文稿，拜读过了，后三段是好的，首一段累坠一点，所以看纸面如何，也许将这一段删去。但第二期上已经来不及登，因为不知"小鬼"何意，竟不署作者名字。所以请你捏造一个，并且通知我，并且必须于下星期三上午以前通知，并且回信中不准说"请先生随便写上一个可也"之类的油滑话。

现在的小周刊，目录必在角上者，是为订成本子之后，读者容易翻检起见，倘要检查什么，就不必全本翻开，才能够看见每天的细目。但也确有隔断读者注意的弊病，我想了另一格式，是专用第一版上层的，如下：

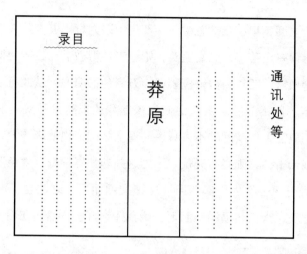

则目录既在边上，容易检查，又无隔断本文之弊，可惜《莽原》第一期已经印出，不能便即变换了，但到二十期以后，我想来"试他一试"。至于印在末尾，书籍尚可，定期刊却不合宜，放在第一版中央，尤为不便，擅起此种"心理作用"，应该记大过二次。

《莽原》第一期的作者和性质，诚如来信所言；长虹确不是我，乃是我今年新认识的，意见也有一部分和我相合，而似是安那其主义❶者。他很能做文章，但大约因为受了尼采的作品的影响之故罢，常有太晦涩难解处，第二期登出的署着CH的，也是他的作品。至于《棉袍里的世界》所说的"掠夺"问题，则敢请少爷不必多心，我辈赴贵校教书，每月明明写定"致送脩金十三元五角正"，夫既有"十三元五角"而且"正"，则又何"掠夺"之有也欤哉！

---

❶ 即无政府主义。

割舌之罪，早在我的意中，然而倒不以为意。近来整天的和人谈话，颇觉得有点苦了，割去舌头，则一者免得教书，二者免得陪客，三者免得做官，四者免得讲应酬话，五者免得演说，从此可以专心做报章文字，岂不舒服。所以你们应该趁我还未割去舌头之前，听完《苦闷的象征》，前回的不肯听讲而逼上午门，也就应该记大过若干次。而我六十分，则必有无疑。因为这并非"界限分得太清"之故，我无论对于什么学生，都不用"冲锋突围而出"之法也。况且，窃闻小姐之类，大抵容易潸然泪下，倘我挥拳打出，诸君在后面哭而送之，则这一篇文章的分数，岂非当在零分以下？现在不然，可知定为六十分者，还是自己客气的。

但是这次考试，我却可以自认失败，因为我过于大意，以为广平少爷未必如此"细心"，题目出得太容易了。现在也只好任凭排卦拈签，不再辩论，装作舌头已经割去之状。惟报仇题目，却也不再交卷，因为时间太严。那信是星期一上午收到的，午后即须上课，其间更无作答的工夫，而一经上课，则无论答得如何正确，也必被冤为"临时预备夹带然后交卷"，倒不如拼出，交了白卷便宜。

中国现今文坛（？）的状况，实在不佳，但究竟做诗及小说者尚有人。最缺少的是"文明批评"和"社会批评"，我之以《莽原》起哄，大半也就为了想由此引些新的这一种批评者来，虽在割去敝舌之后，也还有人说话，继续撕去旧社会的假面。可惜所收的至今为止的稿子，也还是小说多。

鲁迅。四月二十八日。

鲁迅师：

因为忙中未及在投稿上写一个"捏造"的名字，就引出三个"并且"，而且在末个"并且"中还添上"不准"，这真算应着"师严然后道尊"那句话了。

先前《晨报副刊》讨论"爱情定则"时，我曾用了"非心"的名，而编辑先生偏改作"维心"登出，我就知道这些先生们之"细心"，真真非同小可，现在先生又因这点点忘记署名而如是之"细心"了，可见编辑先生是大抵了不得的。此外还用过"归真"，"寒潭"，"君平"……等名字，用了之后，辄多弃置，这也许是鉴于以投稿沽名的人们的心理状态之可笑，遂至迂腐到不免矫枉过正了罢。本星期二朱希祖先生讲文学史，说到人们用假名是不负责任的推诿的表示。这也有一部分精义，敢作敢当，也是不可不有的精神。那么，发表出来的就写许广平三字罢。但不知何故，我总不喜欢这三个字。我确有好"捏造"许多名儿的脾气（也许以后要改良这恶习），这回呢，用"西瓜皮"（同学们互相起的诨名，差不多每人都有一个）三字则颇有滑稽之趣，用"小鬼"也甚新颖，这现时的我都喜欢它。鱼与熊掌，自己实难于取舍，还是"请先生随便写上一个可也"罢。要知道"油滑"的用处甚大，尤其是在"钻网"之时，先生似乎无须加以限制的。

前一段的确无意思，现在正式的要求"将这一段删去"。其余的呢，如果另外有好的稿子，千万就将拙作"带住"，因为使读者少看若干佳作，在良心上总觉得是遗憾的一件事。

现在确乎到了"力争"的时期了！被尊为"兄"，年将耳顺，这"的确老大了罢，无论如何奇怪的逻辑"，怎么竟"谓偷闲学少年"，而遽加"少爷"二字于我的身上呢！？要知道硬指为"小姐"，固然辱没清白，而尊之曰"少爷"，亦殊不觉得其光荣，总不如一撇一捺这一个字来得正当。至于红鞋绿袜，满脸油粉气的时装"少爷"，我更希望"避之则吉"，请先生再不要强人所难，硬派他归入这些族类里去了！

司空蕙已把《妇女周刊》的权利放弃，写信给陆晶清请交代清楚了。但晶清前日已得自滇来电，说是"父逝速回"。她家中只有十三龄的弱弟和一个继母，她是一定要回去料理生和死的，多么不幸呀！在这时期，遇这变故，我们都希望而且劝她速去速回。但"来日之事，不可预知"，因此《妇周》本身恐怕也不免多少受点困难。晶清虽则自己未能有等身的著作，除新诗外，学理之文和写情的小说，似乎俱非性之所近，但她交游广，四处供献材料者多，所以《妇周》居然支持了这些期。现在呢，她去了，恐怕纯阳性的作品，要占据《妇周》了（除波微❶一人）。这是北京女界的一件可感慨的，——其实也无须感慨。

缝纫先生要来当校长，我们可以专攻女红了！！！从此描龙绣凤，又是另一番美育，德育。但不知道这梦做得成否？然而无论如

---

❶ 即石评梅，中国近现代女作家、革命活动家，曾用笔名波微，《妇女周刊》编辑。

何，女人长女校的观念的成见，是应该飨以毛瑟的。可恶之极！"何物老妪，生此……"？

考试的题目出错了。如果出的是"书架上面一盒盒的是什么"，也许要交白卷，幸而考期已过，就不妨"不打自招"的直白的供出来。假如要做答案，我没有刘伯温卜烧饼的聪明，只好认是书籍。这可给他零分么？

小鬼许广平。四月三十晚。


广平兄：

四月卅的信收到了。闲话休提，先来攻击朱老夫子的"假名论"罢。

夫朱老夫子者，是我的老同学，我对于他的在窗下孜孜研究，久而不懈，是十分佩服的，然此亦惟于古学一端而已，若夫评论世事，乃颇觉其迂远之至者也。他对于假名之非难，实不过其最偏的一部分。如以此诬陷毁谤个人之类，才可谓之"不负责任的推诿的表示"，倘在人权尚无确实保障的时候，两面的众寡强弱，又极悬殊，则须又作别论才是。例如子房为韩报仇，从君子看来，盖是应该写信给秦始皇，要求两人赤膊决斗，才算合理的。然而博浪一击，大索十日而终不可得，后世亦不以为"不负责任"者，知公私不同，而强弱之势亦异，一匹夫不得不然之故也。况且，现在的有权者，是什么东西呢？他知道什么责任呢？《民国日报》案故意拖延月余，才来裁判，又决罚至如此之重，而叫喊几声的人独要硬负片面的责任，如孩子脱衣以入虎穴，岂非大愚么？朱老夫子生活于平安中，所做的是《萧梁旧史考》，负责与否，没有大关系，也并没有什么意外的危险，所以他的侃侃而谈之谈，仅可供他日共和实现之后的参考，若今日者，则我以为只要目的是正的——这所谓正不正，又只专凭自己判断——即可用无论什么手段，而况区区假名真名之小事也哉。此我所以指窗下为活人之坟墓，而劝人们不必多读中国之书者也！

本来还要更长更明白的骂几句，但因为有所顾忌，又哀其胡子之长，就此收束罢。那么，话题一转，而论"小鬼"之假名问题。那两个"鱼与熊掌"，虽并为足下所喜，但我以为用于论文，却不相宜，因为以真名招一种无聊的麻烦，固然不值得，但若假名太近于滑稽，则足以减少论文的重量，所以也不很好。你这许多名字中，既然"非心"总算还未用过，我就以"编辑"兼"先生"之威权，给你写上这一个罢。假如于心不甘，赶紧发信抗议，还来得及，但如到星期二夜为止并无痛哭流涕之抗议，即以默认论，虽驷马也难于追回了。而且此后的文章，也应细心署名，不得以"因为忙中"推诿！

试验题目出得太容易了，自然也算得我的失策，然而也未始没有补救之法的。其法即称之为"少爷"，刺之以"细心"，则效力之大，也抵得记大过二次。现在果然慷慨激昂的来"力争"了，而且写至七行之多，可见费力不少。我的报复计划，总算已经达到了一部分，"少爷"之称，姑且准其取消罢。

历来的《妇周》，几乎还是一种文艺杂志，议论很少，即偶有之，也不很好，前回的那一篇，则简直是笑话。请他们诸公来"试他一试"，也不坏罢。然而咱们的《莽原》也很窘，寄来的多是小说与诗，评论很少，倘不小心，也容易变成文艺杂志的。我虽然被称为"编辑先生"，非常骄气，但每星期被逼作文，却很感痛苦，因为这就像先前学校中的星期考试。你如有议论，敢乞源源寄来，不胜荣幸感激涕零之至！

　　缝纫先生听说又不来了，要寻善于缝纫的，北京很多，本不必发电号召，奔波而至，她这回总算聪明。继其后者，据现状以观，总还是太太类罢。其实这倒不成为什么问题，不必定用毛瑟，因为"女人长女校"，还是社会的公意，想章士钊和社会奋斗，是不会的，否则，也不成其为章士钊了。老爷类中也没有什么相宜的人，名人不来，来也未必一定能办好。我想：校长之类，最好是请无大名而真肯做事的人做，然而目下无之。

　　我也可以"不打自招"：东边架上一盒盒的确是书籍。但我已将废去考试法不用，倘有必须报复之处，则尊称之曰"少爷"，就尽够了。

鲁迅。五月三日。

（其间缺鲁迅五月八日信一封。）

鲁迅师：

　　收到五三，五八的信和第三期《莽原》，现在才作复，然而这几日中，已发生了多少大大小小的事，在寂闷的空气中，添一点火花的声响。

在积薪之下抛一根洋火，自然免不了燃烧。五七那天，章宅的事情，和我校的可算是遥遥相对。同在这种"整顿学风"之下，生命的牺牲，学业的抛荒，诚然是无可再小的小事。这算什么呢！这总是高压时代所必有的结果。

教育当局也太可笑了。种种新奇的部令，激出章宅的一打，死的死了，被捕的捕去了，失踪的失踪了，怕事的赶快躲掉了，迎合意旨以压迫学生为然的欢欣鼓舞起来了！今日（五九）学校牌示开除六人，我自然是早在意中的。当五七那天，在礼堂上，杨氏呼唤警察的时候，我心里想，如果捕了去，那是为大众请命而被罪，而个人始终未尝为威屈，利诱，我的血性还能保持刚生下来的态度，这是我有面目见师长亲友，而师长亲友所当为我欣喜的。这种一纸空文的牌示，一校的学籍开除，愈使我领悟到遍地都是漆黑的染缸，打破的运动之愈不可缓了。现在教育部重要人员处和本校都接连开了火，也许从此焚烧起来，也许消防队的力量大，能够扑灭。但是把戏总是有的，无论成与败。

《莽原》上，非心出来了。这个假名，在先前似乎还以为有点意思，然而现在时代已经不同，在"心"字排行的文学家旗帜之下，我配不上滥竽，而且着实有冒充或时髦之惧。前回既说任凭先生"随便写下一个"，那当然是默认的，以后呢，也许又要改换。这种意志薄弱，易于动摇的态度，真也可笑罢。

《莽原》虽则颇有勃勃的生气，但仍然不十分激烈深透——尤其是第二期，似更稳重。浅显则味道不觉得隽永，含蓄则观众不易于了解领略。一种刊物要能够适合各种人物的口味，真真是不容易。

因征稿而"感激涕零"，更加上"不胜……之至"，哈哈，原来老爷们的涕泗滂沱较小姐们的"潸然泪下"更甚万倍的。既承认"即有此泪，也就是不进化"，"……哭……则一切无用"了，为什么又要"涕零"呢？难道"涕零"是伤风之一种，与"泪"，"哭"无关的么？先生，我真不解。

"胡子之长"即应该"哀之"么？这与杀人不眨眼的精神相背谬。是敬老，抑怜老呢？我有一点毛病，就是最怕听半截话，怪闷气的。所以仍希望听听"更长更明白的骂几句"，请不要"顾忌"，给我喝一杯冰结凌罢！

小鬼许广平。五，九，晚。


鲁迅师：

满腹的怀疑，早已无从诉起：读了《编完写起》，不觉引起了要说的几句话，在忙里偷闲中写出来。不知吾师将"感激涕零"而阅之否？

群众是浮躁，急不及待的。忍耐不过，众寡不敌，自难免日久变生，越发不可收拾。而且孤立无助，简单头脑的学生，的确敌不过金钱运动，背有靠山的"凶兽样的羊"。六人的出校是不足惜的，其如学校前途何？！

这一回给我的教训，就是群众之不足恃，聪明人之太多，而公理之终不敌强权，"锲而不舍"的秘诀却为"凶兽样的羊"所宝用。

牺牲不是任何人所能劝的。放着"凶兽样的羊"而不驱逐，血气之伦，谁能堪此。

然而果真驱逐了么？恐还只有无益的牺牲罢！

可诅咒的自身！

可诅咒的万恶的环境！

小鬼许广平。十七，五。

广平兄：

两信均收到，一信中并有稿子，自然照例"感激涕零"而阅之。小鬼"最怕听半截话"，而我偏有爱说半截话的毛病，真是无可奈何。本来想做一篇详明的"朱老夫子论"呈政，而心绪太乱，又没有工夫。简捷地说一句罢，就是：他历来所走的都是最稳的路，不做一点小小冒险事，所以他偶然的话倒是不负责任的，待到别人因此而被祸，他不作声了。

群众不过如此，由来久矣，将来恐怕也不过如此。公理也和事之成败无关。但是，女师大的教员也太可怜了，只见暗中活动之鬼，而竟没有站出来说话的人。我近来对于□先生之赴西山，也有些怀疑了，但也许真真恰巧，疑之者倒是我自己的神经过敏。

我现在愈加相信说话和弄笔的都是不中用的人，无论你说话如何有理，文章如何动人，都是空的。他们即使怎样无理，事实上却着着得胜。然而，世界岂真不过如此而已么？我要反抗，试他一试。

提起牺牲，就使我记起前两三年被北大开除的冯省三。他是闹讲义风潮之一人，后来讲义费撤消了，却没有一个同学再提起他。我那时曾在《晨报副刊》上做过一则杂感，意思是：牺牲为群众祈福，祀了神道之后，群众就分了他的肉，散胙。

听说学校当局有打电报给学生家属之类的举动，我以为这些手段太毒了。教员之类该有一番宣言，说明事件的真相，几个人也可以的。如果没有一个人肯负这一点责任（署名），那么，即使校长竟去，学籍也恢复了，也不如走罢。全校没有人了，还有什么可学？

鲁迅。五月十八日。


鲁迅师：

五月十九日发的信早已读过，因为遇见时已经知道收到，所以一直搁到如今，才又整理起这枝笔来说几句话。

今日（廿七）见报上发表的宣言，知道已有"站出来说话的人"了，而且是七个之多。在力竭声嘶时，可以算是添了军火，加增气力。但是战线愈加扩充了——《晨报》是这样观察的——来日方长，诚恐热心的师长，又多一件麻烦，思之一喜一惧。

今日第七时上形义学，在沈兼士先生的点名册上发见我已被墨刑（姓名上涂了墨），当时同学多抱不平，但不少杨党的小姐，见之似乎十分惬意。三年间的同学感情，是可以一笔勾消的，翻脸便不相识，何堪提起！有值周生二人往诘薛，薛答以奉校长办公室交来条子。办公室久已封锁，此纸何来，不问而知是偏安的谕旨，从太平湖饭店颁下的。盖以婆婆自居之杨氏，总不甘心几个学生尚居校中，必欲使两败俱伤而后快，恐怕日内因此或有一种波动也。

读吾师"世界岂真不过如此而已么？……"的几句，使血性易于起伏的青年如小鬼者，顿时在冰冷的煤炉里加上煤炭，红红的燃烧起来。然而这句话是为对小鬼而说的么？恐怕自身也当同样的设想罢。但从别方面，则总接触些什么恐怕"我自己看不见了"，"寿终正寝"等等怀念走到尽头的话。小鬼实在不高兴听这类话。据自己的经验说起来，当我幼小时，我的三十岁的哥哥死去的时候，凡在街上见了同等年龄的人们，我就憎恨他，为什么他不死去，偏偏死了我的哥哥。及至将近六旬的慈父见背的时候，我在街上又加添了我的阿父偏偏死去，而白须白发的人们却只管活在街头乞食的憎恨。此外，则凡有死的与我有关的，同时我就憎恨所有与我无关的活着的人。我因他们的死去，深感到死了的寂寞，一切一切，俱付之尤何有之乡。进女师大的第一年，我也曾因猩红热几乎死去。但这自身的危险，和死的空虚，却驱策形成了一部分的意见，就是：无论老幼，几时都可以遇到可死的机会，但在尚未遇到之时，不管三七二十一，还是将我自身当作一件废物，可以利用时尽管利用它一下子。这何必计及看见看不见，正寝非正寝呢？如其计及之，则治本之法，我以为当照医生所说：1，戒多饮酒；2，请少吸烟。

我希望《莽原》多出点慷慨激昂，阅之令人浮一大白的文字，近来似乎有点穿棉鞋戴厚眼镜了。这也是因为我希望之切，遂不觉责备之深罢。可是我也没有交出什么痛哭流涕的文字，虽则本期想凑篇稿子，省得我师忙到连饭也没工夫吃。但是，自私是总脱不掉的，同时因为他项事故，终于搁起笔来了。你说该打不该打？

　　　　　　　　　　　　　小鬼许广平。五月廿七晚。

（其间缺广平留字一纸。）


广平兄：

午回来，看见留字。现在的现象是各方面都黑暗，所以有这情形，不但治本无从说起，便是治标也无法，只好跟着时局推移而已。至于《京报》事，据我所闻却不止秦小姐一人，还有许多人去运动，结果是说定两面的新闻都不载，但久而久之，也许会反而帮她们（男女一群，所以只好用"她"）的。办报的人们，就是这样的东西。——其实报章的宣传，于实际上也没有多大关系。

今天看见《现代评论》，所谓西滢也者，对于我们的宣言出来说话了，装作局外人的样子，真会玩把戏。我也做了一点寄给《京副》，给他碰一个小钉子。但不知于伏园饭碗之安危如何。她们是无所不为的，满口仁义，行为比什么都不如。我明知道笔是无用的，可是现在只有这个，只有这个而且还要为鬼魅所妨害。然而只要有地方发表，我还是不放下；或者《莽原》要独立，也未可知。独立就独立，完结就完结，都无不可。总而言之，倘笔舌尚存，是总要使用的，东滢西滢，都不相干也。

西滢文托之"流言"，以为此次风潮是"某系某籍教员所鼓动"，那明明是说"国文系浙籍教员"了，别人我不知道，至于我之骂杨荫榆，却在此次风潮之后，而"杨家将"偏偏来诬赖，可谓卑劣万分。但浙籍也好，夷籍也好，既经骂起，就要骂下去，杨荫榆尚无割舌之权，总还要被骂几回的。

现在老实说一句罢，"世界岂真不过如此而已么？……"这些话，确是"为对小鬼而说的"。我所说的话，常与所想的不同，至于何以如此，则我已在《呐喊》的序上说过：不愿将自己的思想，传染给别人。何以不愿，则因为我的思想太黑暗，而自己终不能确知是否正确之故。至于"还要反抗"，倒是真的，但我知道这"所以反抗之故"，与小鬼截然不同。你的反抗，是为了希望光明的到来罢？我想，一定是如此。但我的反抗，却不过是与黑暗捣乱。大约我的意见，小鬼很有几点不大了然，这是年龄，经历，环境等等不同之故，不足为奇。例如我是诅咒"人间苦"而不嫌恶"死"的，因为"苦"可以设法减轻而"死"是必然的事，虽曰"尽头"，也不足悲哀。而你却不高兴听这类话，——但是，为什么将好好的活人看作"废物"的？这就比不做"痛哭流涕的文字"还"该打"！又如来信说，凡有死的同我有关的，同时我就憎恨所有与我无关的……，而我正相反，同我有关的活着，我倒不放心，死了，我就安心，这意思也在《过客》中说过，都与小鬼的不同。其实，我的意见原也一时不容易了然，因为其中本含有许多矛盾，教我自己说，或者是人道主义与个人主义这两种思想的消长起伏罢。所以我忽而爱人，忽而憎人；做事的时候，有时确为别人，有时却为自己玩玩，有时则竟因为希望生命从速消磨，所以故意拼命的做。此外或者还有什么道理，自己也不甚了然。但我对人说话时，却总拣择那光明些的说出，然而偶不留意，就露出阎王并不反对，而"小鬼"反不乐闻的话来。总而言之，我为自己和为别人的设想，是两样的。所以者何，就因为我的思想太黑暗，但究竟是否真确，又不得而知，所以只能在自身试验，不敢邀请别人。其实小鬼希望父兄长存，而自视为"废物"，硬去替"大众请命"，大半也是如此。

《莽原》实在有些穿棉花鞋了，但没有撒泼文章，真也无法。自己呢，又做惯了晦涩的文章，一时改不过来，下笔时立志要显豁，而后来往往仍以晦涩结尾，实在可气之至！现在除附《京报》分送外，另售千五百，看的人也不算少。待"闹潮"略有结束，你这一匹"害群之马"多来发一点议论罢。

鲁迅。五月三十日。

鲁迅师：

　　接到卅一日的信，尚未拆口，就感着不快：牠们居然检查邮件了！先前也有这种情形，但这次同时收两封信，两封的背面下方都有拆过再粘，失了原状的痕迹。当然与之理论，但是何益！？我想，托人转交，或者可免此弊罢。然而又回想，我何必避它，索性在信中骂一个畅快，给牠看也好。可是我师何辜，遭此牵涉，从前是有诛九族，罪妻孥的，现在也要恢复，责及其师么？可恶之极！

　　昨日（星期）看了西滢的《闲话》，做了一篇《六个学生该死》，本想痛快的层层申说该死的各方，但写了那些之后，就头涔涔的躺下了。今早打算以此还《妇周》评梅所索之债，但不见来。今请先生阅之，如伏园老头子不害怕，而稿子还可对付，可否仍送《京副》。但其中许多意思，前人已屡次说过，此文不过尔尔。

　　我早知世界不过如此，所以常感苦闷，而自视为废物。其欲利用之者，犹之尸体之供医学上解剖，冀于世不无小补也，至于光明，则老实说起来，我活到那么大就从来没有望见过。为我个人计，自然受买收可以比在外做"人之患"舒服，不反抗比反抗无危险，但是一想到我以外的人，我就绝不敢如此。所以我佛悲苦海之沉沦，先儒惕日月之迅迈，不安于"死"，而急起直追，同是未能免俗。小鬼也是俗鬼，旧观念还未打破，偶然思想与先生合，偶尔转过来就变卦，废物利用又何尝不是"消磨生命"之术，但也许比"纵酒"稍胜一筹罢。自然，先生的见解比我高，所以多"不同"，然而即使要"捣乱"，也还是设法多住些时好。褥子下明晃晃的钢刀，用以克敌防身是妙的，倘用以……似乎……小鬼不乐闻了！

小鬼许广平。六月一日。


广平兄：

拆信案件，或者牠们有些受了冤，因为卅一日的那一封，也许是我自己拆过的。那时已经很晚，又写了许多信，所以自己不大记得清楚，只记得将其中之一封拆开（从下方），在第一张上加了一点细注。如你所收的第一张上有小注，那就确是我自己拆过的了。

至于别的信，我却不能代牠们辩护。其实，私拆函件，本是中国的惯技，我也早料到的。但是这类技俩，也不过心劳日拙而已。听说明的方孝孺，就被永乐皇帝灭十族，其一是"师"，但也许是齐东野语，我没有考查过这事的真伪。可是从西滢的文字上看来，此辈一得志，则不但灭族，怕还要"灭系"，"灭籍"了。

明明将学生开除，而布告文中文其词曰"出校"，我当时颇叹中国文字之巧。今见上海印捕击杀学生，而路透电则云，"华人不省人事"，可谓异曲同工，但此系中国报译文，不知原文如何。

其实我并不很喝酒，饮酒之害，我是深知道的。现在也还是不喝的时候多，只要没有人劝喝。多住些时，固无不可的。短刀我的确有，但这不过为夜间防贼之用，而偶见者少见多怪，遂有"流言"，皆不足信也。

汪懋祖先生的宣言发表了，而引"某女士"之言以为重，可笑。牠们大抵爱用"某"字，不知何也？又观其意，似乎说是"某籍某系"想将学校解散，也是一种奇谈。黑幕中人面目渐露，亦殊可观，可惜他自己又说要"南归"了。躲躲闪闪，躲躲闪闪，此其所以为"黑幕中人"欤！？哈哈！

迅。六月二日。

鲁迅师：

这时我又来捣乱了，也不管您有没有闲工夫看这捣乱的信。但是我还是照旧的写下去——

上海风潮起后，接联的"以脱"❶的波动传到北京来了。在万人空巷的监视之下，排着队游行，高喊着不易索解的无济于事的口号，自从两点多钟在第三院出发，直至六点多钟到了天安门才算一小结束。这回是要开国民大会。席地而坐，以资休息的"它们"，忽的被指挥者挥起来，意思是：当这个危急存亡，不顾性命的时候，还不振作起精神来，一致对外吗！？对的，一骨碌个个笔直的立正起来，而不料起来了却要看把戏。说是北大，师人的人争做主席，争做总指挥，台下两派，呐喊助威，并且叫打，眼看舞台上开

---

❶ 通译为"以太"，物理学史上假想的一种电磁波的传播媒质。

始肉搏了！我们气愤的高声喝住：这不是争做主席的时候，这是什么情形，还在各自争夺做头领！然而众寡不敌，气的只管气，喝的只管喝，闹的只管闹。这种情形，记得前些时天安门开什么大会，也是如此。这真是"古已有之"，而不图"于今为烈"。于是我只得废然返校了。

所可稍快心意的，是走至有一条大街，迎面看见杨婆子笑迷迷的瞅着我们大队时，我登即无名火起，改口高呼打倒杨荫榆，打倒杨荫榆，驱逐杨荫榆！同侪闻声响应，直喊至杨车离开了我们。这虽则似乎因公济私，公私混淆，而当时迎头一击的痛快，实在比游过午门的高兴，快活，可算是有过之无不及。先生，您看这匹"害群之马"简直不羁到不可收拾了。这可怎么办？

既封了信，再有话说，最好还是另外写一封，"多多益善"，免致小鬼疑神疑鬼，移祸东吴（其实东吴也确有可疑之处）。看前信第一张上，的确"加了一点细注"，经这次考究，省掉听半截话一样的闷气，也好。

"劝喝"酒的人是随时都有的，下酒物也随处皆是的。只求在我，外缘可以置之不闻不问罢。

小问题（校长）还未解决，大问题（上海事件）又起来；平时最犯忌是提前放假，现在却自动的罢课了。虽则每日有讲演，募捐，宣传等等工作，但是暑假期到了，恐怕男女的在校办事人，就将设法拆学生之台，相率离去，那时电灯不开，自来水不流……。饭可以自己往外买，其余怎办呢？这是一件公私（国，校）相连的问题，政治又呈不安之象，现时"救死惟恐不暇"，这个教育的部分小问题，谁有闲情逸致来打扫这不香气的"茅厕"，无怪我们在"茅厕"坑的人，永沦不拔了！

黑幕中人陆续星散，确是"冷一冷"，"冷一冷"……的秘诀。校长去了，教务，总务辞职了，自以为解决种种问题的评议会，教务联席会议，不能振作旗鼓了。最末一著就是拆学生之台，个个散去，使学生不能在校中存在。像这种极端破坏主义，前途何堪设想！？

罢课了！每星期的上《苦闷的象征》的机会也没有了！此后几时再有解决风潮，安心听讲的机会呢？

小鬼许广平。六月五夕。

伏园老大出力于《京副》，此时此境，究算难得，是知有其师必有其弟也。

鲁迅师：

六月六日发去一封信，不知是否遇了洪乔？念念。

学校的一波未平，上海的一波又起，小鬼心长力弱，深感应付无方，日来逢人发脾气——并非酒疯——长此以往，将成狂人矣！幸喜素好诙谐，于滑稽中减少许多苦闷，这许是苦茶中的糖罢，但是，真的，"苦之量如故"。

今夕"微醉"（？）之后，草草握笔，做了一篇短文，即景命题，名曰《酒癥》。好久被上海事件闹得"此调不弹"了，故甚觉生涩，希望以"编辑"而兼"先生"的尊位，斧削，甄别。如其得逃出"白光"而钻入第十七次的及第，则请赐列第□期《莽原》的红榜上坐一把末后交椅："不胜荣幸感激涕零之至！"

敬领

骂好！！！

小鬼许广平。六月十二夕。


广平兄：

六月六日的信早收到了，但我久没有复；今天又收到十二夕信，并文稿。其实我并不做什么事，而总是忙，拿不起笔来，偶然在什么周刊上写几句，也不过是敷衍，近几天尤其甚。这原因大概是因为"无聊"，人到无聊，便比什么都可怕，因为这是从自己发生的，不大有药可救。喝酒是好的，但也很不好。等暑假时闲空一点，我很想休息几天，什么也不做，什么也不看，但不知道可能够。

第一，小鬼不要变成狂人，也不要发脾气了。人一发狂，自己或者没有什么——俄国的梭罗古勃以为倒是幸福——但从别人看来，却似乎一切都已完结。所以我倘能力所及，决不肯使自己发狂，实未发狂而有人硬说我有神经病，那自然无法可想。性急就容易发脾气，最好要酌减"急"的角度，否则，要防自己吃亏，因为现在的中国，总是阴柔人物得胜。

上海的风潮，也出于意料之外。可是今年的学生的动作，据我看来是比前几回进步了。不过这些表示，真所谓"就是这么一回事"。试想：北京全体（？）学生而不能去一章士钉，女师大大多数学生而不能去一杨荫榆，何况英国和日本。但在学生一方面，也只能这么做，唯一的希望，就是等候意外飞来的"公理"。现在"公理"也确有点飞来了，而且，说英国不对的，还有英国人。所以无论如何，我总觉得洋鬼子比中国人文明，货只管排，而那品性却很有可学的地方。这种敢于指摘自己国度的错误的，中国人就很少。

所谓"经济绝交"者，在无法可想中，确是一个最好的方法。但有附带条件，要耐久，认真。这么办起来，有人说中国的实业就会借此促进，那是自欺欺人之谈。（前几年排斥日货时，大家也那么说，然而结果不过做成功了一种"万年糊"。草帽和火柴发达的原因，尚不在此。那时候，是连这种万年糊也不会做的，排货事起，有三四个学生组织了一个小团体来制造，我还是小股东，但是每瓶卖八枚铜子的糊，成本要十枚，而且货色总敌不过日本品。后来，折本，闹架，关门。现在所做的好得多，进步得多了，但和我辈无关也。）因此获利的却是美法商人。我们不过将送给英日的钱，改送美法，归根结蒂，二五等于一十。但英日却究竟受损，为报复计，亦足快意而已。

可是据我看来，要防一个不好的结果，就是白用了许多牺牲，而反为巧人取得自利的机会，这种在中国是常有的。但在学生方面，也愁不得这些，只好凭良心做去，可是要缓而韧，不要急而猛。中国青年中，有些很有太"急"的毛病（小鬼即其一），因此，就难于耐久（因为开首太猛，易将力气用完），也容易碰钉子，吃亏而发脾气，此不佞所再三申说者也，亦自己所曾经实验者也。

前信反对喝酒，何以这回自己"微醉"（？）了？大作中好看的字面太多，拟删去一些，然后赐列第□期《莽原》。

□□的态度我近来颇怀疑，因为似乎已与西滢大有联络。其登载几篇反杨之稿，盖出于不得已。今天在《京副》上，至于指《猛进》，《现代》，《语丝》为"兄弟周刊"，大有卖《语丝》以与《现代》拉拢之观。或者《京副》之专载沪事，不登他文，也还有别种隐情（但这也许是我的妄猜），《晨副》即不如此。

我明知道几个人做事，真出于"为天下"是很少的。但人于现状，总该有点不平，反抗，改良的意思。只这一点共同目的，便可以合作。即使含些"利用"的私心也不妨，利用别人，又给别人做点事，说得好看一点，就是"互助"。但是，我总是"罪孽深重，祸延"自己，每每终于发见纯粹的利用，连"互"字也安不上，被用之后，只剩下耗了气力的自己一个。有时候，他还要反而骂你；不骂你，还要谢他的洪恩。我的时常无聊，就是为此，但我还能将一切忘却，休息一时之后，从新再来，即使明知道后来的运命未必会胜于过去。

本来有四张信纸已可写完，而牢骚发出第五张上去了。时候已经不早，非结束不可，止此而已罢。

迅。六月十三夜。

然而，这一点空白，也还要用空话来填满。司空蕙前回登过启事，说要到欧洲去，现在听说又不到欧洲去了。我近来收到一封信，署名"捏蚊"，说要加入《莽原》，大约就是"雪纹"，也即司空蕙。这回《民众文艺》上所登的署名"聂文"的，我看也是他。碰一个小钉子，就说要到欧洲去，一不到欧洲去，就又闹"琴心"式的老玩艺了。

这一点空白即以这样填满。


鲁迅先生吾师左右：

接到六月十三的信又好些天了，有时的确"并不做什么事"，但总没机会拿起笔来写字。人为什么会"无聊"呢？原因是不肯到外面走走散步不是呢？想"休息"实现而不至于被阻，最好还是到西山去。倘在家里而想"什么也不做什么也不看"，恐怕敲门声一响，也还是躲也躲不掉罢。要"休息"，也须有这个地位和机会；像我，现在和六个同学同进退，不至八大爷❶到来，不得越雷池一步，真是苦极。就我自己想，如果长此以往，接触的实有令人发狂的必要，为自己打算，自是暂时离开此地便宜，但是不能够。可见有可以离开的地位和机会的，还是及早玩玩好。

设法消灭自己的办法，无论如何我以为与废物利用之意相反，此刻不容这种偏激思想存在了！但自己究是神经质，禁不起许多刺激而

---

❶ 旧时对"兵"的谑称。

不生反应，于是，第一步就对谁都开枪，第二步是谁也不再能见谅，自己倘不怀沙自沉，舍疯狂无第二法。这是神经支配骨肉，感情胜过理智，没奈何的一件事。自然，我不以为这是"幸福"，但也不觉得可怕。假使有那一天，那么，所希望的是有人给我一粒铁丸，或一针圣药，就比送到什么医院中麻木的活下去强得多了。但是这不过说得好听一点，故作惊人之谈，其实小鬼还是食饱睡足的一个凡人，玩的玩，笑的笑，与别人并无二致。有的人志大言夸，小鬼就是这样的一个人。吾师说过，不能受我们小学生的话骗倒，这回可也有一点相信谎说了。可见要高人一等的不受愚，还得仔细的"明察秋毫"才行。

在现政府之下而不压抑民气，我总有点怀疑，不是暗中向外人低首认错，便是另外等机会先扬后抑，使文章警策一点。总之，上海的事，大约是有扩大而无缩小的，远东的混战，也许从此发轫，否则自认吃亏，死了人还得赔款道歉，这真是蒙羞万代，遗臭千年，生不如死了。至于"意外飞来的公理"，则恐怕做梦也不容易盼到，洋鬼子虽然也有自知不对的，然而都不是掌权的人，犹之中国今日之一品大百姓，话虽好听，于事还是无补的。先生总不肯使后生小子失望灰心，所以谈吐之间，总设法找一点有办法有希望的话，可是事实究不如此之简单容易。有些人听了安慰话，自然还是不敢放心，但以此为安心的依据，而宽懈下来的人，也未始不常有。还请吾师注意一下子罢。

提起做万年糊，我也想到可笑的事来了。那时在天津，收集些现成的雪花膏瓶子，做出许许多多的万年糊来，托着盘子向各处廉价兜售。不用本钱买瓶子，该可以不吃亏了罢，结果还是赔钱不讨好。因为做的成绩究不如市上卖的好，人也不肯来热心买。又想法用石膏模子铸成空心的蜡囵囵，洋狗，狮子等小品玩艺，希图代替市上的轻薄皮的玩具，然而总是敌不过，终于同样的失败了。

"白用了许多牺牲而反为巧人取得自利的机会"，这是我所常常虑及的。即如我校风潮，寒假时确不敢说开始的人们并非别有用意，所以我不过袖手旁观，就是现在，也不敢说她们决非别有用意，但是学校真也太不像样了，忍无可忍，只得先做第一步攻击，再谋第二步的建设。这是我个人的见解，但攻击已成俘虏之势，建设不敢言矣。所以，我的目标是不满于杨，而因此而来的举动，却也许被第三者收渔人之利，不劳而获，那么，我也就甚似被人所"利用"了。这是社会的黑暗，傻子的结果。真还是决不"有点不平，反抗，改良的意思"的人们舒服。尤其坏的是：公举你出来做事时，个个都说做后盾，个个都在你面前塞火药，等你装足了，火线点起了，他们就远远的赶快逃跑，结果你不过做一个炸弹壳，五花粉碎。

《京报副刊》有它的不得已的苦衷，也实在可惜。从它所没收和所发表的文章看起来，蛛丝马迹，固然大有可寻，但也不必因此愤激。其实这也是人情（即面子）之常，何必多责呢。吾师以为"发见纯粹的利用"，对□□有点不满（不知是否误猜），但是，屡次的"碰壁"，是不是为激于义愤所利用呢？横竖是一个利用，请付之一笑，再浮一大白可也。

小鬼许广平。六月十七日下午六时。

如何在世上混过去的方法

（录鲁迅信之"一，走人生的长途……"至"这真是没有法子！"凡三段，已见上文，故不重抄。）

鲁迅师：

以前给我的信中有上面的一大段，我总觉得"独食难肥，还想分甘同味"（二句是粤谚），以公同好，现在上海事起，应有百折不回的精神，故我以为这些话有公开之必要，因此抄录奉呈，以光《莽原》篇幅。标题仍本吾师原文录下，至于署名，则自不待言是有宗主权矣。然而发表与否之权，仍属于作者，小鬼不敢僭定，故仍乞斟酌也。（但据我愚见，还希批准为幸！）

杨婆子在新平路十一号大租其办事处，积极准备招生。学生方面往各先生处接洽，结果由在京四位主任亲到教育部催促早日处理解决校事，一面另行呈文至执政处，请其从速选人至教育部负责，然后解决校事。在京四人，居然能做到这一点，真不容易。至于到校维持，则碍于婆子手段，恐未必肯办。凡出来说话做事的人，往往出力不讨好，又惹一身脏，如发表宣言的七个先生的事，就是前车，此后自然没有人敢于举动。结果，还是大家不管的女师大。

然而主任的先生说，非不肯管也，实有愿管而负责之人在，别人自然没法了。这也是不管的一个原因。而且要管的人，日来趾高气扬了，原因是狼狈为奸，巴结上司的成功。闻有人亲口说，我能上台，你就能返校，而我之能上台者，以天津为依靠也。貔貅十万，孱弱书生何足畏哉，况此外还有袁世凯从中作祟。此事一实现，小学生无噍类矣。世上真应该将"真理"二字的铅字消毁，免得骗了小孩子上当。目前满布了武装到校，解散文理二豫科，再开除学生共十八人（或云十二人）之说。又云某某定端节前一日到部，反之者即拒之以孔方兄，自不成问题。彼方对于学校的最低要求，是至少将学生六和婆子一，共同牺牲，彼此是非，在所不问。此亦可见破坏教育之坚决，但倘有益于校，死且不悔，六人不以为恨也，所虑者六人走了，仍未必有益于校耳。

小鬼许广平。六月十九晚。

（其间当有缺失，约二三封。）


（前缺。）

那一首诗，意气也未尝不盛，但此种猛烈的攻击，只宜用散文，如"杂感"之类，而造语还须曲折，否，即容易引起反感。诗歌较有永久性，所以不甚合于做这样题目。

沪案以后，周刊上常有极锋利肃杀的诗，其实是没有意思的，情随事迁，即味如嚼蜡。我以为感情正烈的时候，不宜做诗，否则锋铓太露，能将"诗美"杀掉。这首诗有此病。

我自己是不会做诗的，只是意见如此。编辑者对于投稿，照例不加批评，现遵来信所嘱，妄说几句，但如投稿者并未要知道我的意见，仍希不必告知。

迅。六月二十八日。

（此间缺广平二十八日信一封。）

广平兄：

昨夜，或者今天早上，记得寄上一封信，大概总该先到了。刚才得二十八日函，必须写几句回答，就是小鬼何以屡次诚惶诚恐的赔罪不已，大约也许听了"某籍"小姐的什么谣言了罢？辟谣之举，是不可以已的：

第一，酒精中毒是能有的，但我并不中毒。即使中毒，也是自己的行为，与别人无干。且夫不佞年届半百，位居讲师，难道还会连喝酒多少的主见也没有，至于被小娃儿所激么！？这是决不会的。

第二，我并不受有何种"戒条"。我的母亲也并不禁止我喝酒。我到现在为止，真的醉止有一回半，决不会如此平和。

然而"某籍"小姐为粉饰自己的逃走起见，一定将不知从那里拾来的故事（也许就从太师母那里得来的），加以演义，以致小鬼也不免吓得赔罪不已了罢。但是，虽是太师母，观察也未必就对，虽是太太师母，观察也未必就对。我自己知道，那天毫没有醉，更何至于胡涂，击房东之拳，吓而去之的事，全都记得的。

所以，此后不准再来道歉，否则，我"学笈单洋，教鞭17载"，要发杨荫榆式的宣言以传布小姐们胆怯之罪状了。看你们还敢逞能么？

来稿有过火处，或者须改一点。其中的有些话，大约是为反对往执政府请愿而说的罢。总之，这回以打学生手心之马良为总指挥，就可笑。

《莽原》第十期，与《京报》同时罢工了，发稿是星期三，当时并未想到要停刊，所以并将目录在别的周刊上登载了。现在正在交涉，要他们补印，还没有头绪；倘不能补，则旧稿须在本星期五出版。

《莽原》的投稿，就是小说太多，议论太少。现在则并小说也少，大约大家专心爱国，要"到民间去"，所以不做文章了。

　　　　　　　　　　　　　　　　迅。六，二九，晚。

（其间当缺往来信札数封，不知确数。）


广平仁兄大人阁下，敬启者：

前蒙投赠之大作，就要登出来，而我或将被作者暗暗咒骂。因为我连题目也已经改换，而所以改换之故，则因为原题太觉怕人故也。收束处太没有力量，所以添了几句，想来也未必与尊意背驰；但总而言之：殊为专擅。尚希曲予海涵，免施贵骂，勿露"勃谿"之技，暂羁"害马"之才，仍复源源投稿，以光敝报，不胜侥幸之至！

至于大作之所以常被登载者，实在因为《莽原》有些闹饥荒之故也。我所要多登的是议论，而寄来的偏多小说，诗。先前是虚伪的"花呀""爱呀"的诗，现在是虚伪的"死呀""血呀"的诗。

呜呼，头痛极了！所以倘有近于议论的文章，即易于登出，夫岂"骗小孩"云乎哉！又，新做文章的人，在我所编的报上，也比较的易于登出，此则颇有"骗小孩"之嫌疑者也。但若做得稍久，该有更进步之成绩，而偏又偷懒，有敷衍之意，则我要加以猛烈之打击：小心些罢！

肃此布达，敬请"好说话的"安！

"老师"谨训。七月九日。

报言章士钉将辞，屈映光继之，此即浙江有名之"兄弟素不吃饭"人物也，与士钉盖伯仲之间，或且不及。所以我总以为不革内政，即无一好现象，无论怎样游行示威。

（其间当缺往来信札约五六封。）

广平兄：

在好看的天亮还未到来之前，再看了一遍大作，我以为还不如不发表。这类题目，其实，在现在，是只能我做的，因为大概要受攻击。然而我不要紧，一则，我自有还击的方法；二则，现在做"文学家"似乎有些做厌了，仿佛要变成机械，所以倒很愿意从所谓"文坛"上摔下来。至于如诸君之雪花青派，则究属"嫩"之一流，犯不上以一篇文章而招得攻击或误解，终至于"泣下沾襟"。

那上半篇，倘在小说，或回忆的文章里，固然毫不足奇，但在论文中，而给现在的中国读者看，却还太直白。至于下半篇，则实在有点迂。我在那篇文章里本来说：这种骂法，是"卑劣"的。而你却硬诬赖我"引以为荣"，真是可恶透了。

其实，对于满抱着传统思想的人们，也还大可以这样骂。看目下有些批评文字，表面上虽然没有什么，而骨子里却还是"他妈的"思想，对于这样批评的批评，倒不如直捷爽快的骂出来，就是"即以其人之道，还治其人之身"，于人我均属合适。我常想：治中国应该有两种方法，对新的用新法，对旧的仍用旧法。例如"遗老"有罪，即该用清朝法律：打屁股。因为这是他所佩服的。民元革命时，对于任何人都宽容（那时称为"文明"），但待到二次革命失败，许多旧党对于革命党却不"文明"了：杀。假使那时（元年）的新党不"文明"，则许多东西早已灭亡，那里会来发挥他们的老手段？现在用"他妈的"来骂那些背着祖宗的木主以自傲的人们，夫岂太过也欤哉！？

还有一篇，今天已经发出去，但将两段并作一个题目了：《五分钟与半年》。多么漂亮呀。

天只管下雨，绣花衫不知如何？放晴的时候，赶紧晒一晒罢，千切千切！

迅。七月二十九，或三十，随便。

# 第二集　厦门—广州

（1926 年 9 月—1927 年 1 月）

广平兄：

我九月一日夜半上船，二日晨七时开，四日午后一时到厦门，一路无风，船很平稳，这里的话，我一字都不懂，只得暂到客寓，打电话给林语堂，他便来接，当晚即移入学校居住了。

我在船上时，看见后面有一只轮船，总是不远不近地走着，我疑心就是"广大"。不知你在船中，可看见前面有一只船否？倘看见，那我所悬拟的便不错了。

此地背山面海，风景佳绝，白天虽暖——约八十七八度❶——夜却凉。四面几无人家，离市面约有十里，要静养倒好的。普通的东西，亦不易买。听差懒极，不会做事也不肯做事；邮政也懒极，星期六下午及星期日都不办事。

因为教员住室尚未造好（据说一月后可完工，但未必确），所以我暂住在一间很大的三层楼上，上下虽不便，眺望却佳。学校开课是二十日，还有许多日可闲。

我写此信时，你还在船上，但我当于明天发出，则你一到校，此

---

❶ 这是华氏度，约为 31 摄氏度。

信也就到了。你到校后，望即见告，那时再写较详细的情形罢，因为现在我初到，还不知什么。

迅。九月四日夜。

（每起头的○是某一个时间内写的，用○起始，以示段落。）

○MY DEAR TEACHER❶：

昨到你住的孟渊旅馆奉访后，四妹领我到永安公司，买得小手巾六条，只一元，算来一条不到二角。晚上又游四川路广东街，买雨伞一把，也不过几角钱。访了两处亲戚，都还客气，留吃点心或饭，点心是吃的，但饭却推却了。

今天（九月一日）又往先施公司等，买得皮鞋一双，只三元；又信纸六大本（与此纸同，但大得多），一元。此外又买些应用什物，不敢多买，因为我那天看见你用炒饭下酒，所以也想节省一点。

○今晚（一日）七时半落广大轮船，有二位弟弟送行，又有大安旅馆之茶房带同挑夫搬送行李，现在是已在船中安置好了。一房二人，另一人行李先到，占了上格床，我居下格。现只我一人在房，我想遇有机会，想说什么就写什么，管它多少，待到岸即投入邮筒；但

-----

❶ 英语，意为"我亲爱的老师"。

临行时所约的时间，我或者不能守住，要反抗的。

船票二十五元，连杂费约共花三十余元，余下的还很不少。又，大安旅馆自沪一直招呼至粤，使费大约较自己瞎撞的公道，且可靠，这也足以令人放心的。

船中热甚，一房竟夕惟我一人，也自由，也寂寞，船还停着，门窗不敢打开，闷热极了！好在虽然时时醒来，但也即睡去；臭虫到处都是，不过我尚能安眠。只是因为今晚独自在船，想起你的昨晚来了。本来你昨晚下船没有，走后情形如何，我都不知道，晚间妹妹们又领我上街闲走，但总是蓦地一件事压上心头，十分不自在，我因想，此别以后的日子，不知怎么样？

○二日晨八时十分，船始开。天刚亮，就有人来查行李。先开随身的木箱，后开帆布箱，我故意慢慢地。他不耐烦了，问我作什么的。我答学生，现做教员。他走了。船开后又来查，这回是查私贩铜元的，床铺里也都穷搜，将漆黑的手印满留在枕席上。

同房的姓梁，是基督教徒，有一个她的女友，住房舱的，却到我们房里来吃饭，两人总是谈着什么牧师爷牧师奶，讨厌得很，我这回车和船都顶着"华盖"了。午后她们又约我打牌，虽则不算钱，总是费时无益的事，我连忙躺下看书，不久睡着，从十一点多钟一直到四点。六时顷晚饭，菜是广东味，不十分好，也还吃得几碗饭。也不晕船，躺着看小说。

○睡起见水色已变浅绿，泛出雪白的波头，好看极了。因为多年囚禁在沙漠中，所以见之不禁惊喜，但可气的是船面上挤满着人，铺盖，水桶，货物；房的窗口也总有成排的人，高高的坐在箱子上，遮得全房漆黑，而我又在下层床，日里又要听基督圣谕。MY DEAR TEACHER！你的船中生活怎么样？

　　○三日晨七时起床，十时早饭，十一时左右，在我们房门口的堆满行李的舱面上，是工友们开会。许多人聚在一处，有一个学生模样的做主席，大家演说北伐的必要……随意发挥；报告各地情形的也有，我也略略说了一点北京的黑暗。开会有二时之久，大家精神始终贯注，互相勉励，而著重于鼓励工人，因为这会是为工人而开的。我在旁参与，觉到一种欢欣，算是我途中第一次的喜遇。这现象，在北方恐怕是梦想不到的罢！下午一时多散会，还豫约每天开会一次，尤其是注意于向着上海工厂招来的工友们，灌输国民革命的意义。有一个孙传芳部下的军官，当场演说北方军阀的黑幕，并说自当军官以来，不求升官发财，现在看北方军人实在无可希望了，所以毅然脱离，径向广东投国民革命军，意欲从这里打破北方的黑暗。这是大家都很欢迎的。MY DEAR TEACHER，你看这种情形是多么朝气呀！

　　十时吃的算是午饭，一时顷有咖啡一杯，面包二片，晚九时又有鸡粥一碗，其间的四时顷是晚餐，食物较火车上为方便。船甚稳，如坐长江轮船一样，不知往厦门去的是否也如此？

　　○四日被姓梁的惊醒，已经八点多了。她有一个女友，和一个男友（？），不绝的来，一方面唱圣诗，一方面又打扑克。我被挤得连看书的地方都没有了，也看不下去，勉强的看了《骆驼》；又看《炭画》，是文言的，没有终卷。继看《夜哭》，字句既欠修饰，命意也很无聊，糟透了。

下午四时船经过厦门，我注意看看，不过茫茫的水天一色，厦门在那里！？

因为听说是经过厦门，我就顺便打听从厦门到广州的走法。据客栈人说：可以由厦门坐船到香港，再由香港搭火车到广州，但坐火车要中途自己走一站，不方便，倘由广州往香港，则须用照相觅铺保，准一星期回，否则惟店铺是问。也有从厦门到汕头的。我想，这条路较好，从汕头至广州，不是敌地，检查之类，可省许多麻烦，这是船中所闻，先写寄，免忘记，借供异日参考。

现在写字时是四日晚的九时，快有粥吃了。男女两教徒都走了，清净不少，但天气比前两天热，也不愿意睡，就想起上面的那些话，写了下来。

○MY DEAR TEACHER：现在是五日午后二时廿分了，我正吃过午点心。不晓得你在做什么？今天工人仍然开会，但时间提早了，是十时多。刚刚摆开早饭，一个工人就来邀我赴会，说有两个主席，我是其一。我想，在这样人地生疏的境况之下，做主席是很难的，一不合式，就会引起纠纷，便说正在吃饭，又向来没有做过主席，不敢当，当场推却了。饭后到会，就有人要我演说，正推辞间，主席已在宣布喉咙不大好，说话不便，要我去接替。我没法，只得站上台去，攻击了一顿北京的政治和社会上的黑暗的情形。一完就退席，回到房里。听人说，开会时有国民党员百来人，但是彼此争执开会手续不合法，一部分人退席了。这是我后来才知道的。往回一想，这么几个人，在这么短期间，开一个小会就冲突，则情形之复杂可想，幸而我没有做主席，否则，也许会糟到连自己都莫名其妙哩！听说明天上午可以到广州了，船内的会总该不致再开，我或者可以不再去说话。但是，到广州呢？

现时船早过了汕头，晚饭顷可经香港之北，名大划❶的地方。在这里须等候带船的人来领入广州，但他来的迟早很不一定，即使来了，也得再走六小时之久，始达终点。但无论如何，六日是必能到广州的了。

○MY DEAR TEACHER：今天是六日，现在是快到八点了。昨晚十时，船停香北大划地方，候带船人，因为此后伏礁甚多，非熟识者难以前进。幸而今早起来，听说带船人已经到了，专候潮长，便即开船；如能准时，则午后可到珠江了。

○MY DEAR TEACHER：现在（三时）船快到了，以后再谈罢。

YOUR H. M.❷ 六日下午三时。

---

❶ 位于香港北部的铜锣湾船坞附近。　❷ 英语，意为"你的害马"，"害马"是罗马字拼音的缩写。

先生：

　　六日我寄了一封信，那是在船上陆续写出，到粤后托客栈人寄的，收到了没有？

　　船于这日上午九时启碇驶入广州，经虎门黄埔，下午二时又停于距城甚远之车歪炮台外，又候至六时，始受专意捣乱，久延始来之海关外人查关检疫，乃放人换坐小艇泊岸。将泊岸了，而船夫一时疏失，突入旋涡，更兼船中人多（三十余）货重（百余件），躲浪不及，以致船身倾侧，江水入船，船夫坠水，幸全船镇静，使船放平，坠水船夫更竭力挽救，始得化险为夷，迨水上警察来时，已经平安无事矣。

　　登岸后，住大安栈，但钱币不同，路不认识，迫得写信叫人送给约我回来的陈家表叔，请其到栈接我，即于七日上午迁寓陈家，此信即在陈家所写。女子师范学校已经正式上课，今日（八日）下午四时左右，便当搬到校内去了。一切情形还多。女师甚复杂。我担任的是训育，另外授课八小时，每班一时，现在姑且尽力，究竟能否长久，再看情形就是了。

　　这里民气激昂，但闻北伐顺利，所以英人从中破坏，现正多方寻衅，见诸事实，例如武装兵船示威珠江，沙面等，以图扰乱后方即是。闽中有何新闻？关于本地或外省的，便希通知一下。以后再谈。

　　候著安。

你的 H. M. 九月八日。

迅师：

七，九两日发了两封信，你都收到了没有？那信是写一路上情形的。

五日你寄的信，十日晚收到了。信来在我到校之后，并非一到校也就收到。

八日搬入学校，在下午四时顷，我的妹妹，嫂嫂已在等我相见许多时候了。待行李送到后，我即和她们同回老家，入门，则见房屋颓坏，人物全非，对此故园，不胜凄痛。晚间蚊虫肆虐，竟夕不成眠。次晨为母氏纪念日，祀祭后十时余返校。卧室在旧校楼上，是昔之缝纫室，今隔为三，前后两间皆有窗，光线充足，但先已有人居住；中间室狭而暗，周围无窗，四面"碰壁"，即我朝夕之居处也。

校役招呼尚好，食品价亦不算太贵，但较北方或略昂，惟若可口，即算值得。

本校八日正式开课，校长特许休息几天，所以于明日（十三，星期一）才起首授课及办公。以前几天，有时在校豫备教课，或休息，有时也出去探访亲戚，但总是请人带领。

这个学校的学生颇顽固，而且盲动，好闹风潮，将来也许要反对我，现时在小心中。

我一路上不觉受苦，回来后精神也佳，校内旧的熟人不少，但是我还是常常喜欢在房内看书。

你的较详细的信是否在途中，还是尚未写发，我希望早点收到。

明天有两小时教课，急要豫备，下次再细谈罢。

　　　　　　YOUR H. M. 九月十二晚六时三十五分。

我的职务（略）

（此处省去鲁迅寄给许广平的一张明信片上的书信。）


广平兄：

　　依我想，早该得到你的来信了，然而还没有。大约闽粤间的通邮，不大便当，因为并非每日都有船。此地只有一个邮局代办所，星期六下午及星期日不办事，所以今天什么信件也没有——因为是星期——且看明天怎样罢。

　　我到厦门后发一信（五日），想早到。现在住了已经近十天，渐渐习惯起来了，不过言语仍旧不懂，买东西仍旧不便。开学在二十日，我有六点钟功课，就要忙起来，但未开学之前，却又觉得太闲，有些无聊，倒望从速开学，而且合同的年限早满。学校的房子尚未造齐，所以我暂住在国学院的陈列所空屋里，是三层楼上，眺望风景，极其合宜，我已写好一张有这房子照相的明信片，或者将与此信一同发出。上遂的事没有结果，我心中很不安，然而也无法可想。

　　十日之夜发飓风，十分利害，语堂的住宅的房顶也吹破了，门也吹破了，粗如笔管的铜闩也都挤弯，毁东西不少。我住的屋子只破了一扇外层的百叶窗，此外没有损失。今天学校近旁的海边漂来不少东西，有桌子，有枕头，还有死尸，可见别处还翻了船或漂没了房屋。

此地四无人烟，图书馆中书籍不多，常在一处的人，又都是"面笑心不笑"，无话可谈，真是无聊之至。海水浴倒是很近便，但我多年没有浮水了，又想，倘若你在这里，恐怕一定不赞成我这种举动，所以没有去洗，以后也不去洗罢，学校有洗浴处的。夜间，电灯一开，飞虫聚集甚多，几乎不能做事，此后事情一多，大约非早睡而一早起来做不可。

迅。九月十二夜。

今天（十四日）上午到邮政代办所去看看，得到你六日八日的两封来信，高兴极了。此地的代办所太懒，信件往往放在柜台上，不送来，此后来信，可于厦门大学下加"国学院"三字，使他易于投递，且看如何。这几天，我是每日去看的，昨天还未见你的信，因想起报载英国鬼子在广州胡闹，进口船或者要受影响，所以心中很不安，现在放心了。看上海报，北京已戒严，不知何故；女师大已被合并为女子学院，师范部的主任是林素园（小研究系），而且于四日武装接收了，真令人气愤，但此时无暇管也无法管，只得暂且不去理会它，还有将来呢。

回上去讲我途中的事，同房的是一个五十多岁的广东人，姓魏或韦，我没有问清楚，似乎也是民党中人，所以还可谈，也许是老同盟会员罢。但我们不大谈政事，因为彼此都不知道底细，也曾问他从厦门到广州的走法，据说最好是从厦门到汕头，再到广州，和你所闻于客栈中人的话一样。船中的饭菜顿数，与广大同，也有鸡粥；船也很平；但无耶稣教徒，比你所遭遇的好得多了。小船的倾侧，真太危险，幸而终于"马"已登陆，使我得以放心。我到厦门时，亦以小船搬入学校，浪也不小，但我是从小惯于坐小船的，所以一点也没有什么。

我前信似乎说过这里的听差很不好，现在熟识些了，觉得殊不尽然。大约看惯了北京的听差的唯唯从命的，即容易觉得南方人的倔强，其实是南方的等级观念，没有北方之深，所以便是听差，也常有平等言动，现在我和他们的感情好起来了，觉得并不可恶。但茶水很不便，所以我现在少喝茶了，或者这倒是好的。烟卷似乎也比先前少吸。

我上船时，是克士送我去的，还有客栈里的茶房。当未上船之前，我们谈了许多话，我才知道关于我的事情，伏园已经大大的宣传过了，还做些演义。所以上海的有些人，见我们同车到此，便深信伏园之说了，然而也并不为奇。

我已不喝酒了，饭是每餐一大碗（方底的碗，等于尖底的两碗），但因为此地的菜总是淡而无味（校内的饭菜是不能吃的，我们合雇了一个厨子，每月工钱十元，每人饭菜钱十元，但仍然淡而无味），所以还不免吃点辣椒末，但我还想改良，逐渐停止。

我的功课，大约每周当有六小时，因为语堂希望我多讲，情不可却。其中两点是小说史，无须豫备；两点是专书研究，须豫备；两点是中国文学史，须编讲义。看看这里旧存的讲义，则我随便讲讲就很够了，但我还想认真一点，编成一本较好的文学史。你已在大大地用功，豫备讲义了罢，但每班一小时，八时相同，或者不至于很费力罢。此地北伐顺利的消息也甚多，极快人意。报上又常有闽粤风云紧张之说，在这里却看不出，不过听说鼓浪屿上已有很多寓客，极少空屋了，这屿就在学校对面，坐舢板一二十分钟可到。

迅。九月十四日午。

迅师：

七，九，十二去了三信，只接到五日来的一信，你那里的消息一概不知道，惟有心猜臆测。究竟近状如何？是否途中感冒，现在休养？望勿秘不见告。

我不喜欢出街，因为到处不胜今昔之感；也因回来迟了，更不好意思偷懒，日常自早八时至晚五时才从办公室退至寝室，此后是沐浴和豫备教课……时间总觉短促，各方还未顺熟，终日傻瓜似的一个。

这校有三数学生是顽固大家，大多数都是盲从，貌似一气，其实全无主见。今日十六晚是星期四，此信寄到或当不是在邮差休息时，你可以早些看见了。你豫备教课忙么？余后陈。

祝你在新境度中秋鉴赏他们的快乐。

你的H. M. 九月十七日。

MY DEAR TEACHER：

你扣足了一星期给我一信，我在企望多日之中总算得到一点安慰——虽则只是一张明信片。

然而我实不解，我于七，九，十二，十七共发四函，并此为五，倘皆不到，我想，是否理由如下：

第一信，是到广州之次早，托大安栈茶房发出的，不知是否他学了洪乔？但可惜，此信记自沪至粤一路情形颇详细。

第二信，同时寄出者四处，除你之外尚有上海之叔，天津之嫂，东省之谢。岂学校女工（给我做事的）作弊？

兹对于收到之信片更作复函，由我自己投邮，看结果如何？

五日来信十日晚到，十三信片十八到，计需六天。如我寄之信不失，则你于十二，十四，十八，二二，二四，应陆续接得我信。假使非茶房及女工之误，则请你向贵校门房一询，凡有书周树人，豫才，鲁迅而下款为广州或粤之景，宋，许……缄者，即为我寄之信。下笔时故意捣乱，不料反致遗失，可叹！

我校从十三日起，我即授课办公，教课似乎还过得去（察看情形），至于训育，真是难堪，包括学监舍监的事，从早八时至下午五时在办公处或查堂，回来吃晚饭后又要查学生自习及注意起居饮食……，总之无一时是我自己的时间。更有课外会议，各种领导事业及自己豫备教材……，弄得精疲力尽，应接不暇。明日是星期，下午一时还要开训育会议，回想做学生真快活也。

现人已睡久，钟停了不知何时，急忙写此，恕其不备为幸。

祝快乐，不敢劝戒酒，但祈自爱节饮。

你的 H. M. 九月十八晚。

飓风拔木，何不向林先生要求乔迁？


广平兄：

十三日发的给我的信，已经收到了。我从五日发了一信之后，直到十四日才发信，十四以前，我只是等着等着，并没有写信，这一封才是第三封。前天，我寄上了《彷徨》和《十二个》各一本。

看你所开的职务，似乎很繁重，住处亦不见佳。这种四面"碰壁"的住所，北京没有，上海是有的，在厦门客店里也看见过，实在使人气闷。职务有定，除自己心知其意，善为处理外，更无他法；住室却总该有一间较好的才是，否则，恐怕要瘦下。

本校今天行开学礼，学生在三四百人之间，就算作四百人罢，分为豫科及本科七系，每系分三级，则每级人数之寥寥，亦可想而知。此地不但交通不便，招考极严，寄宿舍也只容四百人，四面是荒地，无屋可租，即使有人要来，也无处可住，而学校当局还想本校发达，真是梦想。大约早先就是没有计画的，现在也很散漫，我们来后，都被搁在须作陈列室的大洋楼上，至今尚无一定住所。听说现正赶造着教员的住所，但何时造成，殊不可知。我现在如去上课，须走石阶九十六级，来回就是一百九十二级；喝开水也不容易，幸而近来倒已习惯，不大喝茶了。我和兼士及朱山根，是早就收到聘书的，此外还有几个人，已经到此，而忽然不送聘书，玉堂费了许多力，才于前天送来；玉堂在此似乎也不大顺手，所以上遂的事，竟无法开口。

我的薪水不可谓不多，教科是五或六小时，也可以算很少，但别的所谓"相当职务"，却太繁，有本校季刊的作文，有本院季刊的作文，有指导研究员的事（将来还有审查），合计起来，很够做做了。学校当局又急于事功，问履历，问著作，问计画，问年底有什么成绩发表，令人看得心烦。其实我只要将《古小说钩沉》整理一下拿出去，就可以作为研究教授三四年的成绩了，其余都可以置之不理，但为了玉堂好意请我，所以我除教文学史外，还拟指导一种编辑书目的事，范围颇大，两三年未必能完，但这也只能做到那里算那里了。

在国学院里的，朱山根是胡适之的信徒，另外还有两三个，好像都是朱荐的，和他大同小异，而更浅薄，一到这里，孙伏园便要算可以谈谈的了。我真想不到天下何其浅薄者之多。他们面目倒漂亮的，而语言无味，夜间还要玩留声机，什么梅兰芳之类。我现在惟一的方法是少说话；他们的家眷到来之后，大约要搬往别处去了罢。从前在女师大做办事员的白果是一个职员兼玉堂的秘书，一样浮而不实，将来也许会兴风作浪，我现在也竭力地少和他往来。此外，教员内有一个熟人，是先前往陕西去时认识的，似乎还好；集美中学内有师大旧学生五人，都是国文系毕业的，昨天他们请我们吃饭，算作欢迎，他们是主张白话的，在此好像有点孤立。

这一星期以来，我对于本地更加习惯了，饭量照旧，这几天而且更能睡觉，每晚总可以睡九至十小时；但还有点懒，未曾理发，只在前晚用安全剃刀刮了一回髭须而已。我想从此整理为较有条理的生活，大约只要少应酬，关起门来，是做得到的。此地的点心很好；鲜龙眼已吃过了，并不见佳，还是香蕉好。但我不能自己去买东西，因为离市有十里，校旁只有一个小店，东西非常之少，店中人能说几句"普通话"，但我懂不到一半。这里的人似乎很有点欺生，因为是闽南了，所以称我们为北人；我被称为北人，这回是第一次。

现在的天气正像北京的夏末，虫类多极了，最利害的是蚂蚁，有大有小，无处不至，点心是放不过夜的。蚊子倒不多，大概是因为我在三层楼上之故。生疟疾的很多，所以校医给我们吃金鸡纳。霍乱已经减少了。但那街道，却真是坏，其实是在绕着人家的墙下，檐下走，无所谓路的。

兼士似乎还要回京去，他要我代他的职务，我不答应他。最初的布置，我未与闻，中途接手，一班绝不相干的人，指挥不灵，如何措手，还不如关起门来，"自扫门前雪"罢，况且我的工作也已经够多了。

章锡琛托建人写信给我，说想托你给《新女性》做一点文章，嘱我转达。不知可有这兴致？如有，可先寄我，我看后转寄去。《新女性》的编辑，近来好像是建人了，不知何故。那第九（？）期，我已寄上，想早到了。

我从昨日起，已停止吃青椒，而改为胡椒了，特此奉闻。再谈。

迅。九月二十日下午。


广平兄：

十七日的来信，今天收到了。我从五日发信后，只在十三日发一信片，十四日发一信，中间间隔，的确太多，致使你猜我感冒，我真不知怎样说才好。回想那时，也有些傻气，因为我到此以后，正听见英人在广州肇事，遂疑你所坐的船，亦将为彼等所阻，所以只盼望来信，连寄信的事也拖延了。这结果，却使你久不得我的信。

现在十四的信，总该早到了罢。此后，我又于同日寄《新女性》一本，于十八日寄《彷徨》及《十二个》各一本，于二十日寄信一封（信面却写了廿一），想来都该到在此信之前。

我在这里，不便则有之，身体却好，此地并无人力车，只好坐船或步行，现在已经炼得走扶梯百余级，毫不费力了。眠食也都好，每晚吃金鸡纳霜一粒，别的药一概未吃。昨日到市去，买了一瓶麦精鱼肝油，拟日内吃它。因为此地得开水颇难，所以不能吃散拿吐瑾❶。但十天内外，我要移住到旧的教员寄宿所去了，那时情形又当与此不同，或者易得开水罢。（教员寄宿舍有两所，一所住单身人者曰"博

❶ 德国产的补脑健胃药。

学楼"，一所住有夫人者曰"兼爱楼"，不知何人所名，颇可笑。）

　　教科也不算忙，我只六时，开学之结果，专书研究二小时无人选，只剩了文学史，小说史各二小时了。其中只有文学史须编讲义，大约每星期四五千字即可，我想不管旧有的讲义，而自己好好的来编一编。功罪在所不计。

　　这学校花钱不可谓不多，而并无基金，也无计划，办事散漫之至，我看是办不好的。

　　昨天中秋，有月，玉堂送来一筐月饼，大家分吃了，我吃了便睡，我近来睡得早了。

迅。九月二十二日下午。

MY DEAR TEACHER：

　　二十二日得到你十四的和十二的放在一个信封内的信，知道了好多要说的话，虽则似乎很幽默，但我是以己度人，能够领解的。我以为一两天的路程，通信日期当然也不过如此，即须较多，三四天了不得了，而乃五六七八天，这真教人从何说起，况有时且又过之呢？

　　我正式做工和上课，已经有一星期零四天了，所觉到的结果是忙，忙……早上八点起就到办事处，或办事，或授课，此外还要查堂，看学生勤惰；五时回来吃晚饭；到七时学生自习，又要查了。训育职务是兼学监舍监之类（但又别有教务，舍务处），又须注意学风，宣传党义，与教务及总务俱隶属于校长之下，而如此办法，则惟广东在今年暑假后为然。我初毕业，既无经验，且又无可借鉴（他校尚未成立训育处），居此地位，真是盲人瞎马，"害"字加了一目矣。更兼学生为三数旧派所左右，外有全省学生联合会（广东学生而多顽固，岂非"出人意表之外"）为之援，更外则京沪旧派为之助，势力滋蔓，甚难图也，此后倘能改革，固为大幸，否则我自然三十六着，走为上着，但多半是要被排斥的。当我未回之前，学生联合会已借口省立第一，二中学为□□校长，作种种办学无状之条文，洋洋洒洒，大加攻击，甚至教育厅开除学生；继而广大（中山大学）法科反对陈启修为主任，亦与第一，二中同一线索。女师是他们豫备第三次起风潮的，所以学生总是蠢蠢欲动，现正在多方探听我的色彩，好像曾经反抗段祺瑞政府者，亦即党国罪人一样。女子本少卓见，加以外诱，增其顽强，个个有杨荫榆之流风，甚可叹也。好在我只要自己努力，或者不至失败，即使失败，现时广东女子地位与男子等，亦自有别处可去，非如外地一受攻击，即难在社会上立足之困人也。

MY DEAR TEACHER！你为什么希望"合同年限早满"呢？你是因为觉得诸多不惯，又不懂话，起居饮食不便么？如果对于身体的确不好，甚至有妨健康，则还不如辞去的好。然而，你不是要"去作工"么？你这样的不安，怎么可以安心作工！？你有更好的方法解决没有？或者于衣食抄写有需我帮忙的地方，也不妨通知，从长讨论。

中秋那一天，你玩了没有？难得旅行到福建，住一天，最好是勿白辜负了这一天，还是玩玩吃吃的好，学校的厨子不好，不是五分钟可到鼓浪屿么？那边一定有食处，也有去处，谢君的哥哥就住在那地方，他们待人都好，你愿意去看看他么？今日还接到谢君来信，他极希望回到家乡去做点事，但看你所处的情形，连上遂先生也难荐，则其余恐怕更不必说了。

我在中秋的那天上午随校长赴追悼朱执信六周年纪念会，到的人很多，见于树德先生讲演，依然北方淳厚之风，后又往烈士坟凭吊，回校已午后一时，算是过了上半天的节。是日，不断的忆起去年今日，我远远的提着四盒月饼，跑来喝酒，此情此景，如在目前，有什么法子呢！而且训育方面逼住要中秋后一天开会，交出计画书去，我于中秋前赶做一晚，当天又接着做，勉强抄袭出来，能否适用还说不定。中秋下午，我实在耐不住了，跑回家里一趟，看见嫂妹的冷清清的，便又记起未出广东以前家庭的样子，不胜凄恻，又不忍走开，即买菜同吃一顿。饭后出街走了一圈，回来买些灯笼给孩子们，买些水果大家吃，约莫十时睡了，月是怎么样，没有细看。

北京女师大事，我收到两次学生宣言，教育部诬助学生之教员为图自己饭碗；岂明，祖正二先生且被林素园当面诬为赤化，虽即要求他认错取消，但亦可谓晦气。北伐想是顺利，此间清一色的报纸，莫明究竟，在福建大约可以较得真相。

邮政代办所离学校有多少远？天天走不累的慌么？

伏园宣传的话，其详可得闻欤？

现时候不早，眼睛倦极，下次再谈罢。祝你快乐！

你的 H. M. 九月二十三晚。


广平兄：

十八日之晚的信，昨天收到了。我十三日所发的明信片既然已经收到，我惟有希望十四日所发的信也接着收到。我惟有以你现在一定已经收到了我的几封信的事，聊自慰解而已。至于你所寄的七，九，十二，十七的信，我却都收到了，大抵是我或孙伏园从邮务代办处去寻来的，他们很乱，或送或不送，堆成一团，只要有人去说要拿那几封，便给拿去，但冒领的事倒似乎还没有。我或伏园是每日自去看一回。

看厦大的国学院，越看越不行了。朱山根是自称只佩服胡适陈源两个人的，而田千顷，辛家本，白果三人，似皆他所荐引。白果尤善兴风作浪，他曾在女师大做过职员，你该知道的罢，现在是玉堂的襄理，还兼别的事，对于较小的职员，气焰不可当，嘴里都是油滑话。我因为亲闻他密语玉堂，"谁怎样不好"等等，就看不起他了。前天就很给他碰了一个钉子，他昨天借题报复，我便又给他碰了一个大钉子，而自己则辞去国学院兼职。我是不与此辈共事的，否则，何必到厦门。

211

我原住的房屋，要陈列物品了，我就须搬。而学校之办法甚奇，一面催我们，却并不指出搬到那里，教员寄宿舍已经人满，而附近又无客栈，真是无法可想。后来总算指给我一间了，但器具毫无，向他们要，则白果又故意特别刁难起来（不知何意，此人大概是有喜欢给别人吃点小苦头的脾气的），要我开帐签名具领，于是就给碰了一个钉子而又大发其怒。大发其怒之后，器具就有了，还格外添了一把躺椅，总务长亲自监督搬运。因为玉堂邀请我一场，我本想做点事，现在看来，恐怕是不行的，能否到一年，也很难说。所以我已决计将工作范围缩小，希图在短时日中，可以有点小成绩，不算来骗别人的钱。

此校用钱并不少，也很不撙节，而有许多悭吝举动，却令人难耐。即如今天我搬房时，就又有一件。房中原有两个电灯，我当然只用一个的，而有电机匠来，必要取去其一个玻璃泡，止之不可。其实对于一个教员，薪水已经花了这许多了，多点一个电灯或少点一个，又何必如此计较呢。

至于我今天所搬的房，却比先前的静多了，房子颇大，是在楼上。前回的明信片上，不是有照相么？中间一共五座，其一是图书馆，我就住在那楼上，间壁是孙伏园和张颐教授（今天才到，原先也是北大教员），那一面是钉书作场，现在还没有人。我的房有两个窗门，可以看见山。今天晚上，心就安静得多了，第一是离开了那些无聊人，也不必一同吃饭，听些无聊话了，这就很舒服。今天晚饭是在一个小店里买了面包和罐头牛肉吃的，明天大概仍要叫厨子包做。又自雇了一个当差的，每月连饭钱十二元，懂得两三句普通话，但恐怕颇有点懒。如果再没有什么麻烦事，我想开手编《中国文学史略》了。来听我的讲义的学生，一共有二十三人（内女生二人），这不但是国文系全部，而且还含有英文，教育系的；这里的动物学系，全班只有一人，天天和教员对坐而听讲。

但是我也许还要搬。因为现在是图书馆主任正请假着，由玉堂代理，所以他有权。一旦本人回来，或者又有变化也难说。在荒地里开学校，无器具，无房屋给教员住，实在可笑。至于搬到那里去，现在是无从揣测的。

现在的住房还有一样好处，就是到平地只须走扶梯二十四级，比原先要少七十二级了。然而"有利必有弊"，那"弊"是看不见海，只能见轮船的烟通。

今夜的月色还很好，在楼下徘徊了片时，因有风，遂回，已是十一点半了。我想，我的十四的信，到二十，二十一或二十二总该寄到了罢，后天（二十七）也许有信来，因先来写了这两张，待二十八日寄出。

二十二日曾寄一信，想已到了。

迅。二十五日之夜。

今天是礼拜，大风，但比起那一次来，却差得远了。明天未必一定有从粤来的船，所以昨天写好的两张信，我决计于明天一早寄出。

昨天雇了一个人，叫作流水，然而是替工，今天本人来了，叫作春来，也能说几句普通话，大约可以用罢。今天又买了许多器具，大抵是铝做的，又买了一只小水缸，所以现在是不但茶水饶足，连吃散拿吐瑾也不为难了。（我从这次旅行，才觉到散拿吐瑾是补品中之最麻烦者，因为它须兼用冷水热水两种，别的补品不如此。）

今天忽然有瓦匠来给我刷墙壁了，懒懒地乱了一天。夜间大约也未必能静心编讲义，玩一整天再说罢。

迅。九月二十六日晚七点钟。


MY DEAR TEACHER：

廿三晚写好的信，廿四早发出了。当日下午收到《彷徨》和《十二个》，包裹甚好，书一点没有损坏。但是两本书要寄费十分，岂非太不经济？

我一天的时间，能够给我自己支配的，只有晚上九时以后，我做自己的事——如写信，豫备教材——全得在这时候。此外也许有时有闲，但不一定。所以我写信时匆忙极了，许多应当写下来的事，也往往忘却，致使你因此挂心，这真是该打！忘记了什么呢？就是我光知道诉苦，说我住的是"碰壁"的房，可是现在已经改革了，东面的楼上住的一位附小的教员辞了职，校长教我搬去，我赶紧实行，于到校第二个星期六搬过来了。此楼方形，隔成田字，开间颇大，用具也不少。每间住一人，余三人为小学教员，胸襟一样狭窄，第一天即三人成众，给我听了不少讽刺话，我也颇气愤，但因不是在做学生了，总得将就一些，便忍耐下去，次早还要陪笑脸招呼，这真是做先生的苦处。现在她们有点客气了，然而实在热闹得可以，总是高朋满坐，即使只有三人，也还是大叫大嚷，没一时安静。更难堪的是有两位自带女仆婢子，日里做事，夜间就在她们房里搭床，连饭菜也由用人用煤油炉煮食，一小房便是一家庭，其污浊局促可想。所以我的房门口的过道，就成了女仆婢子们的殖民地，摆了桌子，吃饭，梳洗，桌下锅盆碗碟，堆积甚多，煞是好看。但我这方面总是竭力回避，关起门来，算是我的世界，好在一大块向南的都是窗，有新空气，不会病了。

这个学校，先前是师范和小学合在一处的，现在师范分到新校去了，但校舍还未造好，正在筹捐，所以师范教员和学生仍旧住在小学——即旧校里。今年暑假以后，算是大加革新了，分设教务，总务，训育于校长之下，而训育最繁琐，且须管理寄宿，此校学生曾起反对校长风潮，后虽平息，而常愤愤，每寻瑕伺隙，与办事人为难。我上课的第一天，学生就提出改在寝室内自修（原在教室，但灯暗……）的难题目给我做。现已给以附有条件的允许，于明日实行。但那么一来，学生散处各室，夜间查堂就更加困难了。对寝室负责的，我之外本来还有一舍监，现此人因常骂学生及仆人，大有非去不可之势，学校当局以为我闲空，要我兼任（但不加薪），我只答应暂兼数天，那时就将更加忙碌，因早晚舍监应做的如督率女仆，收拾寝室，厕所……也须归我管理也。

看你在厦大，学生少，又属草创，事多而趣少，如何是好？菜淡不能加盐么？胡椒多吃也不是办法，买罐头补助不好么？火腿总有地方买，不能做来吃么？万勿省钱为要！！！

广东水果现时有杨桃，五瓣，横断如星形，色黄绿，厦门可有么？

广东常有雨，但一止就可以出街，无雨则热甚，上课时汗流浃背的，蚊子大出，现在就一面写字，一面在喂它。蚂蚁也不亚于厦门，记得在"碰壁"的房里时，夜间睡眠中，臂膊还曾被其所咬；食物自然更易招致，即使挂起来，也能缘绳而至，须用水绕，始得平安。空气甚湿，衣物书籍，动辄发霉，讨厌极了。

我虽然忙，但《新女性》既转折的写了信来，似乎不好推却。不过我的作品太幼稚，你有什么方法鼓舞我，引导我，勿使我疏懒退缩不前么？

现在我事务虽然加多，但办得较前熟手了。八时教课，实则只要豫备四班教材，而都是从头讲起，班高的讲快，参考简单，班低讲慢，参考较多，互相资助，日来似觉稍为顺手。总之，到这里初做事，要做得好，即不能辞劳苦，宁可力竭而去，不欲懒散而存，所以我愿意努力工作，你以为何如？

有北京消息没有，学校近况如何？

祝你健康。

YOUR H. M. 九月二十八晚。

广平兄：

廿七日寄上一信，收到了没有？今天是我在等你的信了，据我想，你于廿一二大约该有一封信发出，昨天或今天要到的，然而竟还没有到，所以我等着。

我所辞的兼职（研究教授），终于辞不掉，昨晚又将聘书送来了，据说林玉堂因此一晚睡不着。使玉堂睡不着，我想，这是对他不起的，所以只得收下，将辞意取消。玉堂对于国学院，不可谓不热心，但由我看来，希望不多，第一是没有人才，第二是校长有些掣肘（我觉得这样）。但我仍然做我该做的事，从昨天起，已开手编中国文学史讲义，今天编好了第一章。眠食都好，饭两浅碗，睡觉是可以有八或九小时。

从前天起，开始吃散拿吐瑾，只是白糖无法办理，这里的蚂蚁可怕极了，有一种小而红的，无处不到。我现在将糖放在碗里，将碗放在贮水的盘中，然而倘若偶然忘记，则顷刻之间，满碗都是小蚂蚁。点心也这样。这里的点心很好，而我近来却怕敢买了，买来之后，吃过几个，其余的竟无法安放，我住在四层楼上的时候，常将一包点心和蚂蚁一同抛到草地里去。

风也很利害，几乎天天发，较大的时候，令人疑心窗玻璃就要吹破；若在屋外，则走路倘不小心，也可以被吹倒的。现在就呼呼地吹着。我初到时，夜夜听到波声，现在不听见了，因为习惯了，再过几时，风声也会习惯的罢。

现在的天气，同我初来时差不多，须穿夏衣，用凉席，在太阳下行走，即遍身是汗。听说这样的天气，要继续到十月（阳历？）底。

L. S.❶ 九月二十八日夜。

今天下午收到廿四发的来信了，我所料的并不错。但粤中学生情形如此，却真出我的"意表之外"，北京似乎还不至此。你自然只能照你来信所说的做，但看那些职务，不是忙得连一点闲空都没有了么？我想，做事自然是应该做的，但不要拼命地做才好。此地对于外面的情形，也不大了然，看今天的报章，登有上海电（但这些电报是什么来路，却不明），总结起来：武昌还未降，大约要攻击；南昌猛扑数次，未取得；孙传芳已出兵；吴佩孚似乎在郑州，现正与奉天方面暗争保定大名。

我之愿合同早满者，就是愿意年月过得快，快到民国十七年，可惜来此未及一月，却如过了一年了。其实此地对于我的身体，仿佛倒好，能吃能睡，便是证据，也许肥胖一点了罢。不过总有些无聊，有些不高兴，好像不能安居乐业似的，但我也以转瞬便是半年，一年，聊自排遣，或者开手编讲义，来排遣排遣，所以眠食是好的。我在这里的情形，就是如此，还可以无需帮助，你还是给学校办点事的好。

中秋的情形，前信说过了。谢君的事，原已早向玉堂提过的，没有消息。听说这里喜欢用"外江佬"，理由是因为倘有不合，外江佬卷铺盖就走了，从此完事，本地人却永久在近旁，容易结怨云。这也是一种特别的哲学。谢君的令兄我想暂且不去访问他，否则，他须来

---

❶ "鲁迅"二字罗马字拼音的缩写。

招呼我，我又须去回谢他，反而多一番应酬也。

伏园今天接孟余一电，招他往粤办报，他去否似尚未定。这电报是廿三发的，走了七天，同信一样慢，真奇。至于他所宣传的，大略是说：他家不但常有男学生，也常有女学生，但他是爱高的那一个的，因为她最有才气云云。平凡得很，正如伏园之人，不足多论也。

此地所请的教授，我和兼士之外，还有朱山根。这人是陈源之流，我是早知道的，现在一调查，则他所安排的羽翼，竟有七人之多，先前所谓不问外事，专一看书的舆论，乃是全都为其所骗。他已在开始排斥我，说我是"名士派"，可笑。好在我并不想在此挣帝王万世之业，不去管他了。

我到邮政代办处的路，大约有八十步，再加八十步，才到便所，所以我一天总要走过三四回，因为我须去小解，而它就在中途，只要伸首一窥，毫不费事。天一黑，就不到那里去了，就在楼下的草地上了事。此地的生活法，就是如此散漫，真是闻所未闻。我因为多住了几天，渐渐习惯，而且骂来了一些用具，又自买了一些用具，又自雇了一个用人，好得多了，近几天有几个初到的教员，被迎进在一间冷房里，口干则无水，要小便则须旅行，还在"茫茫若丧家之狗"哩。

听讲的学生倒多起来了，大概有许多是别科的。女生共五人。我决定目不邪视，而且将来永远如此，直到离开了厦门。嘴也不大乱吃，只吃了几回香蕉，自然比北京的好，但价亦不廉，此地有一所小店，我去买时，倘五个，那里的一位胖老婆子就要"吉格浑"（一角钱），倘是十个，便要"能（二）格浑"了。究竟是确要这许多呢，还是欺我是外江佬之故，我至今还不得而知。好在我的钱原是从厦门骗来的，拿出"吉格浑""能格浑"去给厦门人，也不打紧。

我的功课现在有五小时了，只有两小时须编讲义，然而颇费事，因为文学史的范围太大了。我到此之后，从上海又买了一百元书。克士已有信来，说他已迁居，而与一个同事姓孙的同住，我想，这人是不好的，但他也不笨，或不至于上当。

要睡觉了，已是十二时，再谈罢。

　　　　　　　　　　　　　　　　　迅。九月三十日之夜。

MY DEAR TEACHER：

今早到办公室就看见你廿二日写给我的信了。现在是卅晚十时，我正从外面回校，因为今天是我一个堂兄生了孩子的满月，在城隍庙内的酒店请客，人很多，菜颇精致，我回来后吃广东酒席，今天是第二次了。广东一桌翅席，只几样菜，就要二十多元，外加茶水，酒之类，所以平常请七八个客，叫七八样好菜，动不动就是四五十元。这种应酬上的消耗，实在利害，然而社会上习惯了，往往不能避免，真是恶习。

现时我于教课似乎熟习些，豫备也觉容易，但将上讲堂时，心中仍不免忐忑。训育一方，则千头万绪，学生又多方找事给我做，找难题给我处理，往往一波未平，一波又起，校务舍务，俱不能脱开。

前信曾说过舍监要走的事，幸而现在已经打消了，我也省得来独力支持，专招怨骂了。

学校散漫而无基金，学生少，设备不全，当然是减少兴味的。但看北京的黑暗，一时不易光明，除非北伐军打入北京，或国民军再进都城，我们这路人，是避之则吉的。这样一想，现时我们所处的地方，就是避难桃源，其他不必苛求，只对自己随时善自料理就是了。

睡早而少吃茶烟，是出于自然还是强制？日间无聊，将何以写忧？

广东几乎无日无雨，天气潮湿，书物不易存储，出太阳则又热不可耐，讨厌之极。又此地不似外省随便，女人穿衣，两三月辄换一个尺寸花头，高低大小，千变万化，学生又好起人绰号，所以我带回来的衣服，都打算送给人穿，自己从新做过，不是名流，未能免俗，然私意总从俭朴省约着想，因我固非装饰家也。但此种恶习，也与酒席一样消耗得令人厌恶。

愿你将你的情形时时告我。祝你安心课业。

YOUR H. M. 九月卅晚十时半。

MY DEAR TEACHER：

现在我又给你写信了，卅日写了一纸，本待寄去，又想，或者就有来信，所以又等着，到现在，四天了，中间有礼拜六，日，明天也许有信到，但是我等不及了，恐怕你盼望，就先寄给你罢。

这数日来我的大事记——一日整天大雨，无屋不漏。但党政府定于这天叫人到党部领徽章（铜质，有五元，一元，四角三种）去卖，我就代表学校，前去领取，还有扑满，旗帜，标语，宣传印刷品等，要点数目，费了大半天工夫。二日除照常校务外，并将徽章按各班人数分配妥帖。三日星期，则上半天全花在将这些分给各班各组的事情上，神疲力尽，十一时始完。午餐后去看李表妹及陈君，他们正拟邀我往城北游玩，因一同出城，乡村风景，甚觉宜人，野外花园，殊有清趣，树木蔚为大观，食品较城市便宜，我们三人在北园饮茶吃炒粉，又吃鸡，菜，共饱二顿，而所费不过三元余，从午至暮，盘桓半日，始返陈宅。

今天四日晨，复与大家往第一公园一游，午后上街买书报，又回家一看，三时顷回校收学生售章回来之扑满，直至五时，还只数个，明天尚有事做也。当我回校时，桌上见有李之良名片，她初到粤，人地生疏，又不懂话，因即于晚六时半往访，听了一点关于北京的情形。才知道我出京后，那边收不到我的信，但是谢君的弟弟却收到的，不知何故。你这里于北京消息不隔膜么？至于女师大，据李君说，则已由教育部直接用武装军警，强迫交代，学生被任可澄林素园召集至礼堂训话，大家只有痛哭，当面要求三事，一全体教职员照旧，二学校独立，三经费独立，闻经一一应允，但至李君来时，已经教职员全去，只留学生云。

我事情仍甚忙，学生对我尚无恶感，可是应付得太费力了，处处要钩心斗角，心里不愿如此，而表面上不得不如此，我意姑且尽职一学期至阳历一月，如那时情形不佳，则惟有另图生活之一法了。

前两天学校将所收的学费分掉了，新教职员得薪水之三成，我收到五十九元四角。听说国庆日以前还可多发一点，然而从中减去了公债票，国库券，北伐慰劳捐等等，则所余亦属无几。总之，所谓主任也者，名目好听，事情繁，收入少，实在为难，不过学学经验，练练脾气，也是好的。从前是气冲牛斗的害马，现在变成童养媳一般，学生都是婆婆小姑，要看她们的脸色做事了。这样子，又那里会有自我的个性，本来的面目。然而回心一想，社会就是这样，我从前太任性了，现今正该多加磨练，以销尽我的锋铓，那时变成什么，请你监视我就是了。

你近况何如？对于程度较低的学生，倘用了过于深邃充实的教材，有时反而使他们难于吸收，更加不能了解：请你注意于这一层。

现已十一时，快夜半了，昨夜睡得不多，现倦甚，以后再谈罢。

祝你精神康适。

YOUR H. M. 十月四日晚十一时。


广平兄：

一日寄出一信并《莽原》两本，早到了罢。今天收到九月廿九的来信了，忽然于十分的邮票大发感慨，真是孩子气。花了十分，比寄失不是好得多么？我先前闻粤中学生情形，颇"出于意表之外"，今闻教员情形，又"出于意表之外"，我先前总以为广东学界状况，总该比别处好得多，现在看来，似乎也只是一种幻想。你初作事，要努力工作，我当然不能说什么，但也须兼顾自己，不要"鞠躬尽瘁"才好。至于作文，我怎样鼓舞，引导呢？我说，大胆做来，先寄给我，不够么？好否我先看，即使不好，现在太远，不能打手心，只得记帐，这就已可以放胆下笔，无须退缩的了，还要怎么样呢？

从信上推测起你的住室来，似乎比我的阔些，我用具寥寥，只有六件，皆从奋斗得来者也。但自从买了火酒灯之后，我也忙了一点，因为凡有饮用之水，我必煮沸一回才用，因为忙，无聊也仿佛减少了。酱油已买，也常吃罐头牛肉，何尝省钱！！！火腿我却不想吃，在北京时吃怕了。在上海时，我和建人因为吃不多，便只叫了一碗炒饭，不料又惹出影响，至于不在先施公司多买东西，孩子之神经过敏，真令人无法可想。相距又远，鞭长不及马腹，也还是姑且记在帐上罢。

我在此常吃香蕉，柚子，都很好；至于杨桃，却没有见过，又不知道是甚么名字，所以也无从买起。鼓浪屿也许有罢，但我还未去过，那地方大约也不过像别处的租界，我也无甚趣味，终于懒下来了。此地雨倒不多，只有风，现在还热，可是荷叶却干了。一切花，我大抵不认识；羊是黑的。防止蚂蚁，我现也用四面围水之法，总算白糖已经安全，而在桌上，则昼夜总有十余匹爬着，拂去又来，没有法子。

我现在专取闭关主义，一切教职员，少与往来，也少说话。此地之学生似尚佳，清早便运动，晚亦常有；阅报室中也常有人。对我之感情似亦好，多说文科今年有生气了，我自省自己之懒惰，殊为内愧。小说史有成书，所以我对于编文学史讲义，不愿草率，现已有两章付印了，可惜本校藏书不多，编起来很不便。

北京信已有收到，家里是平安的，煤已买，每吨至二十元。学校还未开课，北大学生去缴学费，而当局不收，可谓客气，然则开学之毫无把握可知。女师大的事没有听到什么，单知道教员都换了男师大的，大概暂时当是研究系势力。总之，环境如此，女师大是决不会单独弄好的。

上遂要搬家眷回南，自己行踪未定，我曾为之写信向天津学校设法，但恐亦无效。他也想赴广东，而无介绍。此地总无法想，玉堂也不能指挥如意，许多人的聘书，校长压了多日才发下来。校长是尊孔的，对于我和兼士，倒还没有什么，但因为花了这许多钱，汲汲要有成效，如以好草喂牛，要挤些牛乳一般。玉堂盖亦窥知此隐，故不日要开展览会，除学校自买之泥人（古冢中土偶也）而外，还要将我的石刻拓片挂出。其实这些古董，此地人那里会要看，无非胡里胡涂，忙碌一番而已。

在这里好像刺戟少些，所以我颇能睡，但也做不出文章来，北京来催，只好不理。□□书店想我有书给他印，我还没有；对于北新，则我还未将《华盖集续编》整理给他，因为没有工夫。长虹和这两店，闹起来了，因为要钱的事。沈钟社和创造社，也闹起来了，现已以文章口角；创造社伙计内部，也闹起来了，已将柯仲平逐出，原因我不知道。

迅。十，四，夜。

迅师：

　　六日收到您九月廿七的信及杂志一束，廿二的信亦已收到。我除十八以前的信外，又有廿四，廿九，十月五日，及此信共四封，想也陆续寄到了。

　　厦大情形，闻之令人气短，后将何以为计，念念。广州办学，似乎还不至如此，你也有熟人如顾先生等，倘现时地位不好住，可愿意来此间一试否？郭沫若做政治部长去了。广大改名中山大学，校长是戴季陶。陈启修先生在此似乎不得意，有前往江西之说。

　　我在此处，校中琐事太多，一点自己的时间都没有，几乎可以说全然卖给它了。其价若干？你猜，今天领到九月份薪水，名目是百八十元之四成五，实得小洋三十七元，此外有短期国库券二十元，须俟十一月廿六方能领取，又公债票十五元，则领款无期，还有学校建筑捐款九元（以薪金作比例），女师毕业生演剧为母校筹款，因为是主任，派购入场券一张五元，诸如此类，不胜其烦。而最讨厌的是整天对学生钩心斗角，不能推诚相与（学生视学校如敌人，此少数人把持所致），所以觉得实在没趣，但仍姑且努力，倘若还是没法办，那时再作他图罢。

　　本来你在厦门就令人觉得不合式，但是到了现在，你有什么方法呢？信的邮递又是那么不便，你的情形已经尽情地说出来了没有呢？

　　《语丝》九六上《女师大的命运》那篇，岂明先生说："经过一次解散而去的师生有福了，"那么，你我不是有福的么？大可以自慰了。

祝你精神。

YOUR H. M. 十月七晚十二时。

广平兄：

　　十月四日得九月廿九日来信后，即于五日寄一信，想已收到了。人间的纠葛真多，兼士直到现在，未在应聘书上签名，前几天便拟于国学研究院成立会一开毕，便往北京去，因为那边也有许多事待他料理。玉堂大不以为然，而兼士却非去不可。我便从中调和，先令兼士在应聘书上签名，然后请假到北京去一趟，年内再来厦门一次，算是在此半年，兼士有些可以了，玉堂又坚执不允，非他在此整半年不可。我只好退开。过了两天，玉堂也可以了，大约也觉得除此更无别路了罢。现在此事只要经校长允许后，便要告一结束了。兼士大约十五左右动身，闻先将赴粤一看，再向上海。伏园恐怕也同行，至是否便即在粤，抑接洽之后，仍回厦门一次，则不得而知。孟余请他是办副刊，他已经答应了，但何时办起，则似未定。

　　据我想，兼士当初是未尝不豫备常在这里的，待到厦门一看，觉交通之不便，生活之无聊，就不免"归心如箭"了。这实在是无可奈何的事，教我如何劝得他。

　　这里的学校当局，虽出重资聘请教员，而未免视教员如变把戏者，要他空拳赤手，显出本领来。即如这回开展览会，我就吃苦不少。当开会之前，兼士要我的碑碣拓片去陈列，我答应了。但我只有一张小书桌和小方桌，不够用，只得摊在地上，伏着，一一选出。及至拿到会场去时，则除孙伏园自告奋勇，同去陈列之外，没有第二人帮忙，寻校役也寻不到，于是只得二人陈列，高处则须桌上放一椅子，由我站上去。弄至中途，白果又硬将孙伏园叫去了，因为他是"襄理"（玉堂的），有叫孙伏园去之权力。兼士看不过去，便自来帮我，他已喝了一点酒，这回跳上跳下，晚上就大吐了一通。襄理的位置，正如明朝的太监，可以倚靠权势，胡作非为，而受害的不是他，是学校。昨天因为白果对书记们下条子（上谕式的），下午同盟罢工了，后事不知如何。玉堂信用此人，可谓胡涂。我前回辞国学院研究教授而又中止者，因怕兼士与玉堂觉得为难也，现在看来，总非坚决辞去不可，人亦何苦因为别人计，而自轻自贱至此哉！

此地的生活也实在无聊，外省的教员，几乎无一人作长久之计，兼士之去，固无足怪。但我比兼士随便一些，又因为见玉堂的兄弟及太太，都很为我们的生活操心；学生对我尤好，只恐怕在此住不惯，有几个本地人，甚至于星期六不回家，豫备星期日我若往市上去玩，他们好同去作翻译。所以只要没有什么大下不去的事，我总想在此至少讲一年，否则，我也许早跑到广州或上海去了。（但还有几个很欢迎我的人，是要我首先开口攻击此地的社会等等，他们好跟着来开枪。）

今天是双十节，却使我欢喜非常，本校先行升旗礼，三呼万岁，于是有演说，运动，放鞭爆。北京的人，仿佛厌恶双十节似的，沉沉如死，此地这才像双十节。我因为听北京过年的鞭爆听厌了，对鞭爆有了恶感，这回才觉得却也好听。中午同学生上饭厅，吃了一碗不大可口的面（大半碗是豆芽菜）；晚上是恳亲会，有音乐和电影，电影因为电力不足，不甚了然，但在此已视同宝贝了。教员太太将最新的衣服都穿上了，大约在这里，一年中另外也没有什么别的聚会了罢。

听说厦门市上今天也很热闹，商民都自动地挂旗结彩庆贺，不像北京那样，听警察吩咐之后，才挂出一张污秽的五色旗来。此地的人民的思想，我看其实是"国民党的"的，并不怎样老旧。

自从我到此之后，寄给我的各种期刊很杂乱，忽有忽无。我有时想分寄给你，但不见得期期有，勿疑为邮局失落。好在这类东西，看过便罢，未必保存，完全与否亦无什么关系。

我来此已一月余，只做了两篇讲义，两篇稿子给《莽原》；但能睡，身体似乎好些。今天听到一种传说，说孙传芳的主力兵已败，没有什么可用的了，不知确否。我想，一二天内该可以得到来信，但这信我明天要寄出了。

迅。十月十日。

迅师：

现时是双十节午后二点二十分，我刚带学生游行回来。今天国民政府一面庆贺革命军在武汉又推倒恶势力，一面提出口号，说这是革命事业的开始而非成功，所以群众的样子，并不趾高气扬，却带着多少战兢在内。而赴大会的民众，尤以各工会为多，南方的工人又大抵识字，深了然于一切，所以情形很好，这是大可慰悦的。所惜者今晨大雨，午后时雨时止，路极泥泞。大会场在东门外，名东校场之处，搭一演说台，而讲演者无传声筒，以致雨声，风声，人声，将演讲的声音压住，只见他口讲指划。更特别的是因为国庆，所以助兴的舞狮子和锣鼓，随处皆是；商家更燃放大爆竹，比较北京的只挂一张国旗，热闹多了（广东早已取消五色旗，用作国旗的是青天白日）。

学校因今天是星期，明天补假一日，我免去了教课三点钟。今晚有女师毕业生演剧助款为母校建筑，我或要去招呼学生。昨天已经去了一晚，演的是洪深编的《少奶奶的扇子》。北京女师大恢复纪念时，陆秀珍他们也曾演过此戏，但男女角俱用女人，劳而无功，此处则为一种剧社组织，男女角各以性分任，无矫揉造作之弊，女角又大方，不羞涩而声音大，故较那一回为优。但开场太迟，仍然不守时刻（各机关亦如此），且闭幕后空堂太久，又未插入余兴，致使不耐久坐者往往先去，则其所短也。

这回于九日收到十月四日来信，但信内所说的"一日寄出一信并《莽原》两本"，却至今未见，不知何故。又来信云收到我九月廿九信，而未提廿四寄出的一封，恐回复之语，必在失去的一日信内，是否？如亦未收到，则是同时你失我一信，我失你一信二书了。

我的住室并不阔，纵五步横六步（平常步），桌椅是拿各处的破烂的凑合成功的。但最苦的是那邻人三户，总是叫嚣吵闹，倘或早睡（十时），即常被惊醒。我的脾气又是要静一点，这才能够豫备功课或写字的，而此处却大相反。如此看来，恐怕至多也只能敷衍一学期，现时我在想留意别的机会。

香蕉柚子都是不容易消化的食物，在北京，就有人不愿意你多吃，现在不妨事么？你对我讲的话，我大抵给些打击，不至于因此使你有秘而不宣的情形么？

防止蚂蚁还有一法，就是在放食物的周围，以石灰粉画一圈，即可避免。石灰又去湿，此法对于怕湿之物可采用。

看你四日的信，和廿七日那封信的刻不可耐的心情似乎有些不同了。这是真的，还是为防止我的神经过敏而发的呢？

一点泥人，一些石刻拓片，就可以开展览会么？好笑。

广东学校放假真多，本星期一补国庆假，星五重九，廿二日学校运动会，又要放假了。四年级师范生已将毕业，而初做几何，手工；豆工折纸俱极草率。此处的学生颇轻视手工，缝纫，图画等，也许是受革命影响，人心浮动之故罢。

现在已是三点三十五分了，写了这几个字，其迟钝可想。但要说的都说了，如再记起，随后再写罢。

YOUR H. M. 双十节下午三时。

广平兄：

昨天刚寄出一封信，今天就收到你五日的来信了。你这封信，在船上足足躺了七天多，因为有一个北大学生来此做编辑员的，就于五日从广州动身，船因避风，或行或止，直到今天才到，你的信大约就与他同船的。一封信的往返，往往要二十天，真是可叹。

我看你的职务太烦剧了，薪水又这么不可靠，衣服又须如此变化，你够用么？我想：一个人也许应该做点事，但也无须乎劳而无功。天天看学生的脸色办事，于人我都无益，这也就是所谓"敝精神于无用之地"，听说在广州寻事做并不难，你又何必一定要等到学期之末呢？忙自然不妨，但倘若连自己休息的时间都没有，那可是不值得的。

我的能睡，是出于自然的，此地虽然不乏琐事，但究竟没有北京的忙，即如校对等事，在这里就没有。酒是自己不想喝，我在北京，太高兴和太愤懑时就喝酒，这里虽然仍不免有小刺戟，然而不至于"太"，所以可以无须喝了，况且我本来没有瘾。少吸烟卷，可不知道是怎么一回事，大约因为编讲义，只要调查，无须思索之故罢。但近几天可又多吸了一点，因为我连做了四篇《旧事重提》。这东西还有两篇便完，拟下月再做，从明天起，又要编讲义了。

兼士尚未动身，他连替他的人也还未弄妥，但因为急于回北京，听说不往广州了。孙伏园似乎还要去一趟。今天又得李逢吉从大连来信，知道他往广州，但不知道他去作何事。

广东多雨，天气和厦门竟这么不同么？这里不下雨，不过天天有风，而风中很少灰尘，所以并不讨厌。我自从买了火酒灯以后，开水不生问题了，但饭菜总不见佳。从后天起，要换厨子了，然而大概总还是差不多的罢。

迅。十月十二夜。

八日的信，今天收到了；以前的九月廿四，廿九，十月五日的信，也都收到。看你收入和做事的比例，实在相距太远了。你不知能即另作他图否？我以为如此情形，努力也都是白费的。

"经过一次解散而去的"，自然要算有福，倘我们还在那里，一定比现在要气愤得多。至于我在这里的情形，我信中都已陆续说出，其实也等于卖身。除了为了薪水之外，再没有别的什么，但我现在或者还可以暂时敷衍，再看情形。当初我也未尝不想起广州，后来一听情形，暂时不作此想了。你看陈惺农尚且站不住，何况我呢。

我在这里不大高兴的原因，首先是在周围多是语言无味的人物，令我觉得无聊。他们倘肯让我独自躲在房里看书，倒也罢了，偏又常常寻上门来，给我小刺戟。但也很有一班人当作宝贝看，和在北京的天天提心吊胆，要防危险的时候一比，平安得多，只要自己的心静一静，也未尝不可以暂时安住。但因为无人可谈，所以将牢骚都在信里对你发了。你不要以为我在这里苦得很，其实也不然的，身体大概比在北京还要好一点。

你收入这样少，够用么？我希望你通知我。

今天本地报上的消息很好，但自然不知道可确的，一，武昌已攻下；二，九江已取得；三，陈仪（孙之师长）等通电主张和平；四，樊钟秀已入开封，吴佩孚逃保定（一云郑州）。总而言之，即使要打折扣，情形很好总是真的。

迅。十月十五日夜。

（编者注：以下只节选了二人在此期间的几封书信。）


MY DEAR TEACHER：

昨廿二晚写一信，或者与此信同到，亦未可知。

今早到办事处，见你十九寄来的信；一日所寄的信及《莽原》，已随后收到，前信说及了。

这里既电邀你，你何妨来看一看呢。广大（中大）现系从新开始，自然比较的有希望，教员大抵新聘，学生也加甄别，开学在下学期，现在是着手筹备。我想，如果再有电邀，你可以来筹备几天，再回厦门教完这半年，待这里开学时再来。广州情形虽云复杂，但思想言论，较为自由，"现代"派这里是立不住的，所以正不妨来一下。否则，下半年到那去呢？上海虽则可去，北京也可去，但又何必独不赴广东？这未免太傻气了。

我读了你这封信后，我以为最要紧的是上面的那些话，此外也一时想不起要说什么来。总之，你可打听清楚，倘可以抽出一点工夫，即不妨来参观一趟，将来可做则做，要不然，明年不来就是了。我所说我的困难情形，是我那女师所特有的，别的地方却不如此。

我写这信，是从新校办公处跑回旧校寝室写的，现在急于去办事，就此搁笔了。

YOUR H. M. 十月廿三上午九时。

我这信，也因希望你来，故说得天花乱坠，一切由你洞鉴可矣。


广平兄：

昨天上午寄出一包书并一封信，下午即得五日的来信。我想如果再等信来而后写，恐怕要隔许多天了，所以索性再写几句，明天付邮，任它和前信相接，或一同寄到罢。

对于学校也只能这么办。但不知近来如何？如忙，则不必详叙，因为我也并不怎样放在心里，情形已和对杨荫榆时不同也。

伏园已回厦门，大约十二月中再去。逢吉只托他带给我一封含含胡胡的信，但我已推测出，他前信说在广州无人认识是假的。《语丝》第百一期上，徐耀辰所做的《送南行的爱而君》的 L 就是他，他给他好几封信，绍介给熟人（＝创造社中人），所以他和创造社人在一处了，突然遇见伏园，乃是意外之事，因此对我便只好吞吞吐吐。"老实"与否，可研究之。

忽而匿名写信来骂，忽而又自来取消的乌文光，也和他在一处；另外还有些我所认识的人们。我这几天忽而对于到广州教书的事，很有些踌躇了，恐怕情形会和在北京时相像。厦门当然难以久留，此外也无处可走，实在有些焦躁。我其实还敢站在前线上，但发见当面称为"同道"的暗中将我作傀儡或从背后枪击我，却比被敌人所伤更其悲哀。我的生命，碎割在给人改稿子，看稿子，编书，校字，陪坐这些事情上者，已经很不少，而有些人因此竟以主子自居，稍不合意，就责难纷起，我此后颇想不再蹈这覆辙了。

忽又发起牢骚来，这回的牢骚似乎发得日子长一点，已经有两三天。但我想，明后天就要平复了，不要紧的。

这里还是照先前一样，并没有什么，只听说漳州是民军就要入城了。克复九江，则其事当甚确。昨天又听到一消息，说陈仪入浙后，也独立了，这使我很高兴，但今天无续得之消息，必须再过几天，才能知道真假。

中国学生学什么意大利，以趋奉北政府，还说什么"树的党"，可笑极了。别的人就不能用更粗的棍子对打么？伏园回来说广州学生情形，真很出我意外。

迅。十一月九日灯下。

MY DEAR TEACHER：

今天竟日下雨，平时没有这么冷，办公的处所又向北而多风，所以四点钟就回到寝室里，看见你十一月八日寄来的信并一包书，内报纸二分，期刊六本，书籍七本。这些刊物，要我自己去买，自然未必肯，但你既寄给我，我欢喜的收下了，借给人看是可以的，而"分给别人"则不可。

早晨见《民国日报》及《国民新闻》，都说你已允来中大作文科教授，我且信且疑，正拟函询，今见来信所云，则似乎未知此事。你如来粤，我想，一定要比厦门忙，比厦门苦，薪金大约不过二三百小洋，说不定还要搭公债和国库券。就此看来，大半是要食少事繁，像我在这里似的。厦门难以久居，来粤也有困难之处，奈何！至于食物，广州自然都有，和厦大之过孤村生活不同，虽然能否合你口味也说不定。

至于我这学校，现在却并无什么事。但既因风潮而引起了一部分学生的反感，此后见面讲书，亦殊无味，自以早日离去为宜。不过现在正值多事之秋，学潮未平，校款支绌，势不能中途撒手。有人主张校长即行辞职，另觅人暂时代理，从新做过，以救目前，而即要我出而担任。但无论如何，我坚决不干，俟觅得新校长，为之维持几天，至多至阳历一月为止。此后你如来粤，我也愿在广州觅事，否则，就到汕头去。

提起逢吉来，我就记得见伏园先生时，曾听说他在中大当职员，将来还要帮伏园办报。后于本月初，得他从东山来信云，"昨见伏园兄，才知道你也到广州，不想我们又能在这里会面，真是愉快极了。如果你有工夫，请通知一个时间，我们谈谈。……"我即函告以公务以外的时间，但至今不见人来，也无回信，也许他又跑到别处去了。

杨桃种类甚多，最好是花地产，皮不光洁，个小而丰肥者佳，香滑可口，伏老带去的未必是佳品，现时已无此果了。桂花蝉顾名思义，想是香味如桂花，或因桂花开时乃有，未详。龙虱生水中，外甲壳而内软翅，似金龟虫，也略能飞。食此二物，先去甲翅，次拔去头，则肠脏随出，再去足，食其软部，也有并甲足大嚼，然后吐去渣滓的。嗜者以为佳，否则不敢食，犹蚕蛹也。我是吃的，觉得别有风味，但不能以言传。

做教员而又须日日自己安排吃饭，真太讨厌，即此一端，厦门就不易住。在广州最讨厌的是请吃饭，你来我往，每一回辄四五十元，或十余元，实不经济。但你是一向拒绝这事的，或者可以避免。

你向我发牢骚，我是愿意听的，我相信所说的都是实情，这样倒还不至于到"虑"的程度。你的性情太特别，一有所憎，即刻不可耐，坐立不安。玉堂先生是本地人，过惯了，自然没有你似的难受，反过来你劝他来粤，至少在饮食一方面，他就又过不惯了，况且中大薪水，必少于厦门，倘他挈家来此，也许会像在北京时候似的，即使我设身处地，也未必决然就走的罢。

写完以上的话，已在晚上八时余，又看了些书，觉得陶元庆画的封面很别致，似乎自成一派，将来仿效的人恐怕要多起来。

看校长的意思，好像月底就要走了。她一走，我们自然也跟着放下责任，以后的事，随时再告罢。

　　　　　　YOUR H. M. 十一月十五晚十一时。

广平兄：

二十六日寄出一信，想当已到。次日即得二十三日来信，包裹的通知书，也一并送到了，即向邮政代办处取得收据，星期六下午已来不及。星期日不办事，下星期一（廿九日）可以取来，这里的邮政，就是如此费事。星期六这一天，我同玉堂往集美学校讲演，以小汽船来往，还耗去了一整天；夜间会客，又耗去了许多工夫，客去正想写信，间壁的礼堂里走了电，校役吵嚷，校警吹哨，闹得"石破天惊"，究竟还是物理学教授有本领，走进去关住了总电门，才得无事，只烧焦了几块木头。我虽住在并排的楼上，但因为墙是石造的，知道不会延烧，所以并不搬动，也没有损失，不过因了电灯俱熄，洋烛的光摇摇而昏暗，于是也不能写信了。

我一生的失计，即在向来不为自己生活打算，一切听人安排，因为那时豫料是活不久的。后来豫料并不确中，仍能生活下去，遂至弊病百出，十分无聊。再后来，思想改变了，但还是多所顾忌，这些顾忌，大部分自然是为生活，几分也为地位，所谓地位者，就是指我历来的一点小小工作而言，怕因我的行为的剧变而失去力量。这些瞻前顾后，其实也是很可笑的，这样下去，更将不能动弹。第三法最为直截了当，而细心一点，也可以比较的安全，所以一时也决不定。总之，我先前的办法已是不妥，在厦大就行不通，我也决计不再敷衍了，第一步我一定于年底离开这里，就中大教授职。但我极希望H.M.也在同地，至少可以时常谈谈，鼓励我再做些有益于人的工作。

昨天我向玉堂提出以本学期为止，即须他去的正式要求，并劝他同走。对于我走这一层，略有商量的话，终于他无话可说了。他自己呢，我看未必走，再碰几个钉子，则明年夏天可以离开。

此地无甚可为。近来组织了一种期刊，而作者不过寥寥数人，或则受创造社影响，过于颓唐，或则像狂飙社嘴脸，大言无实；又在日报上添了一种文艺周刊，恐怕也不见得有什么好结果。大学生都很沉静，本地人文章，则"之乎者也"居多，他们一面请马寅初写字，一面要我做序，真是一视同仁，不加分别。有几个学生因为我和兼士在此而来的，我们一走，大约也要转学到中大去。

离开此地之后，我必须改变我的农奴生活；为社会方面，则我想除教书外，仍然继续作文艺运动，或其他更好的工作，俟那时再定。我觉得现在H.M.比我有决断得多，我自到此地以后，仿佛全感空虚，不再有什么意见，而且有时确也有莫名其妙的悲哀，曾经作了一篇我的杂文集的跋，就写着那时的心情，十二月末的《语丝》上可以发表，你一看就知道。自己也明知道这是应该改变的，但现在无法，明年从新来过罢。

逢吉既知道通信地方，何以又须详询住址，举动颇为离奇。我想，他是在研究H.M.是否真在广州办事，也说不定。因他们一群中流言甚多，或者会有H.M.亦在厦门之说也。

女师校长给三主任的信，我在报上早见过了。现在未知如何？无米之炊，是人力所做不到的。能别有较好之地，自以从速走开为宜。但在这个时候，不知道可有这样凑巧的处所？

迅。十一月廿八日午十二时。

广平兄：

廿五日寄一函，想已到。今天以为当得来信，而竟没有，别的粤信，都到了。伏园已寄来一函，今附上，可借知中大情形。上遂与你的地方，大概都极易设法。我已写信通知上遂，他本在杭州，目下不知怎样。

看来中大似乎等我很急，所以我想就与玉堂商量，能早走则早走。况且我在厦大，他们并不以为必要，为之结束学期与否，不成什么问题也。但你信只管发，即我已走，也有人代收寄回。

厦大我只得抛开了，中大如有可为，我还想为之尽一点力，但自然以不损自己之身心为限。我来厦门，虽是为了暂避军阀官僚"正人君子"们的迫害。然而小半也在休息几时，及有些准备，不料有些人遽以为我被夺掉笔墨了，不再有开口的可能，便即翻脸攻击，想踏着死尸站上来，以显他的英雄，并报他自己心造的仇恨。北京似乎也有流言，和在上海所闻者相似，且云长虹之拼命攻击我，乃为此。这真出我意外，但无论如何，用这样的手段，想来征服我，是不行的，我先前对于青年的唯唯听命，乃是退让，何尝是无力战斗。现既逼迫不完，我就偏又出来做些事，而且偏在广州，住得更近点，看他们躲在黑暗里的诸公其奈我何。然而这也许是适逢其会的借口，其实是即使并无他们的闲话，我也还是要到广州的。

再谈。

迅。十二月廿九日灯下。

MY DEAR TEACHER:

昨廿九日由表姊从学校带到你廿一的信，或者耽搁了些时，但未遗失，已足满意了。

昨接伏园信，说："关于你辞去女师职务以后的事，我临走时鲁迅先生曾叫我问一声骝先，我现在已经说过了，就请你作为鲁迅先生之助教。鲁迅先生一到之后，即送聘书。鲁迅先生处我已写信去通知了。现在特通知您一声。"作为你的助教，不知是否他作弄我？跟着你研究自然是好的，不过听说教授要多编讲义而助教则多任钟点，我能讲得比你强么？这是我所顾虑的地方。又，他说聘书待你到后再发，临时不至于中变么？现在外间对于中大，有左倾之谣，而我自女师风潮以后，反对者或指为左派，或斥为共党。我虽无所属，而辞职之后，立刻进了"左"的学校去了，这就能使他们证我之左，或直目为共，你引我为同事，也许会受些牵连的。先前听说有一个中学缺少职员，这回我想去打听一下，倘能设法，或者不如到那边去的好罢。

饭菜不好，我希望你多吃些别的好东西。冬天没有蚊了，何妨买些点心吃。

我住在这里，地方狭窄（这是说没有可以使我静心读书的地方），所以不能多看书，我的脾气是怕嘈杂的，这里又正和我相反。早上起来，看看报，帮些家常琐事，就过了一上午；下午这个时候（二时）算是静一会，侄辈一放学，就又热闹起来了。现在我在打算搬到外面去，必须搬走，这才能够有规则的用功。

昨晚我到中大去上讲习所的课，上完，就完事了。去看伏园，房门锁着，没有见到。

"又幸而只有"三"十天了"。书籍还未收到，以后切勿寄来，免得遗失。

YOUR H. M. 十二月卅午后二时。

MY DEAR TEACHER：

现在过了新年又五天了，日子又少了五天。你十二月廿五的信，于四日收到；廿四日寄学校的挂号信，亦于二日由叶表姊交来，我似乎即复一函，但在我简单的日记上没有登载，不知确曾寄去与否，但你寄来的那一封挂号信，则确已收到了。

我住在家里，总不能专心的看书，做事。有时想做一件事，但看见嫂嫂忙着做饭，就少不得放下去帮帮忙。在嘈杂中，连慢慢的写一张信的机会也很少，现在是九点多，孩子们都上学去了，我就趁这时光来写几句。

新年于我没有什么，我并且没有发一张贺年片，除了前校长寄一张红片来，报以我的名片，写上几个字外。一日晚上我又去看提灯会，与前次差不多，后来又到一个学校看演戏；白天则到住在河南的一家旧乡亲那里，看看田家风景，玩了好半天。昨四日也玩了一天，是和陈姓的亲戚游东山。晚上去看伏园，并带着四条土鲮鱼去请他吃，不凑巧他不在校，等了一点多钟，也不见回来，我想这也何必呢，就带着回家，今天要自己受用了。

不知道是学校门房作怪，还是邮政作怪，昨天我亲自到学校去问，门房说什么刊物也没有。记得你说寄印刷物有好几次，别的没有法子了，那挂号的一束，还可以追问么？

自郭沫若做官后，人皆说他左倾，有些人且目之为共党，这在广州也是排斥人的一个口头禅，与在北京无异。创造社中人的连翩而去，不知是否为了这原因。你是大家认为没有什么色采的，不妨姑且来作文艺运动，看看情形，不必因为他们之去而气馁。但中大或较胜于厦大，却不能优于北大；盖介乎二者之间，现在可先作如是想，则将来便不至于大失所望了。

昨天遇见一个熟悉学界情形的人，我就问他中大助教是怎样的。他说，先前的文科助教，等于挂名，月薪约一百元，却没有什么事做，也能暗暗的到他校兼课，可算是一个清闲的好位置。助教二年可升讲师，再升……云云。末一节和我不相干，因我未必能至二年也。但现在你做教授，我就要替你抄写，查书，即已非挂名可比，你也不要自以为给了我"好位置"罢，而且在一处做事，易生事端，也应该留意的。

YOUR H. M. 一月五日。

MY DEAR TEACHER：

　　昨五日接到十二月卅日挂号信；现在是七日了，早上由叶家表姊自己送来你十二月二日及十二日发的印刷品共二束，一是隔了一月余，一是隔了廿多日，这样的邮政，真是慢得出奇。

　　两束刊物我大略翻了一下，除《莽原》的《琐记》和《父亲的病》没有看外，我觉得《阶级与鲁迅》这篇没有大意思，《厦门通信》写得不算好，我宁可看"通信广州"了。但《坟》的《题记》，你执笔可真是放恣了起来，你在北京时，就断不肯写出"倒不尽是为了我的爱人，大大半乃是为了我的敌人"这样的句子，有一次做文章，写了似乎是"……的人"，也终于改了才送出去的。这一次可是放恣了，然而有时也含蓄，如"至于不远的踏成平地……"等就是。至于《写在〈坟〉后面》说的"人生多苦辛，而人们有时却极容易得到安慰，又何必惜一点笔墨，给多尝些孤独的悲哀呢"这话，就是你"给来者一些极微末的欢喜"的本意么？你之对于"来者"，所抱的是博施于众，而非独自求得的心情么？末段真太凄楚了。你是在筑台，为的是要从那上面跌下来么？我想，那一定是有人在推你。那是你的对头，也就是"枭蛇鬼怪"，但绝不是你的"朋友"，希望你小心防制它！恐怕它也明知道要伤害你的，然而是你的对头，于是就无法舍弃这一个敌手。总之，你这篇文章的后半，许多话是在自画招供了，是在自己走出壕堑来了，我看了感到一种危机，觉得不久就要爆发，因为都是反抗的脾气，不被攻击固然要做，被攻击就愈要做的。

卅日的来信说"北京似乎也有流言"，这大约是克士先生告诉你的罢？又，同日挂号信上，像是说要不管考试，就赴中大，但中大表面上不似那么急速组织的样子，惟内容则不知。倘为别的原因，也可以无须这么亟亟。

这几天除不得已的事情外，我不想多到外面去，恐怕有特别消息送到。

　　　　　　　　　YOUR H. M. 一月七日下午六时。

广平兄：

五日与七日的两函，今天（十一）上午一同收到了。这封挂号信，却并无要事，不过我因为想发几句议论，倘被遗失，未免可惜，所以宁可做得稳当些。

这里的风潮似乎还在蔓延，但结果是决不会好的。有几个人已在想利用这机会高升，或则向学生方面讨好，或则向校长方面讨好，真令人看得可叹。我的事情大致已了，本可以动身了，今天有一只船，来不及坐，其次，只有星期六有船，所以于十五日才能走。这封信大约要和我同船到粤，但姑且先行发出。我大概十五日上船，也许要到十六才开，则到广州当在十九或二十日。我拟先住广泰来栈，待和学校接洽之后，便暂且搬入学校，房子是大钟楼，据伏园来信说，他所住的一间就留给我。

助教是伏园出力，中大聘请的，俺何敢"自以为给"呢？至于其余等等，则"爆发"也好，发爆也好，我就是这么干，横竖种种谨慎，也还是重重逼迫，好像是负罪无穷。现在我就来自画招供，自卸甲胄，看看他们的第二拳是怎样的打法。我对于"来者"，先是抱着博施于众的心情，但现在我不，独于其一，抱了独自求得的心情了。（这一段也许我误解了原意，但已经写下，不再改了。）这即使是对头，是敌手，是枭蛇鬼怪，我都不问；要推我下来，我即甘心跌下来，我何尝高兴站在台上？我对于名声，地位，什么都不要，只要枭蛇鬼怪够了，对于这样的，我就叫作"朋友"。谁有什么法子呢？但现在之所以还只（！）说了有限的消息者：一，为己，是总还想到生计问题；二，为人，是可以暂借我已成之地位，而作改革运动。但要我兢兢业业，专为这两事牺牲，是不行了。我牺牲得不少了，而享受者还不够，必要我奉献全部的性命。我现在不肯了，我爱对头，我反抗他们。

这是你知道的，单在这三四年中，我对于熟识的和初初相识的文学青年是怎么样，只要有可以尽力之处就尽力，并没有什么坏心思。然而男的呢，他们自己之间也掩不住嫉妒，到底争起来了，一方面于心不满足，就想打杀我，给那方面也失了助力。看见我有女生在座，他们便造流言。这些流言，无论事之有无，他们是在所必造的，除非我和女人不见面。他们大抵是貌作新思想者，骨子里却是暴君酷吏，侦探，小人。如果我再隐忍，退让，他们更要得步进步，不会完的。我蔑视他们了。我先前偶一想到爱，总立刻自己惭愧，怕不配，因而也不敢爱某一个人，但看清了他们的言行思想的内幕，便使我自信我决不是必须自己贬抑到那么样的人了，我可以爱！

那流言，是直到去年十一月，从韦漱园的信里才知道的。他说，由沈钟社里听来，长虹的拼命攻击我是为了一个女性，《狂飙》上有一首诗，太阳是自比，我是夜，月是她。他还问我这事可是真的，要知道一点详细。我这才明白长虹原来在害"单相思病"，以及川流不息的到我这里来的原因，他并不是为《莽原》，却在等月亮。但对我竟毫不表示一些敌对的态度，直待我到了厦门，才从背后骂得我一个莫名其妙，真是卑怯得可以。我是夜，则当然要有月亮的，还要做什么诗，也低能得很。那时就做了一篇小说，和他开了一些小玩笑，寄到未名社去了。

那时我又写信去打听孤灵，才知道这种流言，早已有之，传播的是品青，伏园，玄倩，微风，宴太。有些人又说我将她带到厦门去了，这大约伏园不在内，是送我上车的人们所流布的。白果从北京接家眷来此，又将这带到厦门，为攻击我起见，便和田千顷分头广布于人，说我之不肯留居厦门，乃为月亮不在之故。在送别会上，田千顷且故意当众发表，意图中伤。不料完全无效，风潮并不稍减，因为此次风潮，根柢甚深，并非由我一人而起，而他们还要玩些这样的小巧，真可谓"至死不悟"了。

现在是夜二时，校中暗暗的熄了电灯，帖出放假布告，当即被学生发见，撕掉了。此后怕风潮还要扩大一点。

我现在真自笑我说话往往刻薄，而对人则太厚道，我竟从不疑及玄倩之流到我这里来是在侦探我，虽然他的目光如鼠，各处乱翻，我有时也有些觉得讨厌。并且今天才知道我有时请他们在客厅里坐，他们也不高兴，说我在房里藏了月亮，不容他们进去了。你看这是多么难以伺候的大人先生呵，我托令弟买了几株柳，种在后园，拔去了几株玉蜀黍，母亲很可惜，有些不高兴，而宴太即大放谣诼，说我在纵容着学生虐待她。力求清宁，偏多浒秽，我早先说，呜呼老家，能否复返，是一问题，实非神经过敏之谈也。

但这些都由它去，我自走我的路。不过这次厦大风潮之后，许多学生，或要同我到广州，或想转学到武昌去，为他们计，在这一年半载之中，是否还应该暂留几片铁甲在身上，此刻却还不能骤然决定。这只好于见到时再商量。不过不必连助教都怕做，同事都避忌，倘如此，可真成了流言的囚人，中了流言家的诡计了。

迅。一月十一日。

广平兄：

现在是十七夜十时，我在"苏州"船中，泊香港海上。此船大约明晨九时开，午后四时可到黄埔，再坐小船到长堤，怕要八九点钟了。

这回一点没有风浪，平稳如在长江船上，明天是内海，更不成问题。想起来真奇怪，我在海上，竟历来不遇到风波，但昨天也有人躺下不能起来的，或者我比较的不晕船也难说。

我坐的是唐餐间❶，两人一房，一个人到香港上去了，所以此刻是

---

❶ 提供中餐的船舱。

独霸一间。至于到广州后，住那一家客栈，现在不能决定。因为有一个侦探性的学生跟住我。此人大概是厦大当局所派，探听消息的，因为那边的风潮未平，他怕我帮助学生，在广州活动。我在船上用各种方法拒斥，至于恶声厉色，令他不堪，但是不成功，他终于嬉皮笑脸，谬托知己，并不远离。大约此后的手段是和我住同一客栈，时时在我房中，打听中大情形。我虽并不怀挟秘密，而尾随着这么一个东西，却也讨厌，所以我当相机行事，能将他撇下便撇下，否则再设法。

此外还有三个学生，是广东人，要进中大的，我已通知他们一律戒严，所以此人在船上，也探不到什么消息。

迅。

# 第三集　北平—上海

（1929 年 5 月—6 月）

B.EL❶：

今天是我们到上海后，你出门去了的第一天，现在是下午六点半，查查铁路行车时刻表，你已经从浦口动身，开车了半小时了。想起你一个人在车上，一本德文法不能整天捧在手里看，放下的时候就会空想。想些什么呢？复杂之中，首先必以为我在怎么过活着，与其幻想，不如由我直说罢——

别后我回到楼上剥瓜子，太阳从东边射在躺椅上，我坐着一面看《小彼得》一面剥，绝对没有四条胡同❷，因为我要用我的魄力来抵抗这一点，我胜利了。此后睡了一会，醒来正午，邮差送到一包书，是未名社挂号寄来的韦丛芜著的《冰块》五本。午饭后收拾收拾房子，看看文法，同隔壁的大家谈谈天，又写了一封给玉书的信。下午到街上去散步，买些水果回来，和大家一同吃。吃完写信，写到这里，正是"夕方"❸时候了。夜饭还未吃过呢，再有什么事，待续写

---

❶ 是德语 Bruder Elefant 或英语 Brother Elephant 的缩写，意为"象兄"。林语堂曾撰文形容鲁迅在厦门大学是一只白象，许广平认为这是对鲁迅的赞颂，所以戏称鲁迅为"象兄"。　❷ 鲁迅取笑女性哭泣的说法。　❸ 日语，意为"日暮"。

下去罢。

十三，六时五十分。

EL.，现在是十四日午后六时二十分，你已经过了崮山，快到济南了。车是走得那么快，我只愿你快些到北京，免得路中挂念。今天听说京汉路不大通，津浦大约不至如此。你到后，在回来之前，倘闻交通不便，千万不要冒险走，只要你平安的住着，我也可以稍慰的。

昨夜稍稍看书，九时躺下，我总喜欢在楼上，心地比较的舒服些。今天六时半醒来，九时才起，仍是看书和谈天。午后三时午睡，充分休养，如你所嘱，勿念。只是我太安闲，你途中太辛苦了，共患难的人，有时也不能共享一样的境遇，奈何！

今日收到殷夫的投《奔流》的诗稿，颇厚，先放在书架上了，等你回来再看。

祝你安好。

H. M. 五月十四日下午六时三十分。

H.M.D[1]：

在沪宁车上，总算得了一个坐位，渡江上了平浦通车，也居然定

---

[1] 英语 Dear 的缩写，意为"亲爱的"。

着一张卧床。这就好了。吃过夜饭，十一点睡觉，从此一直睡到第二天十二点，醒来时，不但已出江苏境，并且通过了安徽界蚌埠，到山东界了。不知道你可能如此大睡，恐怕不能这样罢。

车上和渡江的船上，遇见许多熟人，如幼渔之侄，寿山之友，未名社的人物，还有几个阔人，自说是我的学生，但我不认识他们了。

今天午后到前门站，一切大抵如旧，因为正值妙峰山香市，所以倒并不冷静。正大风，饱餐了三年未吃的灰尘。下午发一电，我想，倘快，则十六日下午可达上海了。

家里一切也如旧；母亲精神容貌仍如三年前，但关心的范围好像减小了不少，谈的都是邻近的琐事，和我毫不相干的。以前似乎常常有客来住，久至三四个月，连我的日记本子也都翻过了，这很讨厌，大约是姓车的男人所为，莫非他以为我一定死在外面，不再回家了么？

不过这种情形，我倒并不气恼，自然也不喜欢；久说必须回家一趟，现在是回来了，了却一件事，总是好的。此刻是夜十二点，静得很，和上海大不相同。我不知道她睡了没有？我觉得她一定还未睡着，以为我正在大谈三年来的经历了，其实并未大谈，却在写这封信。

今天就是这样罢，下次再谈。

EL. 五月十五夜。

ELDEAR：

昨夜（十四）饭后，我往邮局发了给你的一封信，回来看看文法，十点多睡下了。早上醒来，推想你已到天津了；午间知道你应该已经到了北京，各人一见，意外的欢喜，你也不少的高兴罢。

今天收到《东方》第二号，又有金溟若的一封挂号厚信，想是稿子，都放在书架上。

我这两天因为没甚事情做，睡得多，吃的也多，你回来一定会见得我胖了。下午同王老太太等大小五六个往新雅喝茶，因为是初次，她们都很高兴；回来已近五点，略翻《东方》，一天又快过去了。我记着你那几句话，所以虽是一个人，也不寂寞。但这两天天快亮时都醒，这是你要睡的时候，所以我仍照常的醒来，宛如你在旁豫备着要睡，又明知你是离开了，这古怪的心情，教我如何描写得出来呢？好在转瞬间天真个亮了，过些时我也就起来了。

十五日下午五时半写。

ELDEAR：

昨天（十五）夜饭后，我在楼上描桌布的花样，又看看文法，到十一点睡下，但四点多又照例的醒来了，一直没有再睡熟。今天上午我在楼下缝衣服，且看报，就得到你的来电，人到依时，电到也快，看发电时是十三，四〇，想是十五日下午一时四十分发出的。阅电后非常快慰，虽然明知道是必到的，但愈是如此就愈加等待，这真是奇怪。

阿菩当你去的第一天吃夜饭的时候，叫我下去了，却还不肯罢休，一定要把你也叫下去，后来大家再三开导她，也不肯走，她的母亲说是你到街上去了，才不得已的走出，这小囡真有趣。上海已经入了梅雨天，总是阴沉沉的，时雨时晴，怪讨人厌的天气。你到北平，熟人都已见过了么？太师母等都好？替我问候。

愿眠食当心。

H. M. 五月十六日下午二时十五分。

H.D：

昨天寄上一函，想已到。今天下午我访了未名社一趟，又去看幼渔，他未回，马珏是因病进了医院许多日子了。一路所见，倒并不怎样萧条，大约所减少的不过是南方籍的官僚而已。

关于咱们的事，闻南北统一后，此地忽然盛传，研究者也颇多，但大抵知不确切。我想，这忽然盛传的缘故，大约与小鹿之由沪入京有关的。前日到家，母亲即问我害马为什么不一同回来，我正在付车钱，匆忙中即答以有些不舒服，昨天才告诉她火车震动，不宜于孩子的事，她很高兴，说，我想也应该有了，因为这屋子里早应该有小孩子走来走去了。这种"应该"的理由，虽然和我们的意见很不同，但总之她非常高兴。

这里很暖，可穿单衣了。明天拟去访徐旭生，此外再看几个熟人，别的也无事可做。尹默凤举，似已倾心于政治，尹默之汽车，晚天和电车相撞，他臂膊也碰肿了，明天也想去看他，并还草帽。静农为了一个朋友，听说天天在查电码，忙不可当。林振鹏在西山医胃病。

附笺一纸，可交与赵公。又通知老三，我当于日内寄书一包（约四五本）给他，其实是托他转交赵公的，到时即交去。

我的身体是好的，和在上海时一样，勿念。但H.也应该善自保养，使我放心。我相信她正是如此。

迅。五月十七夜。

EL.D：

这是第三封信了，告诉一声，俾可以晓得我很高兴写，虽然你到北平今天也不过第三天，料想你也高兴收到信罢。

今天大清早老太婆开了后门不久的时候，达夫先生拿着两本第五期的《大众文艺》送来，人们只听得老太婆诺诺连声，我急起来看时，他早已跑掉了。

午后得钦文寄你的信，并不厚，今附上。内山书店也送来《厨川白村全集》一本，第二卷，文学论下，我就也存放在书架上。

昨夜九时睡，至今早七点多才起来，忽然大睡，呆头呆脑得很。连日毛毛雨，不大出门。你的情形如何？没有什么报告了，下次再谈罢。

H. M. 五月十七日下午四时。

ELDEAR:

今天下午刚发一信，现在又想执笔了。这也等于我的功课一样，而且是愿意做的那一门，高兴的就简直做下去罢，于是乎又有话要说出来了——

这时是晚上九点半，我想起今天是礼拜五，明天是礼拜六，一礼拜又快过去了，此信明天发，免得日曜❶受耽搁。料想这信到时，又过去一礼拜了，得到你的回信时，又是一礼拜，那么总共就过去三个礼拜了，那是在你接到此信，我得了你回复此信的时候的话。虽然这还很有些时光，但不妨以此先自快慰。话虽如此，你如没有功夫，就不必每得一信，即回一封，因为我晓得你忙，不会挂念的。

生怕记起的又即忘记了，先写出来罢：你如经过琉璃厂，不要忘掉了买你写日记用的红格纸，因为已经所余无几了。你也许不会忘记，不过我提起一下，较放心。

我寄你的信，总要送往邮局，不喜欢放在街边的绿色邮筒中，我总疑心那里会慢一点。然而也不喜欢托人带出去，我就将信藏在衣袋内，说是散步，慢慢的走出去，明知道这绝不是什么秘密事，但自然而然的好像觉得含有什么秘密性似的。待到走到邮局门口，又不愿投入挂在门外的方木箱，必定走进里面，放在柜台下面的信箱里才罢。那时心里又想：天天寄同一名字的信，邮局的人会不会诧异呢？于是就用较生的别号，算是挽救之法了。这种古怪思想，自己也觉得好

---

❶ 即星期日。

笑，但也没有制服这个神经的神经，就让他胡思乱想罢。当走去送信的时候，我又记起了曾经有一个人，在夜里跑到楼下房外的信筒那里去，我相信天下痴呆盖无过于此君了，现在距邮局远，夜行不便，此风万不可长，宜切戒之！！！！

今日下午也缝衣，出去寄信时又买些水果，回来大家分吃了。你带去的云腿吃过了没有？还可口么？我身体精神都好，食量也增加，不过继续着做一种事情，稍久就容易吃力，浑身疲乏。我知道这个道理，所以时而做些事，时而坐坐，时而睡睡，坐睡都厌了就到马路上来回走一个短路程，这样一调节，也就不致吃苦了。

时局消息，阅报便知，不多述了，有时北报似更详悉。听说现在津浦路还照常，但来时要打听清楚才好。

YOUR H. M. 五月十七夜十时。

D.EL：

昨天夜里写好的信，是今早发出的。吃过早粥后，见天气晴好，就同蕴如姊到大马路买些手巾之类，以备他日应用，一则乘此时闲空，二则还容易走动之故。约下午二时回家，吃面后正在缝衣，见达夫先生和密斯王来访，知你不在后，坐下略作闲谈，见我闲寂，又约我出外散步，盛意可感。时已四时多，不久就是晚饭时候，我怕累他们破费，婉谢不去，他们又坐了一会，见我终于不动，乃辞去，说往看白薇去了。

　　下午，三先生送来一本 A History of Woodengraving by Douglas Percy Bliss❶，是从英国带来的。又收到金溟若信一封，想是询问前次寄稿之事，我搁下了；另一信是江绍平先生的，并不厚，今即附上，此公颇怪气也。

　　夜饭后，王公送来《朝花》第二十期，问要不要合订本子。我说且慢，因那些旧的放在那里，不易找也。他遂即回去。

十八夜八时十分写。

　　又，同夜八时半，有人送来文稿数件共一束，老太婆说不出他的姓名，看看封上的几个字，好像"迹余"笔迹。我也先放在书架上，待你回来再说罢。

EL.DEAR:

　　昨夜我差不多十时就睡了，至一时左右醒来，就不大能睡熟，这大约是有了习惯之故。天亮时，扫街人孩子大哭，其母大打，打后又大诉说一通；稍静合眼，醒来已经九时了。午后得李霁野信，无甚要事，且与你已能见面，故不转寄。下午仍做缝纫，并看看书报。晚上至马路散步，买得广东螃蟹一只，携归在火酒灯上煮熟，坐在躺椅上缓缓食之。你说有趣没有呢？现时是吃完执笔，时在差十分即十点钟也。你日来可好？为念。不尽欲言。

H. M. 五月十九夜九时五十分。

---

❶ 英语，意为"道格拉斯·珀西·布利斯所著的《木刻史》"。

D.H：

听说上海北平之间的信件，最快是六天，但我于昨天（十八）晚上姑且去看看信箱——这是我们出京后新设的——竟得到了十四日发来的信，这使我怎样意外地高兴呀。未曾四条胡同，尤其令我放心，我还希望你善自消遣，能食能睡。

母亲的记忆力坏了些了，观察力注意力也略减，有些脾气颇近于小孩子了。对于我们的感情是很好的。也希望老三回来，但其实是毫无事情。

前天幼渔来看我，要我往北大教书，当即婉谢。同日又看见执中，他万不料我也在京，非常高兴。他们明天在来今雨轩结婚，我想于上午去一趟，已托羡苏买了绸子衣料一件，作为贺礼带去。新人是女子大学学生，音乐系。

昨晚得到你的来信后，正在看，车家的男女突然又来了，见我已归，大吃一惊，男的便到客栈去，女的今天也走了。我对他们很冷淡，因为我又知道了车男住客厅时，不但乱翻日记，并且将书厨的锁弄破，并书籍也查抄了一通。

以上十九日之夜十一点写。

二十日上午，你十六日所发的信也收到了，也很快。你的生活法，据报告，很使我放心。我也好的，看见的人，都说我精神比在北京时好。这里天气很热，已穿纱衣，我于空气中的灰尘，已不习惯，大约就如鱼之在浑水里一般，此外却并无什么不舒服。

昨天往中央公园贺李执中，新人一到，我就走了。她比执中短一点，相貌适中。下午访沈尹默，略谈了一些时；又访兼士，凤举，耀辰，徐旭生，都没有会见。就这样的过了一天。夜九点钟，就睡着了，直至今天七点才醒。上午想择取些书籍，但头绪纷繁，无从下手，也许终于没有结果的，恐怕《中国字体变迁史》也不是在上海所能作罢。

今天下午我仍要出去访人，明天是往燕大演讲。我这回本来想决不多说话，但因为有一些学生渴望我去，所以只得去讲几句。我于月初要走了，但决不冒险，千万不要担心。《冰块》留下两本，其余可分送赵公们。《奔流》稿可请赵公写回信寄还他们，措辞和上次一样。

愿你好好保养，下回再谈。

以上二十一日午后一时写。

ELEF❶.


EL.D:

你十五夜写的信，今天上午收到了。信必是十六发的，五天就到，邮局懂得很。那么，我十四发的信，你自然也一定收到在今天之前。我先以为见你的信，总得在廿二三左右，因为路上有八天好停

---

❶ 德语，Elefant（象）的缩写。

顿的，不料今日就见信，这真使我意外的欢喜，不可以言语形容。

路上有熟人遇见，省得寂寞，甚好；能睡，更好。我希望你在家时也挪出些功夫来睡觉，不要拼命的写，做，干，想……

家里人杂，东西乱翻，你不妨检收停当，多带些要用的南来，难得的书籍，则或锁起，或带来，以免失落难查。客来是无法禁阻的，你回去暂时，能不干涉最好，省得淘气，倘自伤精神，就更不合算了。

我这几天经验下来，夜间不是一二时醒，就是三四时醒，这是由于习惯的，但醒过几夜，第三夜即可睡至天明补足，如昨夜至今晨就是。我写给你的信，将生活状况一一叙述，务求其详，大体是好的，即或少睡，也是偶然，并非天天如此。你切不可于言外推测，如来信云我在十二时尚未睡，其实我十二时是总在熟睡中的。

上海这两天晴，甚和暖，但一到下雨，却又相差二十多度了。

H.M. 五，廿，下午二时。

EL:L.!

昨天正午得到你十五日的信，我读了几遍，愈读愈想在那里面找出什么东西似的，好似很清楚，又似很模胡，恰如其人的声音笑貌，在离开以后的情形一样。打开信来，首先看见的自然是那三个通红的枇杷。这是我所喜欢的东西，即如昨天去寄信，也带了许多回来，大家大吃了一通。阿菩昨天身热得很厉害，什么都不要吃，见了枇杷，才高兴起来，连吃几个，随后研究出她是要出牙齿了的缘故，到今天还在痛，在吃苦。然而那时枇杷的力量却如此其大，我也是喜欢的人，你却首先选了那种花样的纸寄来了。其次是那两个莲蓬，并题着的几句，都很好，我也读熟了。你是十分精细的，那两张纸必不是随手捡起就用的。

　　你的日记也被人翻过了么？因记起前月已从隔壁的木匠那里租了空屋，也许因为客房不够住，要将不大使用的东西送到那里去存放罢。倘如此，则无人照管，必易失落，要先事豫防才好。是否应该先行声明一下，说将来你的书籍不要挪动，我想说过总比不说要好一些，未知你以为何如？

　　我昨夜睡得很好，今日也醒得并不早，以后或者会照此下去也不可知。今天仍在做生活，是织小毛绒背心，快成功了。

　　你近来比初到时安静些么？你千万要想起我所希望的意思，自己好好地。

　　　　　　　　　　H. M. 五月廿一下午四时十分。


D.EL.,D.L.！

　　现时是廿二夜九时三刻，晚饭后我收拾收拾东西，看看文法，想到写，就写一些。但不知你此时饭后是在谈天，还是在做什么的。今天我很盼望信，虽然明知道你没得闲空，并且说过信会隔得长久些，写得简单些，但我总觉得他话虽如此，其实是一有功夫，总会写的，因此就难免有所希望了。而况十五来信之后，你的情形也十分令人挂念，会不会颓唐廿多天呢！……

昨日下午四时发信后，收到韩君从东京寄来的《近代英文学史》一本，矢野峰人著。今天又收到一张明信片，是西湖艺术院在沪展览，请参观的。

昨今上午，我都照常做生活，起居如常。下半天到大马路一趟，买了些粗布之类。自你去后，花钱不少，都是买那些小东西用的，东西买来不多，用款不少，真难为人也。

廿二日十时。

D.EL.,D.B.！

今天又候了一天信。其实你十五那封信，我廿日收到，到现在还不过三天，但不知何故我总在盼望着。你近日精神可好？我的信总不知不觉的带些伤感的成分，会不会使你难受？D.EL.，我真记挂你。但你莫以为全因那封信的情形之故，其实无论如何，人不在眼前，总是要记挂的。

李执中君五月廿日在北平中山公园来今雨轩结婚，喜柬今天寄到了。不知道你在北平遇见了他没有？昨天你是否忙着吃喜酒去，要是你们已经遇见了的话。今日又收到《北新》第八号一本。

昨夜十时写完上面的几个字，就睡下了。夜里阿菩因为嘴痛，哭得很利害，但我醒不多久便又睡去，不似前几天从两三点一直醒到天亮的那么窘了。早上总起得早，大抵是七点多。日间在楼下做些活计，夜里看书，平常多是关起门来，较为清净，这是我向来的脾气，倒也耐得过去，何况日子也过去了三分之一了呢。中山灵榇南下期间，我想，津浦路总该平安的，此后就难说。你南来时，务必斟酌而行为要。

祝你安善。

H. M. 五月廿三下午六时。

D.H.M：

二十一日午后发了一封信，晚上便收到十七日来信，今天上午又收到十八日来信，每信五天，好像交通十分准确似的。但我赴沪时想坐船，据凤举说，日本船并不坏，二等六十元，不过比火车为慢而已。至于风浪，则夏期一向很平静。但究竟如何，还须俟十天以后看情形决定。不过我是总想于六月四五日动身的，所以此信到时，倘是廿八九，那就不必写信来了。

我到北平，已一星期，其间无非是吃饭，睡觉，访人，陪客，此外什么也不做。文章是没有一句。昨天访了几个教育部旧同事，都穷透了，没有事做，又不能回家。今天和张凤举谈了两点钟天，傍晚往燕京大学讲演了一点钟，照例说些成仿吾徐志摩之类，听的人颇不少——不过也不是都为了来听讲演的。这天有一个人对我说：燕大是有钱而请不到好教员，你可以来此教书了。我即答以我奔波了几年，已经心粗气浮，不能教书了。D.H.，我想，这些好地方，还是请他们绅士们去占有罢，咱们还是漂流几时的好。沈士远也在那里做教授，听说全家住在那里面，但我没有工夫去看他。

今天寄到一本《红玫瑰》，陈西滢和凌叔华的照片都登上了。胡适之的诗载于《礼拜六》，他们的像见于《红玫瑰》，时光老人的力量，真能逐渐的显出"物以类聚"的真实。

云南腿已将吃完，很好，肉多，油也足，可惜这里的做法千篇一律，总是蒸。带回来的鱼肝油也已吃完，新买了一瓶，价钱是二元二角。

云章未到西三条来，所以不知道她住在何处，小鹿也没有来过。

北平久不下雨，比之南方的梅雨天，真有"霄壤之别"。所有带来的夹衣，都已无用，何况绒衫。我从明天起，想去医牙齿，大约有一星期，总可以补好了。至于时局，若以询人，则因其人之派别，而所答不同，所以我也不加深究。总之，到下月初，京津车总该是可走的。那么，就可以了。

这里的空气真是沉静，和上海的烦扰险恶，大不相同，所以我是平安的。然而也静不下，惟看来信，知道你在上海都好，也就暂自宽慰了。但愿能够这样的继续下去，不再疏懈才好。

L. 五月廿二夜一时。

D.H.M：

此刻是二十三日之夜十点半，我独自坐在靠壁的桌前，这旁边，先前是有人屡次坐过的，而她此刻却远在上海。我只好来写信算作谈天了。

今天上午，来了六个北大国文系学生的代表，要我去教书，我即谢绝了。后来他们承认我回上海，只要豫定下几门功课，何时来京，便何时开始，我也没有答应他们。他们只得回去，而希望我有一回讲演，我已约于下星期三去讲。

午后出街，将寄给你的信投入邮箱中。其次是往牙医寓，拔去一齿，毫不疼痛，他约我于廿七上午去补好，大约只要一次就可以了。其次是走了三家纸铺，集得中国纸印的信笺数十种，化钱约七元，也并无什么妙品。如这信所用的一种，要算是很漂亮的了。还有两三家未去，便中当再去走一趟，大约再用四五元，即将琉璃厂略佳之笺收备了。

计到北平，已将十日，除车钱外，自己只化了十五元，一半买信笺，一半是买碑帖的。至于旧书，则仍然很贵，所以一本也不买。

明天仍当出门，为士衡的饭碗去设设法；将来又想往西山看看漱园，听他朋友的口气，恐怕总是医不好的了。韦丛芜却长大了一点。待廿九日往北大讲演后，便当作回沪之准备，听说日本船有一只名"天津丸"的，是从天津直航上海，并不绕来绕去，但不知在我赴沪的时候，能否相值耳。

今天路过前门车站，看见很扎着些素彩牌坊了，但这些典礼，似乎只有少数人在忙。

我这次回来，正值暑假将近，所以很有几处想送我饭碗，但我对于此种地位，总是毫无兴趣。为安闲计，住北平是不坏的，但因为和南方太不同了，所以几乎有"世外桃源"之感。我来此虽已十天，却毫不感到什么刺戟，略不小心，确有"落伍"之惧的。上海虽烦扰，但也别有生气。

下次再谈罢。我是很好的。

L. 五月二十三日。

D.EL:

我盼了两天信，计期应该会到了，果然，今天收到你十七夜写的信。如果照十五夜那信一样快，我这两天的苦不至于吃了，原因是在前一信五天到，快得喜出望外，这回七天到，就觉着不应该了，都是邮局的作弄，以后我当耐心地等候。至于你，则不必连睡也不睡来执笔的。

明天是礼拜六，这是第二个礼拜了，过得似乎也快，又似乎慢。

北平并不萧条，倒好，因为我也视它如故乡的，有时感情比真的故乡还要好，还要留恋，因为那里有许多使我记念的经历存留着。

上海也还好，不过太喧噪了，这几天天已晴，颇热，几如过夏，蚊子也多起来了，围着坐处要吃人。昨夜八时多，忽然鞭爆声大作，有似度岁，又似放枪，先不知其故，后见邻居仍然歌舞升平，吃食担不绝于门外，知是无事。今日看报，才知月蚀，其社会可知矣。

我眠食都好，日间仍编衣服，赵公送来《奇剑及其他》十本，信已转交。闻下星期一，章公与程公将对簿于公庭云。

H. M. 五月廿四夜九时卅分。

H.D：

昨天上午寄上一函，想已到。十点左右有沉钟社的人来访我，至午邀我至中央公园去吃饭，一直谈到五点才散。内有一人名郝荫潭，是女师大学生，但是新的，我想你未必认识罢。中央公园昨天是开放的，但到下午为止，游人不多，风景大略如旧，芍药已开过，将谢了，此外则"公理战胜"的牌坊上，添了许多蓝地白字的标语。

从公园回来之后，未名社的人来访我了，谈了一点钟。他们去后，就接到你的十九，二十所写的两函。我毫不"拼命的写，做，干，想，……"至今为止，什么也不想，干，写……。昨天因为说话太多了，十点钟便睡觉，一点醒了一次，即刻又睡，再醒已是早上七点钟，躺到九点，便是现在，就起来写这信。

绍平的信，吞吞吐吐，初看颇难解，但一细看，就知道那意思是想将他的译稿，由我为之设法出售，或给北新，或登《奔流》，而又要居高临下，不肯自己开口，于是就写成了那样子。但我是决不来做这样傻子的了，莫管目前闲事，免惹他日是非。

今天尚无客来，这信安安静静的写到这里，本可以永远写下去，但要说的也大略说过了，下次再谈罢。

L. 五月廿五日上午十点钟。


H.D：

此刻是二十五日之夜的一点钟。我是十点钟睡着的，十二点醒来了，喝了两碗茶，还不想睡，就来写几句。

今天下午，我出门时，将寄你的一封信投入邮筒，接着看见邮局门外帖着条子道："奉安典礼放假两天。"那么，我的那一封信，须在二十七日才会上车的了。所以我明天不再寄信，且待"奉安典礼"完毕之后罢。刚才我是被炮声惊醒的，数起来共有百余响，亦"奉安典礼"之一也。

我今天的出门，是为士衡寻地方去的，和幼渔接洽，已略有头绪；访凤举却未遇。途次往孔德学校，去看旧书，遇金立因，胖滑有加，唠叨如故，时光可惜，默不与谈；少顷，则朱山根叩门而入，见我即踟蹰不前，目光如鼠，终即退去，状极可笑也。他的北来，是为了觅饭碗的，志在燕大，否则清华，人地相宜，大有希望云。

傍晚往未名社闲谈，知燕大学生又在运动我去教书，先令宗文劝诱，我即谢绝。宗文因吞吞吐吐说，彼校教授中，本有人早疑心我未必肯去，因为在南边有唔唔唔……。我答以原因并不在"在南边有唔唔唔……"，那非大树，不能迁移，那是也可以同到北边的，但我也不来做教员，也不想说明别的原因之所在。于是就在混沌中完结了。

明天是星期日，恐怕来访之客必多，我要睡了。现在已两点钟，遥想你在"南边"或也已醒来，但我想，因为她明白，一定也即睡着的。

二十五夜。

星期日上午，因为葬式的行列，道路几乎断绝交通，下午可以走了，但只有紫佩一人来谈，所以我能够十分休息。夜十点入睡，此刻两点又醒了，吸一枝烟，照例是便能睡着的。明天十点要去镶牙，所以就将闹钟拨在九点上。

看现在的情形，下月之初，火车大概还可以走，倘如此，我想坐六月三日的通车回上海，即使有耽误之事，六日总该可以到了罢——倘若不去访上遂。但这仍须临时再行决定，因为距今还有十天，变化殊不可测也。

明天想当有信来，但此信我当于上午先行发出。

二十六夜二点半。

ELEF.

D.H.M：

今天——二十七日——下午，果然收到你廿一日所发信。我十五日信所用的笺纸，确也选了一下，觉得这两张很有思想的，尤其是第二张。但后来各笺，却大抵随手取用，并非幅幅含有义理，你不要求之过深，百思而不得其解，以致无端受苦为要。

阿菩如此吃苦，实为可怜，但既是出牙，则也无法可想，现在必已全好了罢。我今天已将牙齿补好，只花了五元，据云将就一二年，即须全盘做过了。但现在试用，尚觉合式。晚间是徐旭生张凤举等在中央公园邀我吃饭，也算饯行，因为他们已都相信我确无留在北平之意。同席约十人。总算为士衡寻得了一个饭碗。

旭生说，今天女师大因两派对于一教员之排斥和挽留，发生冲突，有甲者，以钱袋击乙之头，致乙昏厥过去，抬入医院。小姐们之挥拳，在北平似以此为嚆矢云。

明天拟往东城探听船期，晚则幼渔邀我夜饭；后天往北大讲演；大后天拟赴西山看韦漱园。这三天中较忙，也许未必能写什么信了。

计我回北平以来，已两星期，除应酬之外，读书作文，一点也不做，且也做不出来。那间灰棚，一切如旧，而略增其萧瑟，深夜独坐，时觉过于森森然。幸而来此已两星期，距回沪之期渐近了。新租的屋，已说明为堆什物及住客之用，客厅之书不动，也不住人。

此刻不知你睡着还是醒着。我在这里只能遥愿你天然的安眠，并且人为的保重。

L. 五月廿七夜十二时。

D.EL：

　　今早八点多起来，阿菩推开门交给我你廿一写的信，另外一封是玉书的，又一份《华北日报》。

　　我前回太等信了，苦了两天，这回廿四收过信，安心些了，而今天又得信，也是"使我怎样意外地高兴呀"。

　　前天发你信后，得到通知，知道冯家姑母已到上海，要见见面，早粥后我就往南方中学去，谈了大半天。昨天她又来看我。她过些时又要往庐山去了，今天她来，我也许同她到外面去吃一餐夜饭。

　　星六（廿五）收到锌版十块，连书一并交给赵公了。昨日收到《良友》一，《新女性》一，又《一般》三本，并不衔接的。

　　母亲高年，你回去不多几天，最好多同她谈谈，玩玩，使她欢喜。

　　看来信，你似很忙于应酬，这也是没法的事，久不到北平，熟人见见面，也是好的，而且也借此可消永昼。我有时怕你跑来跑去吃力，但有时又愿意你到外面走走，既可变换视听，又可活动身体，你实在也太沉闷了。这两种意思正相矛盾，颇可笑，但在北平的日子少，或者还不如多到外面走走罢。

　　上海当阴雨时，还穿绒线衫，出了太阳，才较热。北京的天气却已经如此热了么？幸而你衣服多带了几件去，否则真有些窘了。书能带，还是理出些好，自己找书较易。小峰无消息。《奔流》稿没有来。

　　　　　　　　　　　H. M. 廿七上午十时十分。

D.EL:

　　昨早发了一信，回来看看报。午饭后不多久，姑母临寓，教我整衣，同往南翔去。先雇黄包车至北站，买火车票不过两角多，十五分到真茹，停五分，再十多分钟就到南翔了。其地完全是乡村景象，田野树木，举目皆是，居民大有上古遗风，淳厚之至。人家较杭州所见尤为乡气，门户洞开，绝无森严紧张状态。有居沪之外人，于此立别墅者，星期日来，去后门加锁键，一隔多日，了无变故。且交通便利，火车之外，小河四通八达。鱼虾极新鲜，生活便宜，酒菜一席不过六元，已堪果腹。地价每亩只三百金，再加数百建筑费，便成住宅，故房租亦廉，每室二元，每一幢房，有花园及卧室甚大，也不过十余或二十元；至三十元，则是了不得的大房子了。将来马路修成，长途汽车由真茹通至此地，也许顿成闹市，但现在却极为清幽。我们缓步游赏，时行时息，择一饭店吃菜，面，灌汤包子等，用钱二元，四人已食之不尽，有带走的，比起上海来，真可谓便宜之至了。六时余回车站，候八时车，而车适误点，过了九时始到，回沪已经十点多钟了。此行甚快活，近来未有的短期惬意小旅行也。归寓稍停即睡，亦甚安。今天上午代姑母写了几封信，并略谈数年经历，她甚快慰，谓先前常常以我之孤子独立为念，今乃如释重负矣，云云。她待我是出心的好，但日内就要往九江去了。今日三先生送来《东方》，《新女性》各一本。昨日又收到季先生由巴黎寄来的木刻画集两本，并有信，恐怕寄失，留着待你回来再看罢。

　　　　　　　　　　H. M. *五月廿八晚九时差十分。*

D.H：

廿一日所发的信，是前天到的，当夜写了一点回信，于昨天寄出。昨今两天，都未曾收到来信，我想，这一定是因为葬式的缘故，火车被耽搁了。

昨天下午去问日本船，知道从天津开行后，因须泊大连两三天，至快要六天才到上海。我看现在，坐车还不妨，所以想六月三日动身，顺便看看上遂，而于八日或九日抵沪。倘到下月初发见不宜于坐车，那时再改走海道，不过到沪又要迟几天了。总之，我当择最妥当的方法办理，你可以放心。

昨天又买了些笺纸，这便是其一种，北京的信笺搜集，总算告一段落了。晚上是在幼渔家里吃饭，马珏还在生病，未见，病也不轻，但据说可以没有危险。谈了些天，回寓时已九点半。十一点睡去，一直睡到今天七点钟。

此刻是上午九点钟，闲坐无事，写了这些。下午要到未名社去，七点起是在北大讲演。讲毕之后，恐怕还有尹默他们要来拉去吃夜饭。倘如此，则回寓时又要十点左右了。

D.H.ET D.L.，我是好的，很能睡，饭量和在上海时一样，酒喝得极少，不过一小杯蒲陶酒而已。家里有一瓶别人送的汾酒，连瓶也没有开。倘如我的豫计，那么，再有十天便可以面谈了。D.H.，愿你安好，并保重为要。

EL. 五月廿九日。

D.H：

　　此刻是二十九夜十二点，原以为可得你的来信的了，因为我料定你于廿一日的信以后，必已发了昨今可到的两三信，但今未得，这一定是被奉安列车耽搁了，听说星期一的通车，也还没有到。

　　今天上午来了一个客。下午到未名社去，晚上他们邀我去吃晚饭，在东安市场森隆饭店，七点钟到北大第二院演讲一小时，听者有千余人，大约北平寂寞已久，所以学生们很以这类事为新鲜了。八时，尹默凤举等又为我饯行，仍在森隆，不得不赴，但吃得少些，十一点才回寓。现已吃了三粒消化丸，写了这一张信，即将睡觉了，因为明天早晨，须往西山看韦漱园去。

　　今天虽因得不到来信，稍觉怅怅，但我知道迟延的原因，所以睡得着的，并祝你在上海也睡得安适。

L. 二十九夜。

　　三十日午后二时，我从西山访韦漱园回来，果然得到你的廿三及廿五日两封信，彼此都为邮局寄递之忽迟忽早所捉弄，真是令人生气。但我知道你已经收到我的信，略得安慰，也就借此稍稍自慰了。

　　今天我是早晨八点钟上山的，用的是摩托车，霁野等四人同去。漱园还不准起坐，因日光浴，晒得很黑，也很瘦，但精神却好，他很喜欢，谈了许多闲天。病室壁上挂着一幅陀斯妥夫斯基❶的画像，我

---

❶ 通译为"陀思妥耶夫斯基"，俄国作家，代表作有《罪与罚》《卡拉马佐夫兄弟》《白痴》等。

有时瞥见这用笔墨使读者受精神上的苦刑的名人的苦脸，便仿佛记得有人说过，漱园原有一个爱人，因为他没有全愈的希望，已与别人结婚；接着又感到他将终于死去——这是中国的一个损失——便觉得心脏一缩，暂时说不出话，然而也只得立刻装出欢笑，除了这几刹那之外，我们这回的聚谈是很愉快的。

他也问些关于我们的事，我说了一个大略。他所听到的似乎还有许多谣言，但不愿谈，我也不加追问。因为我推想得到，这一定是几位教授所流布，实不过怕我去抢饭碗而已。然而我流宕三年了，并没有饿死，何至于忽而去抢饭碗呢，这些地方，我觉得他们实在比我小气。

今天得小峰信，云因战事，书店生意皆不佳，但由分店划给我二百元。不过此款现在还未交来。

你廿五的信今天到，则交通无阻可知，但四五日后就又难说，三日能走即走，否则当改海道，不过到沪当在十日前后了。总之，我当选一最安全的走法，决不冒险，千万放心。

L. 五月卅日下午五时。

D.L.ET D.H.M：

现在是三十日之夜一点钟，我快要睡了。下午已寄出一信，但我还想讲几句话，所以再写一点——

前几天，春菲给我一信，说他先前的事，要我查考鉴察。他的事情，我来"查考鉴察"干什么呢，置之不答。下午从西山回，他却已等在客厅中，并且知道他还先曾向母亲房里乱闯，大家都吓得心慌意乱，空气甚为紧张。我即出而大骂之，他竟毫不反抗，反说非常甘心。我看他未免太无刚骨，而他自说其实是勇士，独对于我，却不反抗。我说，我是愿意人对我反抗，不合则拂袖而去的。他却道正因为如此，所以佩服而愈不反抗了。我只得为之好笑，乃送而出之大门之外，大约此后当不再来缠绕了罢。

　　晚上来了两个人，一个是忙于翻检电码之静农，一个是帮我校过《唐宋传奇集》之建功，同吃晚饭，谈得很为畅快，和上午之纵谈于西山，都是近来快事。他们对于北平学界现状，似俱不欲多言，我也竭力的避开这题目。其实，这是我到此不久，便已感觉了出来的：南北统一后，"正人君子"们树倒猢狲散，离开北平，而他们的衣钵却没有带走，被先前和他们战斗的有些人拾去了。未改其原来面目者，据我所见，殆惟幼渔兼士而已。由是又悟到我以前之和"正人君子"们为敌，也失之不通世故，过于认真，所以现在倒非常自在，于衮衮诸公之一切言动，全都漠然。即下午之呵斥春菲，事后思之，也觉得大可不必。因叹在寂寞之世界里，虽欲得一可以对垒之真敌人，亦不易也。

　　这两星期以来，我一点也不颓唐，但此刻想到你之采办布帛之类，先事经营，却实在觉得一点凄苦。这种性质，真是怎么好呢？我应该快到上海，去约制她。

　　　　　　　　　　　　　　　三十日夜一点半。

D.H.，三十一日晨被母亲叫醒，睡眠时间缺少了一点，所以晚上九点钟便睡去，一觉醒来，此刻已是三点钟了。泡了一碗茶，坐在桌前，想起H.M.大约是躺着，但不知道是睡着还是醒着。五月卅一这一天，没有什么事，只在下午有三个日本人来看我所搜集的关于佛教石刻拓本，以为已经很多，力劝我作目录，这是并不难的，于学术上也许有点用处，然而我此刻也并无此意。晚间紫佩来，已为我购得车票，是三日午后二时开，他在报馆里，知道车还可以坐，至多，不过误点（迟到）而已。所以我定于三日启行，有一星期，就可以面谈了。此信发后，拟不再寄信，如果中途去访上遂，自然当从那里再发一封。

EL.六月一日黎明前三点。

D.S：

写了以上的几行信以后，又写了几封给人的回信，天也亮起来了，还有一篇讲演稿要改，此刻大约是不能睡的了，再来写几句——

我自从到此以后，总计各种感受，知道弥漫于这里的，依然是"敬而远之"和倾陷，甚至于比"正人君子"时代还要分明——但有些学生和朋友自然除外。再想上去，则我的创作和编著一发表，总有一群攻击或嘲笑的人们，那当然是应该的，如果我的作品真如所说的庸陋。然而一看他们的作品，却比我的还要坏；例如小说史罢，好几种出在我的那一本之后，而凌乱错误，更不行了。这种情形，即使我大胆阔步，小觑此辈，然而也使我不复专于一业，一事无成。而且又使你常常担心，"眼泪往肚子里流"。所以我也对于自己的坏脾气，时时痛心，想竭力的改正一下。我想，应该一声不响，来编《中国字体变迁史》或《中国文学史》了。然而那里去呢？在上海，创造社中人一面宣传我怎样有钱，喝酒，一面又用《东京通信》诬栽我有杀戮青年的主张，这简直是要谋害我的生命，住不得了。北京本来还可住，图书馆里的旧书也还多，但因历史关系，有些人必有奉送饭碗之举，而在别一些人即怀来抢饭碗之疑，在瓜田中，可以不纳履，而要使人信为永不纳履是难的，除非你赶紧走远。D.H.，你看，我们到那里去呢？我们还是隐姓埋名，到什么小村里去，一声也不响，大家玩玩罢。

D.H.M.ET D.L.，你不要以为我在这里时时如此呆想，我是并不如此的。这回不过因为睡够了，又值没有别的事，所以就随便谈谈。吃了午饭以后，大约还要睡觉。行期在即，以后也许要忙一些。小米（H.吃的），梆子面（同上），果脯等，昨天都已买齐了。

这封信的下端，是因为加添两张，自己拆过的。

L. 六月一日晨五时。

图书在版编目(CIP)数据

故事新编 / 鲁迅著. —北京：台海出版社，
2022.7（2023.8重印）
（中国文学大师经典文库 / 龚勋主编）
ISBN 978-7-5168-3309-4

Ⅰ. ①故… Ⅱ. ①鲁… Ⅲ.①鲁迅小说—小说集②鲁
迅书简—书信集③许广平（1898-1968）—书信集 Ⅳ.
①I210.2

中国版本图书馆CIP数据核字（2022）第082293号

## 故事新编

作　　者：鲁　迅

出 版 人：蔡　旭　　　　　　　　　封面设计：韩欣宇
责任编辑：王　艳

出版发行：台海出版社
地　　址：北京市东城区景山东街20号　　邮政编码：100009
电　　话：010-64041652（发行，邮购）
传　　真：010-84045799（总编室）
网　　址：www.taimeng.org.cn/thcbs/default.htm
E-mail：thcbs@126.com

经　　销：全国各地新华书店
印　　刷：水印书香（唐山）印刷有限公司
本书如有破损、缺页、装订错误，请与本社联系调换

开　　本：720毫米×975毫米　　　　　1/16
字　　数：210千字　　　　　　　　　　印　　张：18
版　　次：2022年7月第1版　　　　　　印　　次：2023年8月第2次印刷
书　　号：ISBN 978-7-5168-3309-4

定　　价：25.00元

中　国　文　学　大　师　经　典　文　库

THE WORKS OF MASTERS IN CHINESE
LITERARY HISTORY